Thomas Herrgård

Nya fall med Orvar och Bengtsson

En smått (o)väntad uppföljare om Orvar korvar och uppochnedvända Bengtssons detektivbyrå för olösta fall och mysterier.

Omslagsbild: Maria Westlin
Illustrationer: Maria Westlin och Thomas Herrgård

Förlag: BoD – Books on Demand, Stockholm, Sverige
Tryck: BoD – Books on Demand, Norderstedt, Tyskland
ISBN: 978-91-7699-755-0

Till att börja med

Vad gör man om man redan har skrivit en bok och tycker att det finns mycket mer att berätta. Att allt inte är sagt och att det finns så mycket mer att säga om de karaktärer man både lärt sig att tycka om och till och med saknat lite grann. Ja, man börjar skriva på en uppföljare där allt som inte redan hänt kan få plats att hända och där hela historien kan få utvecklas precis som livet, som aldrig står still utan hela tiden tar nya tag och nya vägar.

Precis som det är i livet måste också en bok om två helt vanligt ovanliga män ta sig olika vändningar, kanske ett fall framåt eller ett fall i rätt riktning, men kanske måste historien också få ett riktigt slut. För trots alla tokigheter som kan hända, både roliga och oroliga så finns det hela tiden där, ett allvar som kallas livet och som man måste vara rädd om och värna och ingenting blir egentligen bättre av att man ger upp. Därför skulle jag nog skriva ännu en bok om två helt vanliga, men samtidigt lite ovanliga män som också gör vad de kan för att tackla livets alla tokigheter. Förhoppningsvis kan det ännu en gång vara något som både unga och gamla kan skratta och glädjas åt, som en vuxen bok för barn eller en lite barnslig bok för vuxna, om man så vill...

Korvar, cyklar och en och annan butiksinnehavare

Inget är så uppfriskande som gammalt hederligt detektivarbete. Säkert för många och envar men i synnerhet för några, minst sagt ovanliga och samtidigt ganska vanliga personer. Några som vilka som helst, som man kan se lite här och var på landsbygden och i städer och kanske i synnerhet i landsbygdsstäder där alla känner alla och vet mer om varandra än i en storstad. Några som Orvar korvar och uppochnedvända Bengtsson helt enkelt. Detektivarbete kan få tankarna i rullning och ge både spänning och omväxling i tillvaron. Särskilt också som vintern, i synnerhet det här året, hade varit både outhärdligt lång och närmast bedövande tråkig för de två vännerna och då livet i den lilla staden också hade varit tråkigare än det varit på riktigt länge.

De båda männen som sommaren innan hade blivit lite av ett oskiljaktigt inslag i den lilla stadens folkliv, hade otåligt sett framför sig hur äventyren på nytt skulle hopa sig, bara vintern äntligen ville ta slut. När så våren äntligen gjorde sitt intåg i den lilla staden, (som vi känner ganska väl vid det här laget, åtminstone om man läst eller hört historien om Bengtsson och Orvars tidigare äventyr), började också ivern brinna i de båda männen. Nåja, något mer i den ena av dem, får man nog säga, än i den andra som av förklarliga skäl var lite mer återhållsam med sina kroppsliga uttryck. Förra sommaren hade nämligen en lite för stor ansträngning i samband med några väldigt varma dagar fått uppochnedvända Bengtssons hjärta att göra ett litet oförutsett uppehåll. Men även om Bengtssons mer eller mindre hjärtliga besvär nära nog kostade honom livet så hade det ju ändå den betydande fördelen att det avsevärt hade bromsat in deras annars så vådliga framfart genom staden. I synnerhet för Bengtsson som ju hade fått uttryckliga order från sin läkare att sakta ned och inte hetsa upp sig, men också för Orvar som sitt opportunistiska och lite hetsiga normaltillstånd till trots, av samvetsskäl, i mycket högre grad tillät Bengtsson att skynda lite mer långsamt. Det förde också det goda med sig att trots att de inte kom fram till målet lika snabbt som Orvar hade önskat så fick de båda männen extra tid till värdefull eftertanke i sin väg att nå varthelst de nu skulle.

Nu var det ju så att det fanns anledning till att uppochnedvända Bengtsson kallades det han gjorde. För de allra flesta hade han nämligen en lite onaturligt framåtlutad gång, så som människor som letade efter borttappade saker ibland kunde ha, fast mest hela tiden. Det fanns en ganska naturlig, eller onaturlig om man vill, förklaring till varför han också gick som han gjorde och levde som han kunde, krokig som en metkrok i kroppen. Han hade inte alltid varit sådan, väldigt tidigt var Bengtsson precis som alla andra var, lekte som de andra barnen, sprang och hoppade och klängde i träd hela dagarna men sedan kom sjukdomen och redan som barn hade den drabbat honom mer än någon annan han kunde komma ihåg. Lika plötsligt som folk kan få skoskav kom det, från en dag till en annan bara. Tecknen på att allt inte var som det skulle med den lille pojken blev för var dag allt tydligare för hans arma föräldrar som inte hade den blekaste aning om vad man kunde göra för att förhindra att deras son sakta men säkert och inför deras ögon förvandlades till ett monster. Medan hans arma moder grät förtvivlat så kliade sig både läkare och andra i deras närhet i huvudet av förundran över vad som höll på att hända med den lille gossen. Skulle han förvandlas till ett djur? Eller fanns det överhuvudtaget något hopp om att det kunde bli bättre? Läkarna rådde hans föräldrar att lämna bort pojken, för att få honom rät och riktig igen, eller kanske för att de skulle slippa otyget och kunna skaffa ett nytt liv utan att behöva bekymra sig över den där lite omänskliga varelsen. På den tiden fanns det nämligen institutioner som tog hand om barn som inga andra ville ha eller som inte ansågs tillräckligt normala enligt den allmänna uppfattningen. På så vis skulle föräldrarna slippa eländet och låta någon annan ta hand om det helt enkelt. Där kunde Bengtsson spännas fast i alla på den tiden tänkbara redskap, ställningar och remmar för att hålla krökningsvinkeln stången om man så säger. Bengtssons pappa som däremot var en rättskaffens man och hade utrustats med en förhållandevis god moral för den tidens Sverige vägrade dock en sådan åtgärd utan framhöll med bestämdhet att den pojken var det minsann inga fel på. Han hade huvudet på skaft, sa han fast det han nog menade var att pojkens huvud var det inget fel på, det var bara själva skaftet som blivit lite krokigt. Han har läshuvud, det ser man ju. Han är som gjord för att läsa böcker. Den gossen ska det bli något stort av en dag hans kropp till trots, sedan var det nog talat om den saken och Bengtsson fick växa upp som alla andra barn fast bara lite annorlunda, åtminstone om man betänker hans kroppsliga, lite udda form.

Ja, det ska böjas i tid det som krokigt ska bli lyder väl talesättet och för Bengtsson innebar det att han hela livet sedan dess fått dras med detta, på både gott och ont kan man väl säga, för om man nu inte är den man egentligen vill vara så får man väl ändå anstränga sig till att göra vad man vill och kan som den man är och har förblivit. En del extra ansträngning har det utan tvekan betytt för den lille pojken som hunnit växa upp till att bli en gammal man, fast utan att direkt känna sig så vidare värst gammal egentligen, eller ens ha brytt sig särskilt mycket om att känna efter hur gammal han enligt den allmänna uppfattningen nog borde känna sig. För Bengtson var det här med att vara lite uppochnedvänd med andra ord inget konstigt utan något han fått dras med mer eller mindre hela livet. Vissa sjukdomar sätter sina spår vare sig man vill det eller inte, men för Bengtsson fanns ju inte så mycket annat än att gilla läget, finna sig i situationen och hitta möjligheter i det till synes omöjliga. Att han sedan råkade hitta Orvar var väl mer en slump, som en av alla dessa saker man också omöjligen kan förutse.

De möttes på en söka-jobb-kurs, saker man bara måste göra fast inte ett enda jobb fanns att söka, i synnerhet för en äldre person som hade en lekamen som tycktes vara vikt på mitten, något som livet själv hade skrynklat ihop för att slänga i soporna, men som ändå blivit kvar i en göra-senare-hög. Men inget hindrade för den skull gubben att ta sina regelbundna promenader genom den lilla staden, oftast i sällskap av sin bundsförvant, partner och oskiljaktige vän Orvar korvar. Det gjorde nu inte Orvar så mycket att Bengtsson var som han var. Har man nu bara en riktig vän i hela världen så kan man omöjligt vara så kinkig med detaljerna. Det viktiga måste ju vara att man trivs i varandras sällskap, hur olika man än kan verka på ytan. Men hur det nu än var med den saken så gick de så ofta de kunde genom den lilla stadens olika gator och prång, för att Bengtsson skulle få lite yttre stimulans och för att Orvar eventuellt skulle kunna nosa upp något spår efter ett oförklarligt mysterium eller en borttappad sak som behövde utredas lite närmare. För som sagts tidigare hade deras lilla detektivbyrå, även om den inte alltid varit så lyckosam, gett dem en hel del att göra och en alldeles oväntat äventyrlig sommar tillsammans. De hade inte bara startat en, förvisso tveksamt lukrativ, detektivbyrå utan också gjort en, åtminstone för alla inblandade, minnesvärd Danmarksresa, en helt oplanerad men inte mindre kaosartad scendebut, de hade åkt motorcykel i lite för hög fart och dessutom varit på sjukhus. Under en och samma sommar hade de båda männen fått flera nya vänner (men också en och annan ovän) och de hade tveklöst både sett och gjort mer än någon av dem gjort på många många år. I pannkaksmamman hade Orvar mött kärleken, den oemotståndliga, som bara kan inträffa under de varmaste dagarna på året och i den lilla tuggummiflickans sällskap kunde de få möjligheten att känna en sådan sann glädje och optimism som nog bara ett barn kan ha.

Nu var det alldeles uppenbart att de båda särskilt upp-
skattade att våren kom och att solen äntligen började
värma igen. Det var för övrigt något som delades av
ganska många som man kunde se stående på olika plat-
ser där det inte blåste men var tillräckligt med sol för
att det skulle värma i ansiktet. Blundande och förste-
nade som om tiden hade stannat stod människor och
lystet åtnjöt de första strålarna av sommar som fanns
att få, den korta tid den var där. Som om solen hade en
omedelbar inverkan på människors känsloliv. En osyn-
lig livskraft som ögonblickligen förvandlade en grå och
dyster själ till en lugn och harmonisk person.

– Gaphalsen i butiken skulle definitivt behöva lite mer
sol, kunde Orvar kort konstatera om den saken.

– Ja, han kan inte ha fått så mycket sol där på sitt lager,
höll Bengtsson med.

Nu hör det emellertid till saken att trots att inte speci-
ellt mycket hade hänt inne i den lilla staden sedan året
innan så var en av de stora förändringarna det stora
köpcentret strax utanför stadens kärna. För precis som
i de flesta mindre och liknande städer hade den här
staden fått lite bygghybris den gångna vintern och året
före det. Det kan inte ha kommit som någon större
överraskning för någon i den lilla staden, för om man
vill hänga med så måste man bygga ut och alla städer
som konkurrerar om befolkning verkar ju se att det är
just det som behövs, ett köpcenter. Som om det är pre-
cis vad alla nya människor behöver, köpa mer. Hela det
förra året, sommaren och vintern hade bygget pågått
och där det tidigare varit orörd mark tornade sig istället

upp ett handelstempel av storformat. Överallt vid och omkring byggarbetsplatsen gjordes vägar om och rondeller kom till på alla upptänkliga platser där bilar eventuellt kunde behöva korsa en annan väg. När nu invigningen av köpcentret närmade sig ville det sig inte bättre än att den tidigare, minst sagt lättirriterade, butikschefen i den lilla kvartersbutiken i Orvars och Bengtssons närhet hade fått ett bättre jobb, som butikschef i det stora varuhusets livsmedelsavdelning. Ja, på den vägen var det och butiken, som de i nödvändigaste fall tvingades handla i men i möjligaste mån försökte undvika efter förra sommarens incidenter, stängde helt för att i stället öppna i stor stil på nytt ställe och med ett delvis nytt sortiment. Det kanske inte helt går att underskatta de båda männens roll i att butiksägaren valde att göra som han gjorde, men Bengtsson valde att se att det nog ändå var pengar som styrde. Det var säkert ingen bra affär på sikt att bara sälja lite wienerbröd och korv åt några gubbar då och då och några som han helst inte ville ha in i affären heller. Det fick vara som det ville med den saken, men lite tomt var det att gå förbi butiken utan att någon följde dem med ilsken blick eller kom med grundlösa anklagelser om att de inte skulle komma dragandes med några fler hundar in i butiken eller ens tänka tanken på att riva hela inredningen där inne som de olyckligtvis varit nära att göra förra sommaren.

I övrigt var den lilla staden samma svenska småstad som den nära nog alltid hade varit. Husen stod där de alltid tycktes ha stått, några hus längre tid än andra, men inget direkt nytt hade tillkommit den senaste tiden.

Torget med de viktigaste byggnaderna var där det lämpligtvis skulle vara, i centrum av bebyggelsen. Parken med sin lilla ensliga damm för fågellivet, de fågelmatande pensionärerna och sin lite spartanska uteservering om somrarna var där den också varit sedan staden en gång kom till. Därtill bjöd våren som sig bör på en kakafoni av fågelsång blandat med nyutslagen hägg och hundskitsdoft och när solen stod som högst ville nära nog ingen vara inne utan mycket hellre i parken och på torget där det kunde myllra av folkliv till sent in på kvällarna. Fåglarna sjöng sommarens lov till dess att solen gick ned och ungdomarna som alldeles precis fått sina körkort krönte också kvällens tystnad med ljudet av brummande mopeder och modifierade epatraktorbilar så länge som någon överhuvudtaget kunde orka. Med andra ord en helt vanlig mellansvensk småstad med allt vad det nu kunde innebära.

Orvar var ju som vi redan vant oss vid att se honom, en minst sagt osannolik person. Utan att direkt vara otrevlig eller dum på något sätt så kunde han ha lite svårt att kontrollera sina impulser. När något plötsligen intresserade honom väldigt så kunde han, likt ett barn, kasta sig rakt in i det med all den iver man kunde förvänta sig av en sådan som han. Med all energi han kunde uppbåda drog han också runt med Bengtsson på alla upptänkliga infall en sådan som han kunde få och det gjorde ju att Bengtsson i stort sett aldrig hade tråkigt i hans sällskap. Även i det lilla hände det alltid något, oförutsett eller inte spelade inte så stor roll. När det gällde hans lite lynniga humör så hade Bengtsson lärt sig ta det hela med en nypa salt. Man kunde inte hetsa upp sig för mycket över hur Orvar var, hade han en dålig dag så var det bara att vänta så gick det till slut över av sig själv, var han lite för överentusiastisk så fick man väl komma med något bättre eller hänga på, så var det med den saken.

Båda levde de sina lite ensliga men vanliga liv i varsitt krypin i stadens lägenhetskvarter. Orvars etta med kök och badrum var sparsamt möblerat och därtill fylld till brädden med allt möjligt som kunde vara bra att ha. Allt ifrån spiklådor till stora drivor av dagstidningar för deras digra innehåll av brott i samhället. Det är ju ingen underdrift att säga att han hade ett särskilt intresse för just brott i nutiden och till det var hans lite väl tilltagna samling av dagstidningar en aldrig sinande källa. Alltid hände det något i tidningarnas värld och skulle det inte göra det så körde man ändå på med nya artiklar om något gammalt brott tills ingen längre intresserade sig, utom möjligen Orvar. Det var det fina med att vara i rättvisans tjänst; att det nära nog aldrig tog slut med brott och mysterier i världen. Det var så Orvar såg på det hela och Bengtsson hängde för det mesta med även om han inte slängde sig riktig lika handlöst in i varje infall utan istället hade förmågan att kunna se lite mer realistiskt på saker och ting. Lägenheten hade Orvar i alla fall organiserat upp någorlunda med karta och möblering för att om möjligt bättre fungera för mottagning av eventuellt nya klienter till deras gemensamma detektivbyrå, något som senaste tiden vuxit sig in även i Bengtssons lilla men något mer organiserade kaos.

I Bengtssons lägenhet, till skillnad från Orvars, kunde man ta sig in utan att nödvändigtvis snubbla över tidningshögar eller osorterad post. Dessutom låg det på nedre botten vilket gjorde det mer tillgängligt för dem båda och inte minst för Bengtsson själv som ju hade fått uttryckliga order om att inte överanstränga sig i onödan. Från Bengtssons fönster kunde man mycket tydligare se vem som gick förbi ute på gatan, vilket ju var bra om man ville veta vem som stunden efter eventuellt kunde ringa på dörren. Och för att göra det hela så tydligt som möjligt hade Orvar gjort skyltar till deras detektivbyrå som han satt upp både utanför porten till lägenheterna och i Bengtssons fönster så att verkligen ingen som skulle passera kunde missa var det fanns en detektivbyrå. För även om det varit lite stiltje i detektivbranschen den senaste tiden, så var förhoppningarna ändå stora om att något förr eller senare skulle dyka upp, om det fanns det inga tvivel.

När de båda lite udda männen gick sin vanliga tur genom staden så var det som om ingen av dem egentligen behövde säga någonting. Orvar steget före i en något sliten vårjacka och en keps mot solen, Bengtsson allt som oftast en bit bakom i sina gamla arbetsbyxor och en gammaldags kepsmössa som nästan hela tiden var på väg att falla ner på gatan framför honom, sådan var han, lite framåtlutad som om han var i färd med att byta ut stenläggningen i gatan eller plocka upp tappade småmynt eller annat man kunde göra därnere där han befann sig med huvudet. Långa stunder kunde de gå så och de visste numera också, liksom instinktivt, vad den andre skulle kunna tänkas säga. Och om de nu sa något så kunde det vara något i stil med:

– Tänk att man snart får bada va! Det kan väl bli nåt det.

– Ja för såna som dig ja, men det är inget som fungerar för mig, jag tittar nog hellre på, eller dricker kaffe om det finns.

Eftersom de också tillbringat så mycket tid tillsammans så hade det oundvikligen blivit så att den ena av dem inte alltid behövde säga det han brukade göra utan att den andre istället sa det i hans ställe. Som att Bengtsson ibland kunde säga, nu blev du väl badsugen Orvar, eller att Orvar plötsligt kunde nämna något om att här skulle du väl kunna tänka dig att bo då de gick genom något kvarter med särskilt fina hus som han visste att Bengtsson uppskattade lite extra. För så är det väl med särskilt fina vänner, att när man känner varandra väl så vet man redan vad den andra tänker, eller något åt det hållet. Det var i alla fall bra för Orvar att han hade Bengtsson för annars skulle han inte ha någon ordning på just någonting och för Bengtsson var livet helt enkelt lite mindre tråkigt i sällskap med Orvar, så därför gjorde de det mesta de kunde tillsammans, oavsett om det bara handlade om en kopp kaffe, en vanlig kokt korv med bröd (som ju var Orvars favoritmåltid här i livet), ett dopp i något av stadens vatten, en enkel promenad (som var Bengtssons favoritsysselsättning) eller ett mer avancerat utredande av något försvunnet eller saknat. Just vatten var något som ofta kom på tal dem emellan och något som ofta också brukade vara ett naturligt inslag i en stadsmiljö, åtminstone i de flesta mindre städer och i synnerhet i den här lilla staden. Det var i alla fall ingen överdrift att säga att Orvar älskade att bada, var och närhelst han kunde. En kärlek till vatten som inte riktigt delades av Bengtsson, för som han uttryckte det så kunde han ju inte riktigt gå i utan att blöta huvudet och det var ju inte riktigt någon mening i att stå där och blåsa bubblor innan han ens hann bli blöt om badbyxorna. Han föredrog därför att stå bredvid och titta på, men hade för den skull ingenting emot att Orvar badade om han nu fann en sådan glädje i det.

Om Orvars stora passion var varm korv och kalla bad så var Bengtssons stora kärlek i livet istället kaffe och kaffebröd och det så ofta det fanns att tillgå. Hans stora lust för kaffe var närmast omänsklig, åtminstone om man fick tro Orvar, alla stunder var kaffestunder för Bengtsson. Det var nästan så att han själv gick omkring och luktade gammalt kafferosteri. Ett från början litet intresse men som under det senaste året nästan vuxit sig till en mani för den gamla gubben. Kanske hade det att göra med hans insjuknande förra sommaren då det åtminstone kändes som att det hade en positiv inverkan på hjärthälsan, eller så var det just det att när allting annat plötsligt stannade upp så måste livet kompensera för den kick han ibland kände av att rusa fram i tillvaron. Men som Bengtsson själv uttryckte det så var kaffet gott helt enkelt, det var gott och det satte fart på både hjärna och hjärta, åtminstone var det så för honom och vad gällde Orvar så var det ingen som tvingade honom att dricka något kaffe. Han kunde väl äta korv istället och behövde inte gå omkring och oja sig över kaffe. Så länge var och en fick göra som den ville så behövde det inte gå ut över någon annan helt enkelt. Orvar fick äta så mycket korv han ville och Bengtsson fick dricka kaffe och oftast gick det faktiskt att göra samtidigt.

När nu solen om våren hade vänligheten att titta fram lite oftare och mer än den gjort någon gång under vintern och när snön slutligen hade smält undan för att blotta marken för solens strålar, ja då var det också mycket trevligare att ta sig fram ur sina gömslen och bege sig utomhus. När gräset började gro och små knoppar slog ut i buskar och på träd då ökade som sagt motivationen för promenerande, inte minst för Orvar och Bengtsson. Det var som om ögonen instinktivt drogs till det gröna och allt levande och både människor, djur och växter sög i sig sol som om just det fick själva livet i dem att ta lite extra fart. Promenaderna kunde också bli längre för dem båda eftersom naturen ju kunde ha en märklig dragningskraft på den som suttit inne för länge utan något särskilt att göra. Därför tog de också en betydligt längre tur än den vanliga rundan runt de närmaste kvarteren den dagen då allt på nytt skulle ta sin början för de båda detektivvännerna. Med Orvar i täten som vanligt och Bengtsson lite mer eftertänksamt bakom var bilden av de båda vännerna komplett och lite mer som vi vant oss att se dem. Precis som man kunnat förutse så begav de sig också till det större vattendraget i staden, för att se på båtlivet som inte riktigt kommit igång ordentligt och de allra första fåglarna som lite trotsigt hade kommit för att vara först på plats när den svenska sommarens överflöd närmade sig för djurlivet. Allra först kom änderna följt av några svanar och sedan måsarna som ju inte vidare väl dolde sin ankomst. För dem gällde nog principen att låta mest och längst och så fort båtarna började komma i vattnet så steg ju också förväntan hos måskollektivet om att det kunde finnas mat eller åtminstone någonstans att landa och uträtta sina behov till båtägarnas stora förtret. När de båda männen hade gått en stund längs stranden, petat lite i gruset, tittat på måsarna och de båtar som kommit i vattnet och sedan tröttnat på det så kände åtminstone Orvar att det kunde ha passat bra att ta en sväng förbi korvpelles kiosk, för nån slant att handla för hade de väl över ändå. Nu var ju vare sig Orvars eller Bengtssons ekonomi något man riktigt hurrade över, för den magra inkomst man får av att vara pensionär eller utan arbete räckte inte till mycket mer än det allra nödvändigaste och till det hörde väl i första hand hyran av deras små krypin, mat för dagen och i Orvars fall en och annan tidning. För inte kunde man sitta stilla ovetande om allt som händer i världen och nog kunde det vara trevligt för Orvar att läsa om ett och annat brott så länge han inte var utsatt för det själv. Att en och annan korv därtill också hörde till det nödvändigaste, det får man ändå medge.

— Har du bara pengar till det så får du väl köpa dig hur mycket korv du vill, sa Bengtsson där han lite andfått hasade fram bakom Orvar som envist rotade igenom sina fickor efter allt han kunde tänkas ha i kontanter. Själv tar jag gärna en kopp kaffe, det kanske ingår i priset, eller vad tror du?

– Vi borde väl vara stammisar där, då räcker väl en tjuga längre än om man är ny kund, eller tror du inte? Det är i alla fall det enda jag kunde hitta i mina fickor.

– Ja, nog hade det varit bra med något nytt fall för detektivbyrån, suckade Bengtsson, åtminstone om man tänker på det ekonomiska.

Var det en sak som Bengtsson förstod bättre än Orvar så var det sånt som hade att göra med pengar. För om Orvar kunde vara nog så engagerad i att lösa olika mysterier med borttappade saker, hundar eller annat så hade han inte riktigt vett nog att ta betalt för jobbet, så i den meningen var Bengtsson oumbärlig för detektivbyråns finansiella överlevnad. Man får väl jobba för korvbrödfödan, men det går ju inte att jobba gratis heller, hur roligt det än kan verka. Det tråkiga var väl bara att fallen inte riktigt hade hopat sig för deras lilla rörelse den senaste tiden, men så är väl inte vintern riktigt brottens eller detektivarbetets högsäsong heller. Åtminstone inte brott eller mysterier av den storleksordningen som Orvar och Bengtsson mest sysslade med, sådant som borttappade saker, djur eller människor. Därför hade deras lilla extrainkomst inte heller fått den skjuts som deras ekonomi kunde behöva.

Nästa stopp under deras promenerande var som sagt korvpelless kiosk. Inte så konstigt egentligen då det var just korv som gjorde Orvar till den han var. Det var kort och gott det bästa han visste och något som han tog nästan varje tillfälle till att avnjuta och eftersom det också var det i hans mening bästa stället i världen för denna delikatess, så var det ofta dit de valde att gå.

Orvar var nämligen ganska petig med hur hans korv skulle göras och där visste han att det skulle bli precis som han hade tänkt sig det. Korvpelles var hans grej helt enkelt och så som saker gjordes där gjordes det ingen annanstans längre, det var hans fasta föreställning. Överallt kunde man få konstiga korvar med kryddningar ingen längre visste vad det var, men en helt vanlig kokt korv med bröd som på den gamla goda tiden var helt enkelt bäst där man var van att få den. Vem ville egentligen ha något nytt när det gamla var så bra som det var. I alla fall inte Orvar, den saken var säker och att hans aptit för nämnda delikatess var stor det kunde både han och Bengtsson skriva under på.

Vid korvkiosken var det ganska tomt och sånär som på en äldre herre i en sliten gammal Volvo och korvkocken själv sittande utanför i en av några få stolar han hade där, var de båda männen alldeles ensamma. Den lilla korvkioskbyggnaden av äldre modell, en sådan som det inte gick att gå in i, stod ensligt belägen vid en vik av det större vattnet. Rikt utsmyckad som den var med bilder av vad man kunde köpa, mosbrickor och korvtallrikar, med bröd eller utan och krönt av en stor skylt ovanför alltsamman, som bara den hade räckt för att alla skulle veta vad de var där för att få, stod den där alldeles för sig själv. *Korvpelles korvkiosk*. Tydligare kunde det knappast bli. Nu hette han väl inte Pelle egentligen utan det var mera ett allmänt vedertaget uttryck, något som hade växt sig in i folks medvetande genom åren och inte så lätt gick att ändra på. Som att en del liknande rörelser också kallar sig för korvkiosk utan att det nödvändigtvis är korv man serverar där utan allt möjligt annat istället och namnet bara har stått sig sedan tiden innan alla nymodigheter hade tagit över utbudet. Huruvida han nu hette Pelle eller inte kunde väl spela mindre roll, åtminstone för Orvar, så länge det verkligen var korv han serverade och inte en massa annat ditten och datten för att göra som alla andra. Det genuina och enkla var sannerligen inte lätt att hitta numera, det var i alla fall Orvar och Bengtsson rörande överens om. Men något både lite ödsligt och sorgligt vilade ändå över åsynen av att nästan ingen var där. Detta lilla tempel över forna tiders festligheter verkade helt ha mist sin lyskraft och tyvärr var det bara några få som fortfarande hittade dit. Inget var som det en gång var, det var då säkert det och det var säkert att det också bekymrade Orvar och Bengtsson att det var så. Inte minst då det mesta verkade bak och fram med att korvkocken inte satt i kiosken utan på en stol i solen utanför. Orvar som var både förvånad och förvånat överraskad över att se korvpelle själv sitta utanför och inte inne i kiosken som han brukade, stod först bara gapande tyst innan han tog mod till sig och försiktigt ställde frågan, som egentligen inte var en fråga utan ett konstaterande.

– Jaså, du sitter utanför kiosken idag!

– Ja, det händer inte så mycket där inne numera, svarade korvpelle kort och utan att lägga någon större emfas i de orden. Det var med andra ord en ganska fåordig korvgubbe som de mötte, en sådan som man nästan måste dra orden ur.

– Säg inte att du har slut på korv! Utbrast Orvar som om det var det både första och enda han kunde komma på. Det är väl inte slut va?

– Hur skulle det kunna ta slut på korv om ingen vill handla, kan du svara på det? Hela korvlagret håller på att gå förlorat för att ingen vill ha det. Hur ska man kunna leva under sådana förhållanden? Det vet i alla fall inte jag.

Det var alldeles tydligt för både Orvar och Bengtsson att korvgubben inte hade en av sina bästa dagar. Någonting tyngde honom som gjorde att han inte var i närheten av den korvpelle de kände igen, en glad och lite rödrosig korvis som likt danskarna hade en positiv inställning till nästan allt. Närhelst de annars brukade komma dit möttes de av en för det mesta leende muntergök som bjöd på historier och anekdoter i lika hög grad som han kunde koka korv med bröd på det vis den alltid hade lagats i hans kiosk. Hans humör hade så vitt de kunde minnas aldrig sviktat utan alltid varit lika gott. Inte som nu, då den lite trista stämningen fick dem båda att tappa modet en aning. En butter och nedstämd korvgubbe hörde bara inte till den vanliga bilden. Så fick det inte vara. Han skulle vara på gott humör helt enkelt, så som det alltid varit för korvgubbar. Inga buttra miner där inte. Men de båda männen förstod ju att allt inte var helt uppåt när det inte verkade gå att få folk att lika förtjust som förr handla korv av den lokala korvgubben.

– Hur kan du inte sälja korv, utbrast plötsligt Orvar som om hans insikter lika hastigt som oförutsett kommit ifatt honom.

– Det förstår ju varenda en, svarade korvgubben uppgivet. Det är väl ingen som vill handla korv här av mig. Något så gammalmodigt som korv med bröd. Alla köper ju hamburgare istället. Vid det nya köpcentret. Där finns det hamburgare vet du, massor med ost och ketchup, men ingen senap. Fattar du? Ingen senap! Det är ju inte klokt. Hur kan man inte vilja ha senap va? När de en gång har byggt klart köpcentret där borta kommer ingen att vilja komma till mig och äta det är då en sak som är säker. Jag ger det ett par månader till sedan måste jag nog stänga ner hela verksamheten här. Det är tyvärr så det ser ut. Ingen korvgubbe i den här staden inte. Bara såna där jäkla hamburgare och annat skit.

– Jäkla köpcentrum!

Orvar som inte vanligtvis brukade ta till sådana kraftuttryck kunde bara inte längre dölja den bitterhet och besvikelse han kände över hur det höll på att gå för korvkiosken som ju varit som en ledstjärna och ständig mötesplats, åtminstone så länge han kunde minnas. Det var den plats alla hade känt till, ett ställe där man hade samlats, bråkat, förälskat sig i varandra och ätit korv i generationer. En plats som samhällsomvandlingen nu verkade ställa på undantag, som en relik över de goda åren då korv, stora bilar, mopeder och rock 'n roll var synonymt och hörde ihop som långhalm och lerhalm eller hur det nu var. Nu var det istället stora bensinslukande SUV-bilar, fastän bensinen var på upphällningen och miljön kippade efter andan. Det var snabba hamburgare från köttfarmer i något fjärran land där skogarna försvann lika fort som butikerna i de svenska stadskärnorna och det var köpcenter som utarmade städerna och skänkte nya intressen åt innevånarna. Det gick verkligen inte att ta miste på korvgubbens uppgivenhet över hur allt höll på att bli.

– Jag fattar ju att folk vill prova något annat också, fortsatte korvgubben, men det är bara det att medan alla provar sig fram så försvinner de gamla alternativen för att inte komma igen och då är det väl ingen idé att kämpa längre.

Bengtsson som mest hade stått bredvid och lyssnat och nickat med huvudet då och då, så gott han nu kunde i sin krokiga belägenhet, harklade sig plötsligt och invände:

– Det är väl politikernas fel att det går som det går.

– Det är väl klart att det är politikernas fel! De äter väl inte korv med bröd, de ska väl ha fina middagar med kungen, champagne och rysk kaviar kan jag tro och det tänker jag då aldrig servera här, åtminstone inte så länge jag är kvar där jag är. Nej, mina vänner. Korvens dagar är räknade, det är då något som är säkert.

Nu kändes det lite som att det hela höll på att urarta för korvgubben så innan han hann säga något mer för att uttrycka sin besvikelse över hur samhället såg ut för hans del så fick Bengtsson lov att vända det hela genom att säga att åtminstone de faktiskt var där för att köpa korv, så om han nu hade någon i korvlagret som inte gick att sälja så kunde det vara en bra idé att ta fram den nu. För stamkunder var stamkunder och bara en korv var en korv det med. För hans egen del fick det räcka med kaffet om det nu och av en ren händelse kunde ingå som en del av Orvars korvinköp.

Överrumplad som korvgubben blev över Bengtssons plötsliga infall satte han genast igång med det han var bäst på. På med korvlagarhatten och fram med både brödtång och korvtång. En korv med bröd blev det för Orvars tjugokronorssedel, extra senap av den sötstarka sorten och kaffe till Bengtsson eftersom korvpelles alltid råkade ha en panna kaffe på gång till de som kanske bara ville stanna till och prata bort en stund. En korv tog han själv också och en till åt Orvar eftersom han varit en sådan trogen kund. Sedan var det som om allt det tråkiga hade runnit ur honom och han på nytt kunde berätta roliga historier om vilka som varit där och hur och när och vad som hänt under åren. För hur det var så var det den inverkan Bengtsson kunde ha på människor. Han var kortfattad men tydlig och precis med vad han menade, vilket var en absolut tillgång i alla möjliga sammanhang, inte bara då det gällde deras egen detektivverksamhet.

– Vi ska nog hjälpa dig att få tillbaka lite kunder, sa Orvar efter att ha gjort slut på båda korvarna.

– Hur då? Ska ni riva hamburgerrestaurangen?

Det sista sa han samtidigt som han skrattade lite åt sitt eget skämt, för det var ju egentligen inte så att han menade det, även om han i efterhand nog tyckte att det inte var en så tokig idé ändå. Och vilka skulle vara bättre lämpade för ett sådant dåd än stadens lite udda detektiver, för det hade ju alla hört om hur de lyckats ställa till det både här och där i sina strävanden att lösa olika mysterier.

– Det ska nog inte behövas, sa Bengtsson utan att egentligen se det skämtsamma i det hela. Vi hittar nog på något sätt, vi är ju detektiver. Det är så vi jobbar, löser olika problem som folk har.

– Kör för det, sa korvgubben som ju blivit på lite bättre humör utan att för den skull riktigt tro på att de kunde göra något åt någonting som hade med hans korvverksamhet att göra. Om ni kan göra något åt den saken så bjuder jag på korven, så kan vi säga. Och när ni ändå är igång med detektivarbetandet så kan ni ta med er cykeln som har stått här sedan igår. Någons är den säkert och vad den gör här har jag ingen aning om.

Lutad mot korvkioskens ena vägg stod en röd damcykel, inget märkvärdigt, utan en helt vanlig cykel, ingen sådan där tävlingscykel med tusen växlar, spakar här och där och en sån där liten sadel som inte var mycket att sitta på för en välväxt kropp eller någon annan utstyrsel heller för den delen som skulle göra den särskilt värdefull, utan en helt vanlig cykel som sagt. Lite skamfilad och med dåligt pumpade däck visserligen, men i övrigt fullt användbar till det man skulle ha den till, att kort och gott ta sig fram. Byggd så som cyklar gjordes förr, när det enda man gjorde var att cykla på dem. Enkelt och ändamålsenligt. Det troliga var att någon som ägde den hade ställt den där för att uträtta några ärenden, men det kunde ju lika väl vara någon som inte ägde den som hade ställt den ifrån sig då personen i fråga fått kalla fötter eller då samvetet gjorde sig påmint, i synnerhet då den faktiskt var olåst.

– Ni kan ta den med härifrån, lämna in den till polisen eller försöka ta reda på vems det är, säkert är det någon som skulle bli glad över att få tillbaka en cykel eller tror ni inte?

Här var ju både Orvar och Bengtsson tvungna att hålla med, för hur det var så var de ju detektiver, eller ville i alla fall framstå som sådana och var det något de hade erfarenhet av att lösa så var det fall med borttappade saker. Vad de i alla fall var helt förvissade om var att de hade en verksamhet med väldigt dålig ekonomi och alla saker, små eller stora som kunde ändra på den saken var ytterst välkomna. Beträffande cyklar så kunde de generera en viss hittelön och hittelön kunde generera korv hos korvpelle och på så vis kunde alla gå lite gladare ur ett till synes så banalt fall som upphittandet av en gammal damcykel av tveksamt ursprung och värde. Det fanns med andra ord inget självklarare i världen än att Orvar korvar och uppochnedvända Bengtssons detektivbyrå skulle ta sats i en cykelägarjakt genom staden för att om möjligt kunna rädda livet på den lilla stadens kanske enda kvarvarande korvkiosk av gammalt mått. Då hela den här korvkioskhistorien också var något som verkligen engagerade dem, i synnerhet Orvar som man kunde säga gick igenom en sorts emotionell kris över att en av hans verkliga ledstjärnor i livet höll på att gå om intet, var de villiga att göra allt de möjligtvis kunde för att förändra saken till det bättre. Allt för att några personer tycktes föredra hamburgare, eller vad i hela världen det nu kunde vara som var så mycket bättre med att samla allt så långt borta från den plats där människorna bodde och levde sina liv. I en akt av medmänsklig omsorg om korvgubbens levebröd blandat med sina egna intressen för både detektivarbete och varmkorv lämnade de så tillbaka kaffekopp och skräpet som följde med korven, tog cykeln och började åter sin vandring upp emot stadens lilla centrum. Inget kunde ge sådan energi åt livet som ett litet mysterium som måste lösas och cykeln var, för att gå händelserna i förväg, nog bara början.

– Vi gör väl som vi brukar, sa Orvar där de spatserade vidare i sällskap av en olåst röd damcykel av den enklare sorten.

– Vadå? Svarade Bengtsson på sitt vanliga lite korta sätt.

– Vi sätter upp en lapp i butiken. Borttappad röd cykel återfås mot beskrivning.

– Och hittelön.

– Självklart. Jag kan rita en bild också så man fattar vad det är frågan om.

– Klart det, det skulle verkligen göra det hela tydligt.

Utan att egentligen ha förstått ironin i det sista fortsatte Orvar som innan, uppfylld av sin nya iver att lösa något enkelt och samtidigt göra allt det goda som mänskligheten hade behov av. Det var ju sådan han var, Orvar, han ville bara väl, men ofta blev det mer än så för väldigt många.

– Du tänkte väl inte ens på att butiken är stängd numera.

– Nej, det tänkte jag förstås inte på.

Som vanligt lät Orvar verkligheten rusa iväg med honom. Det var lätt att glömma sådana enkla saker, som butiker som alltid funnits där och sedan plötsligt inte gjorde det längre, när känslorna tog över och vem kan inte känna igen sig i hur man kan tappa bort sig så fort något verkligt intressant plötsligt dyker upp. Det var åtminstone något som ofta drabbade Orvar. När något intressant verkligen kom över honom kunde han helt enkelt glömma allt som i någon mening kunde verka viktigt i andra sammanhang än de han för tillfället befann sig i.

– Vad tänkte du göra av cykeln tills någon kommer för att hämta den då, sa Bengtsson plötsligt som om det var något han inte hunnit tänka på i hastigheten men plötsligt kommit på.

– Den kan väl stå hos dig, du har åtminstone inte så mycket saker i vägen som jag har.

Det där sista var i alla fall något Bengtsson inte kunde låta bli att hålla med om, för var det någonting som Orvar inte riktigt kunde tygla så var det hans ohämmade lust för att samla på saker. Alla möjliga saker. Saker som, vare sig de för vanligt folk var användbara eller inte, för Orvar kunde ha en alldeles särskild betydelse. Som alla samlare hade han svårt för att göra sig av med saker helt enkelt och till slut var det som om det, själva samlandet alltså, hade tagit över hela hans lägenhet. Överallt hade han undanstoppade och arkiverade saker som ingen människa skulle kunna komma på tanken att spara. Men som Orvar uttryckte det, så visste man aldrig när något skulle komma till användning och varför, en uppfattning som inte helt delades av Bengtsson. I Bengtssons värld var det enkla alldeles tillräckligt och ingenting behövde nödvändigtvis överdrivas vilket ju inte uteslöt att han gillade lite av Orvars upptåg ibland. Och då det gällde cykeln så kunde den visst stå nånstans där det fanns plats, nämligen hos honom. Det enda som egentligen bekymrade Bengtsson var väl om ingen nu skulle komma på tanken att göra anspråk på någon cykel och den skulle få lov att stå där i tid och evighet. För det var ju inte så att han själv hade någon större användning av en cykel. Det skulle nog inte ens gå att framföra en dylik sak om man var så kroppsligt beskaffad som uppochnedvända Bengtsson ju var och för den delen kan man nog säga att han under den förra sommaren hade fått ordentligt nog av alla fordon som hade färre än fyra hjul. Men om man ville lösa några mysterier så fick man inte vara så kinkig med detaljerna, annars skulle man kanske inte komma någon vart med vare sig korvpelles dilemma, den eventuellt saknade cykeln eller detektivbyråns faktiska överlevnad. I sann Orvar- och Bengtssonanda satte detektivtakterna därför in så fort något litet kom dem att vilja göra extra efterforskningar och road av Orvars lite intuitiva sätt följde

Bengtsson också bara med, precis som han oftast brukade.

*

När de båda männen tillsammans med den nyligen funna cykeln på sin väg hemåt slutligen kom till den gamla närbutiken var den mycket riktig också stängd och det fanns inget som vittnade om att det någon gång hade varit någon verksamhet därinne. Allt i skyltväg hade tagits ner och rutorna gapade tomma och svarta som om där aldrig hade varit någon aktivitet. Orvar kunde för sitt inre se hur den gapande föreståndaren gick omkring därinne och ställde i ordning alla varor som han skulle sälja till sina kunder, hur han omsorgsfullt plockade med vykorten som han nog ändå inte skulle få sälja särskilt många av såvida det inte mot förmodan skulle slinka in en turist i den lilla närbutiken. Han kunde ganska tydligt dra sig till minnes hur affärsinnehavaren i det närmaste exploderade av ilska så fort han såg dem komma in i sin lilla butik och hur de utan att egentligen ha något annat än goda avsikter på ganska kort tid hade blivit butiksinnehavarens stora förtret i livet. Det var nog så att både Orvar och Bengtsson ändå önskade att den gamla butiksinnehavaren nu skulle få en lite lättsammare tillvaro i sin nya butik vid köpcentret utanför staden. Om det sedan verkligen skulle bli så fick väl tiden avgöra, men att den här lilla närbutiken på hörnet hade gjort sitt rådde inte längre några tvivel om. Den var tömd på allt som kunde vara butikslikt och fönstren gapade ödsligt tomma. Med bara en del rivningsbråte och skräp som fyllde golvet därinne och utan en enda lampa som lyste upp gick det inte ens att föreställa sig vad det skulle bli av den lokalen och de båda männen kunde samtidigt känna en viss lättnad (över att slippa konfronteras med den ilskna gamla butiksinnehavaren) men också en sorgsenhet över att deras butik inte längre var där. Som den alltid hade varit. Kanske skulle de båda behöva tvinga sig iväg till köpcentret som alla andra för att handla och det var inget som någon av de båda männen kände någon vidare stor lust till. Det var också lite av sentimentala skäl de stannade till vid den gamla men numera stängda butiken, ställde ifrån sig cykeln och ställde sig för att stirra in genom de tomma skyltfönstren. Ingen av dem hade förväntat sig att se någon som helst aktivitet därinne och ändå var det som om något inte riktigt stämde. När de stod där och stirrade in genom de tomma fönstren fick de bestämt för sig att någon rörde sig därinne. De såg på varandra som om de ett ögonblick anade det värsta och sedan in igenom fönstren igen för att försäkra sig om att de sett rätt första gången. Kunde det vara tjuvar som smög omkring inne i lokalerna? Och varför inne i en butik där inget längre fanns att stjäla? Den lite skräckblandade förtjusningen som ögonblickligen drabbade Orvar fick honom att i samma stund alldeles glömma både korvpelle och cykeln och allt han hade tänkt sig att göra med den för att istället helt gå upp i det som hade med butiken att göra. Inte för att han visste hur eller vad han skulle göra, bara att han och Bengtsson nu hade möjligheten att förhindra att ett rån begicks mot den för närvarande helt tömda butiken. En i akt och mening god handling som med all säkerhet skulle ge dem båda en säker plats på kartan över både respekterade och handlingskraftiga detektivbyråer.

– Nu du Bengtsson får du komma på något riktigt smart, nästan viskade Orvar till honom där de båda stod med ansiktena så tätt tryckta mot rutan att de nästan lämnade bestående märken efter sig på glaset.

– Ska vi ringa polisen tycker du?

– Nej, såklart vi inte ska. Vi tar dem på bar gärning och håller dem kvar här, vi kanske kan binda dem så de inte kan ta sig härifrån, sedan kan polisen få komma och slutföra jobbet.

– Ska vi gå in då tycker du, eller ska vi vänta tills de kommer ut genom dörren? Och vad hade du tänkt binda dem med om man får fråga.

Det var ganska uppenbart att Bengtsson inte var lika entusiastisk över operationen som Orvar, åtminstone om man tänkte på hans lite tveksamma svar kring frågan. Hans annars så träffsäkra lösningar på alla problem de stött på tidigare och som Orvar kommit att bli så förtjust i verkade i den stunden som bortblåsta och om det nu inte var för att Bengtsson hade sitt lite försvagade hjärta att tänka på så kunde Orvar tro att han faktiskt skrämdes lite av tanken på allt farligt som kunde finnas därinne.

– Men om de kommer utrusande och vi står här då, tänkte Orvar högt för både sig själv och Bengtsson.

– Ja, och tänk om de är beväpnade, fortsatte Bengtsson nästan oroväckande orolig.

– Äh! För vadå? En tom butik. Det kan väl inte finnas mycket mer än råttskit och gamla plankor därinne. Ingen skulle väl börja skjuta sig ut för något sånt. Om det var guld och diamanter kanske, men jag har då aldrig sett något sådant ligga och skräpa omkring i den butiken, det kan jag lova. Inte ens då det var en butik som man kunde handla i hade de något sådant.

Här var det som om tanken plötsligt och för en gångs skull förekom Orvar och alla bitarna föll på sin rätta plats. Innan Bengtsson ens hade yttrat tanken om att man nog kunde blockera dörren med en planka eller något så att de inte kunde ta sig ut hade Orvar tagit tag i den saken. Plötsligt och utan att tänka hade han känt på den stora butiksdörren som lite överraskande visade sig vara olåst. Sedan han förvissat sig om att ingen såg honom, inte ens Bengtsson, så hade han också öppnat den och gått in. Precis som för ett barn kunde saker ibland ske på sekunden för Orvar, ibland ledde det till det bättre men dessvärre ganska ofta till något, för de allra flesta, alldeles, alldeles tokigt. När nu hans överväganden om vilka olika motiv en person kunde tänkas ha för att gå omkring i en stängd butik, helt hade skingrats av en enda tanke om att något ont uppsåt var i görningen, var han i det närmaste ostoppbar. Precis som vanligt med andra ord och när han nu var sådan så hände saker liksom alldeles av sig själv. Orvar rusade in i butiken så att det small i dörren och innan han kom på sig med i vilken situation han befann sig, hade han rafsat åt sig lite bräder och annat som kunde komma till användning från en hög på golvet och sedan också rusat ut med alltsammans genom dörren igen där Bengtsson stod som förstenad över vad han just fått se. Den här gången hade nämligen Orvars handlingskraft varit lika imponerande för dem båda.

– Här var det plankor, sa Orvar triumferande när han släppte hela brädhögen han fått med sig mitt på trottoaren utanför butiken, nu är det bara att barrikadera dörren så att ingen kommer ut.

På bara en liten stund hade de lyckats ställa tillräckligt med brädor mot dörren för att den inte skulle gå att ta sig ut igenom hur mycket och våldsamt man än knuffade på där inifrån. Därtill hade de använt en liten snörstump som Orvar också hittat därinne till att binda ihop handtaget så att det inte skulle kunna gå att öppna, åtminstone inte på det vanliga sättet för att sedan också sätta sig i säkerhet bakom hörnet av butiken där ingen kunde se dem genom skyltfönstren. Men även om de varit ovanligt snabba i sitt barrikaderande så hade den aningen bullersamma entrén i butiken samtidigt lyckats väcka ett visst intresse hos de, eller rättare sagt den, som också varit inne i butiken, vilket snart skulle märkas genom att personen i fråga bultade och skrek för full hals därinne om att de skulle öppna dörren. Först tyckte de båda att det var en lite lustig omständighet, nämligen den att när de nu äntligen blivit av med den gamla gaphalsen till butiksföreståndare så står där genast en ny och gapar sig röd i butiken. En sak tyckte Orvar ändå var lite märklig med rösten. Den kom inte som man kanske kunde förvänta sig från en man, en butiksgubbe eller inbrottstjuvsgubbe, utan från en kvinna, eller om man tänker på det så åtminstone en man med sällsynt ljus röst och eftersom Orvar ju var lite av den gamla sorten, med lite väl traditionella föreställningar om saker och ting, hade han också svårt att se det rimliga i att kvinnor kunde ägna sig åt att göra inbrott. Det var väl sådant som bara män skulle komma på tanken att göra. Åtminstone i Orvars värld.

– Tycker du inte det verkar lite konstigt Bengtsson, tjuven låter ju som en tjej. Det verkar väl konstigt va? Det finns väl inga tjejer som är rånare och inbrottstjuvar, det har jag väl aldrig hört.

– Det är nya tider nu vet du, sa Bengtsson samtidigt som han ryckte lite nonchalant på axlarna. Nu kan tjejerna jobba med vad som helst, vet du. Till och med poliser.

– Eller detektiver va? Svarade Orvar mest som på skämt, för i hans föreställningsvärld var åtminstone detektiv en ganska traditionellt manlig syssla. Åtminstone var det vad han ville tro efter att bara ha sett bilder av män som löste brott och olika kniviga fall och mysterier. I alla fall väldigt sällan kvinnor. Män var hårda och kvinnor var mjuka och det var väldigt svårt att ändra på den saken, i synnerhet om man var så traditionellt lagd som Orvar ofta kunde vara i sådana sammanhang.

– Javisst, detektiver också såklart.

– Då får vi väl börja se upp för konkurrensen om vi inte ska bli helt utan jobb.

När nu kvinnan, eller vad det var, i butiken inte slutade upp med att gapa efter hjälp, inte krossade fönstret i dörren eller ens började skjuta sig ut, i den händelse hon skulle ha varit beväpnad, så började de båda männen efter ett tag ana att något inte var riktigt som de först hade tänkt sig. Om de nu hade varit i inbrottstjuvens ställe, så hade de i alla fall inte stått där och gapat på det viset så att alla omkring skulle höra att de var där, då hade de nog försökt ta sig ut på annat sätt. När hon sedan började hota med att ringa polisen, om de inte genast släppte ut henne, började deras tro att vackla betänkligt. För hur det än var, om hon varit där olovligen eller inte, så lät det ju helt orimligt att en inbrottstjuv själv skulle tillkalla polis till den plats där tjuven nog inte borde befinna sig när polisen väl kom. Efter att först ha sett på varandra en stund där de stod, funderat över saken och sedan nickat åt varandra i samförstånd så kunde de ändå konstatera att saken nog vidare behövde utredas. De fick helt enkelt begrava sin triumf ett tag och gå fram från sitt hörn av gatan så att de kunde konfrontera kvinnan i butiken. För ingen detektiv, hur rutinerad den än må vara, fick ta sig vatten över huvudet eller oöverlagt fasthålla en skurk som inte var en skurk, eller som åtminstone senare kunde bevisas vara motsatsen.

Lite modstulna tittade så de båda männen till slut fram bakom hörnet till butiken så att de kunde se vad det var som stod där inne och skrek så att det ekade längs hela gatan, och även om de någonstans redan hade räknat ut hur det var så blev de båda ändå lite överraskade över vad det faktiskt var som stod där innanför deras så väl barrikaderade dörr. Det var i alla fall inte någon skum mansfigur med huva över huvudet eller vad de hade kunnat tänka sig. Det var, i alla fall vad Orvar senare kunde konstatera, en ganska söt lite yngre kvinna, om än med ett till synes ganska hett temperament, som stirrade tillbaka på de båda lite förvånade mansansiktena på andra sidan glasrutan. En temperamentsfull smått galen person, som man nog inte kunde veta riktigt vad den skulle kunna ta sig till om man släppte den lös. Inte helt olik Orvar då, kunde man ju tycka.

– Vad tror ni att ni håller på med! utbrast hon så fort hon fick se dem. Tror ni inte att jag såg att det var ni va? En långsmal dåre och så en kort. Vad har du gjort med honom då? Vikt honom på mitten. Släpp ut mig härifrån nu så vi kan prata ut om det här.

I det tillstånd hon var i just då (upplösningstillstånd) tänkte nog både Orvar och Bengtsson att det inte var direkt tillrådligt att göra just det, släppa ut henne. Men vad de skulle göra med henne kunde de ändå inte riktigt komma på.

– Vad gör du därinne då om man får fråga, sa Orvar plötsligt som om han inte kunde komma på något bättre att säga. Går omkring i stängda butiker mitt på ljusan dag.

– Det har ni inte med att göra, svarade kvinnan från andra sidan dörren. Vad gör ni själv förresten? Stjäl cyklar ser jag.

– Nej, den är upphittad, svarade Bengtsson snabbt som om just det var det bästa han i hastigheten kunde komma på.

– Såklart, drar runt på andras cyklar och låser in människor i butiker som några jädra småbarn. Jag jobbar i den här butiken fattar ni väl. Så nu är ni så goda och släpper ut mig innan jag ringer polisen.

– Vi trodde du var en inbrottstjuv, sa Orvar fortfarande stirrande på kvinnan i butiken som om hon hade en hypnotiserande inverkan på honom.

– Inbrottstjuv! Jag ska säga dig en sak, det är väl du som går runt med stulna cyklar, går in i butiker och stjäl brädor och låser in oskyldiga människor mot deras vilja. Vad tror du polisen skulle säga om det va?

Plötsligt hade det blivit helt uppenbart för både Orvar, Bengtsson och inte minst kvinnan i butiken att det hade blivit alldeles tokigt igen. De hade gjort allt det de trodde det var det riktiga och ändå stod hon där och skällde och hotade dem med polisen. Om det nu var hennes butik så förstod inte vare sig Orvar eller Bengtsson varför hon inte kunde visa lite tacksamhet för den insats de faktiskt gjort istället för att ge dem skulden för det som blev. Det kunde ju trots allt ha varit på riktigt, riktiga bovar som måste tas omhand efter stundens ingivelse. Och nu visste de inte om de skulle våga öppna dörren eller inte med risk för både sitt eget väl och möjligtvis hennes ve, för ingen kunde ju riktigt säga hur hon skulle agera så fort dörren gick upp. Om hon var så aggressiv som hon lät så hade det bästa kanske varit att springa så långt därifrån det bara gick så fort plankorna tagits bort, men då det kanske inte gick med vindens fart för Bengtsson så lät de det hela bero, och det var väl tur det, för inte särskilt långt därefter kom en man runt hörnet som möjligen hade det goda med sig att han på ett positivt sätt kunde vända allt till något för ögonblicket betydligt bättre. Åtminstone kunde han rädda situationen lite för de båda överenergiska männen som tycktes stå handfallna där på trottoaren utanför det som en gång varit deras närbutik.

– Jaså! Ni har låst in flickan i butiken, sa mannen leende så snart han fattat situationen. Det var väl bra. Hon kan behöva tygla sitt humör lite.

Mannen var ganska kort, inte mycket längre än Bengtsson skulle vara om han sträckte sig tillräckligt. Ganska tunnhårig men med ordentliga ögonbryn, som mustascher fast över ögonen. Ögonen däremot var pliriga, som hos en hund som har bestämt sig för något som den underligt nog vet att den inte får och ändå log munnen på mannen mest hela tiden som om hela världen omkring honom var en ständig komedi. Möjligen såg han också det komiska som uppstått i hela situationen med Orvar, Bengtsson och kvinnan i butiken, som kunnat vara hans dotter men också hans fru även om hon verkade väl ung för det. Lite konstigt var det ändå för dem att mannen verkade så positivt inställd till att de låst in det som föreföll vara en fullständigt galen

46

kvinna så det fanns ändå en möjlighet att en oförutsägbar situation skulle kunna uppstå om de plötsligt skulle öppna dörren och släppa henne lös. Kanske skulle hon rusa på dem med någon sorts tillhygge eller skrika och bete sig så att hela gatan skulle vakna till. De lät helt enkelt det hela vara så länge det bara gick.

– Idioterna har låst in mig i butiken, fortsatte hon, fast nu till mannen som hon trodde hade kommit till hennes undsättning.

– Ja, jag ser det, svarade mannen samtidigt som han skrattade till tyst för sig själv.

– Går omkring och snor cyklar gör de också.

– Nej, den är upphittad, upprepade Bengtsson mekaniskt, den hade vi tänkt lämna till polisen om vi nu inte skulle hitta ägaren innan dess.

Sedan berättade de hela historien om detektivbyrån, korvpelle, om cykeln som stått där och hur de tänkte sätta upp ett anslag om en försvunnen men numera upphittad cykel och att de kanske kunde få hittelön eller något liknande om de på ett riktigt sätt återbördade fordonet till dess rätta ägare. Och hur det var så ville det sig inte bättre än att de redan på första försöket verkade ha hittat rätt, för när allt kom omkring så tydde det mesta på att cykeln verkade tillhöra kvinnan som stod inlåst i butiken och nu inte kunde komma ut för att de båda männen såg det säkraste i att hon var kvar där hon var.

– Har du hört va! sa mannen sedan både förvånad och lite överraskad. De har hittat cykeln. Det var ingen vidare dyr cykel, vi fick den billigt på loppis, så någon stor hittelön kan det väl inte bli, men om jag kan få bjuda herrarna på kaffe så skulle jag bli glad.

Orvar tyckte förvisso att mannen redan såg tillräckligt glad ut som han var, men förstod samtidigt att det vore otänkbart att tacka nej när Bengtsson nu var så förtjust i kaffe.

– Det är äkta syrianskt kaffe med kardemumma, fortsatte mannen som för att fresta dem även om både Bengtsson och Orvar redan bestämt sig för att de var med på det, och jättegoda hembakta kakor har jag med mig också. Milla! Sätt på kaffe i köket så tar vi bort plankorna här så länge.

Då kvinnan, som faktiskt visade sig vara mannens dotter hade lommat iväg in i mörkret i den stängda butiken berättade mannen för dem om hur de kommit till Sverige och hur de efter bara en kort tid i landet, ett eller två år, ville starta något eget för att ha något att göra. Han berättade om hur de bestämde sig för att ta över den lilla butiken i staden så snart de såg att den stod tom. Ingen mår ju särskilt bra av att vara utan arbete, tyckte mannen, och om man kommer på något bra, som att öppna en butik eller starta en detektivbyrå eller något, så måste man göra det, för man kan ju inte bara sitta stilla hela tiden. Kroppen måste få röra på sig och hjärnan måste få tänka. Han tänkte med andra ord precis som Orvar. Och som Bengtsson med för den delen. Man måste ha saker att se fram emot, något man verkligen ville jobba för, det mådde hela kroppen bra av. Det var alldeles glasklart för dem båda att det var så det hela en gång hade börjat med detektivbyrån, ett plötsligt infall som kom sig av att inte så mycket hände i deras lite torftiga vardag. Hur som helst, så det gav det dem i alla fall viss tankemöda och så ger det ju tillfälle att träffa så mycket nya människor också, vilket de alla verkade tycka var särskilt roligt. Så hade det varit hela förra sommaren och så slumpade det sig återigen för de båda detektiverna, att deras detektivarbete ledde dem in i nya bekantskaper, som den leende mannen med ögonbrynen och hans lite hätska dotter i den gamla butiken som troligen och förhoppningsvis också skulle komma att öppna igen innan sommaren var över. Ingen större skillnad där inte, om butiken fick bli kvar och den nya föreståndaren också var en gaphals utan ett så vidare gott öga till de båda männen, så var det ju lätt för alla att känna igen sig.

När de väl hade fått bort alla plankor som barrikaderat dörren tog de sig också igenom den numera tillfälligtvis nedlagda butikens tomma innanmäte. Cykeln tog Orvar för säkerhets skull med sig in i lokalen så att den inte på nytt skulle komma att försvinna. Det kunde räcka med ett upphittande av den cykeln tyckte de och då den inte hade något lås gjorde den sig under rådande omständigheter bättre inomhus, för även om Sverige var tryggt och säkert för de flesta så kunde cyklar då och då ta sig egna vägar om de inte var under säkert förvar, det hade de just fått bevis för. Om nu butikslokalerna inte såg mycket ut för världen så var det annorlunda med köket, för precis som ingen av dem för en stund sedan hade trott så hade den regionen av butikslokalerna genomgått en omfattande renovering och fått sig en rejäl uppfräschning. Det var nämligen så de hade börjat sin stora renovering och det var också därför ingen först hade synts till i lokalerna då detta ju normalt inte var en butiksdel som syntes ifrån gatan. Gott och väl så för även om man hade en butik som såg inbjudande ut för kunderna så var det nog så viktigt också med en trevlig plats för personalen att kunna ta igen sig på. Och då Bengtsson inte var fullt så nogräknad med kaffet, som Orvar var med hur korvar skulle vara, var det både spännande och intressant med nya smaker. Några goda skratt fick de också kring hur tokigt allt hade blivit med cykeln och den nya butiksföreståndarinnan som de ju omöjligt kunde veta var just en sådan innan de hade träffats på riktigt innanför butikens fönster. När sedan alla tokigheter hade retts ut visade sig mannen med ögonbrynen och hans gapande dotter istället vara tacksamma för den rådighet de båda männen visat prov på. För hur skulle någon riktigt kunna veta vad det var som smög omkring därinne. I den meningen skulle man ändå kunna säga att de ju faktiskt hade räddat deras nya butik från att bli rånad, även om det nu inte var någon riktig rånare som togs på bar gärning den gången. Nästa gång kunde det ju lika gärna vara på allvar och då var det skönt för dem att veta att det fanns svenskar som månade om ditt och mitt. Dessutom var de ganska glada över att så oväntat ha fått träffa nya vänner i sitt nya land, vänner som de åtminstone fick en känsla av att de nog kunde lita på och som dessutom till synes tycktes uppskatta både deras kaffe och söta bakverk. Den högljudda flickan hade efter att allt rett ut sig också lugnat ner sig och visade sig, i motsats till deras första intryck av henne, vara en väldigt trevlig och i Orvars ögon ovanligt söt flicka, hennes humör till trots.

Orvar som ju hade ganska lätt för att uppskatta det sköna i tillvaron men svårare med att tygla sina känslor fylldes också ganska omgående av den värmande och samtidigt lite otrygga känslan av att tappa bort sig själv i hennes närvaro. Varje gång hon såg på honom fick det honom att förläget titta ner i golvet och ändå kunde han inte slita sina ögon ifrån henne så länge hon befann sig i hans närhet. De andra fick gärna tro att det berodde på att han var lite skamsen över de tidigare tokigheterna, men Orvar visste vad det var. Han hade känt det förut. Samma känsla som med pannkaksmamman, som sockerdricka i benen. Och på samma sätt som han känt tidigare kunde nu den nya butiksflickans mörka böljande hår, mörka ögon och smittande leende (när det undantagsvis hände) få det att både porla och sprudla i kroppen på honom. Hon fick gärna vara både vresig och bestämd, allt på samma gång bara han fick vara nära henne, så ofta det bara gick. Så där kan man nog inte säga annat än att all olycka han varit nära att orsaka den gången ganska snart ersattes av ett lyckligt rus. Ja vad säger man, det som börjar med bråk kan faktiskt sluta med kärlek. Om det nu inte varit för att Bengtsson till slut också tyckte att de borde gå vidare, för att inte uppehålla dem för mycket i sitt arbete med att iordningställa butiken, så hade han nog kunnat sitta där tills de stängde om honom och gick hem. Med löfte om att han skulle leta rätt på något att pumpa däcken med och ett oanvänt men fullt dugligt cykellås, som han alldeles säkert hade liggande hemma och komma tillbaka med det så snart det bara gick, begav de sig till slut också av ifrån butiken och vidare i sina spaningar efter vadhelst som kunnat uppehålla två till synes halvfnoskiga detektiver. Bengtsson så nöjd och belåten han kunde vara över att ha fått kaffe med tillhörande kaka och Orvar lika sprudlande glad som ett barn på julafton. Lika plötsligt som överraskande var alla tankar Orvar tidigare hade haft på pannkaksmamman som bortblåsta och då gjorde det heller ingenting att hon under vintern som varit hade hittat en ny pappa till tuggummiflickan, Lisa. För även om hon hade en speciell plats i hans hjärta kunde han någonstans också förstå att det aldrig kunde bli de två. Hon behövde någon som kunde ta ansvar, för henne och för Lisa, varje dag, hela tiden och då var han nog inte riktigt rätt när allt kom omkring. Nu gjorde det heller inte så mycket för Orvar, för de var fortfarande vänner och pannkaka kunde hon bjuda på bara de hade tid för det och dessutom var det ju så att han nu hade fått helt andra saker att tänka på. Så var det oftast för Orvar och Bengtsson, rätt vad det var så ramlade de in i något som kunde få helt andra konsekvenser än de från början hade föreställt sig. Oftast, liksom den här gången, slutade det bra för de flesta och därför var det återigen två ganska nöjda män som fortsatte vägen hem en helt vanlig våreftermiddag, då solen hade slutat värma, de flesta människorna hade gått hem för dagen och fåglarnas vårystra sång hade slaknat lite inför natten.

Och så börjar alltså ännu en gång berättelsen om Orvar och Bengtssons vådliga äventyr i den lilla staden. Mycket blir tokigt men mycket reder också upp sig igen. Men det är väl som det mesta i livet, att ger man sig inte in i något på egen hand kommer ingenting att serveras heller och en sak är i alla fall säker, att nästan allting man gör blir roligare om man gör det tillsammans med någon man tycker särskilt mycket om. Varken Orvar eller Bengtsson var väl i andras ögon några särskilt märkvärdiga personer, men deras vänskap gav dem ändå både ro och oro och framför allt en mycket händelserikare vardag än de någonsin skulle uppleva på egen hand. Även om de ännu inte räddat någon korvkiosk från förfall och undergång hade de lite oplanerat lyckats hitta ägaren till en försvunnen cykel. De hade räddat en butik från att nästan bli rånad och de hade fått nya vänner utan att de ens hade tänkt tanken på att det skulle bli så.

Orvar och Bengtsson går under jorden

Om det nu är en sak som är säker med den svenska sommaren så är det regnet. Inte så långt efter Orvar och Bengtssons första möte med den nya butiksinnehavaren och hennes skrattande far, mannen med ögonbrynen, satte det igång. Ganska nära skolavslutningarna kom de första föraningarna om att vädret skulle vända. Först som några enstaka moln på den då klarblå himlen, sedan blåste det upp, himlen stockades av grått och sedan kom det. Några droppar som till en början kunde kännas friska och angenäma för att ganska snart övergå i hällande regn som aldrig tycktes vilja sluta. Det är också närmast otroligt hur många olika skepnader regnet faktiskt kunde ta. Strilande utan uppehåll, duggregn, regn som dis och dimma, små skurar med lite solsken emellan, regn fast solen sken och hällande gråtungt ösregn som om hela himlen hade förvandlats till ett duschmunstycke för att bara nämna några. Varje år sades det att sommaren skulle bli så fin, varm och solig och varje år var besvikelsen lika stor som förhoppningarna hade varit då de stora festernas tid mestadels fick spenderas under paraplyer och regnkläder. Den soliga försommartidens Sverige, som bådade så gott för alla som längtat efter värme, hade med andra ord snart förbytts i ett blött och kylslaget landskap som mest bara lämpade sig för mossan i stadens alla trädgårdar. Gräsklippare ställdes om till mossrivare och irriterade trädgårdsinnehavare jobbade sig svettiga för att i all välmening utplåna mossan till förmån för ett härligt midsommargräs. Alla ville väl och jobbade sig trötta för att midsommarfesten skulle bli så bra som det bara gick att få den och ändå höll regnet i sig.

Nu gjorde inte det så mycket för vare sig Orvar eller Bengtsson. Orvar hade haft fullt upp med att springa fram och tillbaka till butiken och bistå med så mycket han kunde. Ett cykellås hade han mycket riktigt kunnat leta fram ur sina samlingar av allt-möjligt-som-kunde-vara-bra-att-ha-men-man-inte-riktigt-kunde-veta—när-högar. En hel bunt med tidningar hade han också kunnat avvara för måleriet ur sin samling av riktigt bra kriminalhistorietidningar. Inte för att det gjorde så särskilt mycket då hans högar hade vuxit sig lite för stora för hans i sammanhanget lilla lägenhet, men då ska man också tänka på att för en samlare av Orvars kaliber var det en ganska stor uppoffring att lägga sina samlingar på golvet som målarskydd i en så enkel kvartersbutik. Det kanske inte går att jämföra med en Van-Gogh samling eller andra samlingar av anständigt måleri, men nu är det ju Orvar vi talar om här och då går ju det ju inte riktigt att jämföra med något annat. Hur som helst hade kärleken slagit ner som en bomb i Orvar, för det som en gång börjar med bråk kan som sagt sluta med kärlek och då går det helt enkelt inte att vara rationell längre. När känslorna tar över går det inte att tänka klart, det gällde i alla fall för honom och med så mycket tid som han tillbringat i den butiken för att hjälpa till och få allt klart borde han åtminstone få en rejäl rabatt på allt, både vanligt och exotiskt, som de skulle kunna tänkas sälja där. Bengtsson hade inte störts så mycket av regnet han heller. Även om inte Orvar haft så mycket tid till det så hade Bengtsson varit en del hos pannkaksmamman och hälsat på. Det var som om han kände att han måste efter allt som hänt med hjärtat och det, eller som han uttryckte det, det gäller att hålla kontakten med sina nära och kära så länge man kan, för man vet ju aldrig när det är över. Han hade fått en mobiltelefon av henne också, visserligen en äldre modell som hon inte hade någon användning av när hon skaffat sig en ny. På så vis skulle han kunna nå henne om något skulle hända, som att han kom vilse i ett främmande land eller råkade ut för några fler tråkigheter med hjärtat. Ingen kunde ju vara riktigt säker, så då var det bra att vara på den lite säkrare sidan med en mobiltelefon, åtminstone om något verkligen skulle hända. Varken Orvar eller Bengtsson var något vidare för den nya tekniken. De hade ju sett hur människor gick med ögonen ner i sina mobiltelefoner dagarna i ända, men kunde inte riktigt förstå varför. Men nu var det som det var, Bengtsson hade mobiltelefon och han förstod nog hur den fungerade, men han hade inte mycket nummer i den som han kunde ringa om det verkligen skulle knipa. Orvar visste ju också att Bengtsson hade en mobiltelefon, men att han skulle komma på tanken att lära sig telefonnumret till den var nog att begära för mycket. Det var väl inget han tänkte så mycket på helt enkelt. Däremot hade han ganska många gånger den sista tiden ringt på hemma hos Bengtsson utan att någon hade svarat vilket för honom kunde kännas som helt obegripligt. Bengtsson var helt enkelt inte den sorten som sprang omkring hela dagarna på egen hand. Även om hans lägenhet var liten och trång så var det inget som störde honom utan han kunde stilla sitta där inne tills något kom på tal som kunde ändra på den saken. Oftast var det Orvar och därför bekymrade det Orvar något att han inte skulle vara där han för enkelhetens skull borde vara. Särskilt med tanke på det som hade hänt hans hjärta och så. Men Bengtsson hade inte varit borta, det var bara det att han under de senaste dagarna utvecklat ett nytt intresse. Han hade drabbats av en ny idé, skulle man kunna säga. En idé som inte liknade något annat han haft tidigare och något han nog trodde att Orvar skulle ha svårt att förstå. Visserligen rörde det sig fortfarande om mysterier och ouppklarade hemligheter, men det kändes ändå som att det var på en nivå där han helt enkelt var tvungen att ta reda på mer innan han släppte den stora nyheten. Saker som bara var för stora att ta in. Sökandet efter skatter som vida överträffade allt som de hittills hade stött på. Vikingar!

Bengtsson som inte heller fann någon större glädje i det eviga regnandet hade på egen hand funnit sin tillflykt i det lokala biblioteket och till skillnad från de flesta andra som gick dit för att läsa tidningar, låna CD-skivor, talböcker, filmer eller teve-spel och andra nymodigheter hade han fördjupat sig i bibliotekets verkliga skatter, böckerna. Bengtsson hade läst sig igenom allt som fanns om vikingar, vikingarnas värld och olika arkeologiska efterlämningar där det funnits spår av deras liv och nu hade han plötsligt fått en idé som skulle bli större än något de tidigare tagit sig för. Han skulle ge sig in i arkeologins mystiska värld. Han hade i alla fall den kroppsliga fallenheten för något dylikt. Med ansiktet ständigt ner i marken var han definitivt rustad för ett liv i arkeologins tjänst och inte trodde han att det kunde vara något vidare tungt jobb heller. Kunde den gamle kungen så kunde nog han också, det var åtminstone hans uppfattning om den saken. Och nog hade han kommit på något som han trodde skulle revolutionera den arkeologiska världen. Han hade räknat ut att med alla människor som genom alla tider hade befolkat det här landet så kunde det just inte finnas någon plats som inte ännu hade hyst någon form av mänskligt liv. Alla platser runt omkring honom borde i sannolikhetens namn ha varit boplatser eller på annat sätt varit beträdda av människor, åtminstone någon gång i tiden och då den lilla staden inte ännu kunde stoltsera med några anrika värden som kunde få historieintresserade att vallfärda dit så hade Bengtsson den klara uppfattningen att det var något som det kunde bli ändring på. Överallt där människor varit borde det finnas spår, lämningar eller saker som de tappat och som nu kunde bli upphittade och om nu ingen annan hade tagit tag i den saken så fick det helt enkelt bli Bengtssons delikata uppgift att se till så att det blev gjort. Alla städer av större eller mindre mått borde ju kunna stoltsera med något fornminne som satte staden i ett större sammanhang och vad hade då varit bättre än att hitta vikingar. Sveriges stolta ursprung som lät tala om sig långt ut i världen. Långt där nere under den jord de idag kunde se hade vikingarna gått, det var hans fulla övertygelse. Det gällde bara att lokalisera exakt var de skulle börja leta. Så snart han bara visste och hade en plan för det så skulle också Orvar invigas i hans lilla hemlighet, för det var när allt kommer omkring inte något litet arbete och definitivt inget som en liten uppochnedvänd gubbe med svagt hjärta kunde klara på egen hand. Och Orvar gick det ju att få till att göra nästan vad som helst bara man tryckte på de rätta knapparna, det hade han i alla fall lärt sig vid det laget.

Den tidiga sommaren hade som sagt gått i regnets tecken och det nära nog oupphörliga strilandet på deras arma huvuden hade inte motiverat dem till så särskilt mycket utomhusaktiviteter. De hade visserligen varit på tuggummiflickans första skolavslutning. En tillställning som inte bjöd på så värst stora komplikationer för Orvars del. Även om man kunde tro att den lite spända och traditionsenliga stämningen som vanligt skulle ställa till det för Orvar så att han på något särskilt sätt skulle utmärka sig igen, så blev det faktiskt inte så. Han lyckades hålla huvudet kallt under hela processionen, avslutningssången och rektorns tacktal och lyckönskningar. Rörd av stämningen och med en tår i ögonvrån kunde han också, så snart allt var över och sommarlovet äntligen hade börjat för hennes del, ta emot en överlycklig Lisa och samtidigt ge henne en alldeles egenhändigt gjord krans av nyplockade syrenblommor och liljekonvaljer, som han fått av några generösa trädgårdsägare.

– Nu du Orvar har jag sommarlov, nu kan vi fika och äta korv i parken varenda dag, sa hon så högt att alla kunde höra det när hon såg honom där i sällskap med Bengtsson och sin älskvärda mamma. Jag har lärt mig att simma också, så nu kan vi bada så mycket vi orkar du och jag.

– Ja det kan vi visst, var det enda Orvar lyckades få ur sig när han såg henne komma emot dem i sin nya och skinande vita klänning och ett leende så stort som det bara kunde vara på en flicka som just fått sitt första sommarlov och mötte några gamla goda vänner. Men hans stolthet gick det inte att ta miste på, den visste vid det tillfället inga gränser och han tänkte också tyst för sig själv när de gick därifrån; att den flickan kommer att gå långt, det är jag säker på, hon kommer att bli något stort en dag. Om det sedan skulle bli så kunde väl ingen veta då, men hon hade en särskild charm den flickan och för Orvar var hon, efter vad de varit med om tillsammans, ändå något alldeles extra.

Om det främst var regnet som lade sordin på hans annars så lynniga uppträdanden den dagen eller om det var för att han plötsligt fått så mycket annat att tänka på gick inte riktigt att säga, men att hans huvud hade varit upptaget av hur han på bästa sätt kunde hjälpa den nya butiksinnehavaren var i alla fall säkert. Det var något som inte nödvändigtvis behövde synas utanpå men ändå kunde vara märkbart och tydligt då han inte kunde dölja det något vidare med vare sig leenden eller skratt. För de som kände honom var han nämligen ganska tydlig och i synnerhet för Bengtsson, som ju känt honom lite längre än alla de andra hade gjort.

– Det är några nya som ska öppna butiken igen, sa Bengtsson, som för att förekomma deras frågor om hur de haft det och hur konstigt det än kunde låta där och då så verkade det fullständigt rimligt som svar på de frågor de eventuellt skulle ha ställt.

– Det låter väl bra det, svarade pannkaksmamman och nickade menande åt Orvar som hon ju visste inte stod på så väldigt god fot med den tidigare innehavaren av butiken.

– Ja Orvar hjälper till lite med att få butiken iordning, fortsatte Bengtsson, kanske därför han har så mycket att tänka på numera.

– Oj vad roligt, då kanske du kan få jobb där också, sa den alltjämt lika glatt leende mamman, som om hon verkligen menade det och sken sedan upp som om hon plötsligt såg framför sig hur Orvar skulle ta sig ut i butikskläder, snubblande runt bland hyllor och ställ för olika varor och ställa till en väldig oreda precis som han brukade.

– Det skulle vara en vacker syn det, skrockade Bengtsson.

– Men hur går det då med detektivbyrån? undrade flickan förskräckt och samtidigt förvånat.

– Det ska du inte oroa dig för, sa Orvar som om det var en självklarhet, någon måste få någon ordning på butiken annars finns det ju ingenstans att sätta upp lappar om försvunna eller upphittade saker, eller hur?

Det verkade åtminstone vettigt för att komma från Orvar. Det tyckte både flickan och hennes mamma. Sedan skrattade de lite åt hela saken som om det ändå bara varit en bagatell. De lovade varandra att ses flera gånger i sommar och bada eller äta pannkakor och efter det gick de var och en till sitt för att fortsätta med sina göromål. Ja det var väl ungefär det hela och som genom ett mirakel hade himlens krafter också valt att ta en paus just då för att barnen och deras lärare för en stund kunde gå ut utan att bli blöta.

En hel del hade med andra ord hänt de båda männen under den första regniga delen av sommaren även om det inte var något man direkt hade lagt märke till. Orvar hade sprungit fram och tillbaka till butiken som om det var det viktigaste en människa kunde uträtta och Bengtsson hade mestadels suttit på biblioteket i jakt på något som den här staden verkligen saknade; en spännande historia. Ändå var de överens om att tuggummiflickans examen nog var viktigare än allt annat de kunde komma på att sysselsätta sig med. Så snart den var över och sommaren på riktigt hade börjat för vartenda barn i landet återgick ändå de båda männen till vad de gjort innan och när dagen till slut var mogen för det så presenterade Bengtsson också sin revolutionerande idé för Orvar.

Precis som han brukade, ringde Orvar på dörren och klev sedan in innan någon hann säga åt honom att göra så. Det var trots allt så man gjorde hos Orvar och Bengtsson, dörren fanns det ju ingen anledning att låsa, åtminstone inte när man själv var hemma. Inte många andra skulle egentligen ha någon anledning att komma dit ändå så då fanns det väl inte något stort att oroa sig för menade de. Många skulle antagligen inte hålla med men Bengtsson tyckte inte att han hade så mycket att vara rädd för. Det fanns inte så mycket av värde hemma hos honom och så länge dörren var olåst så var det ju tydligt att någon var hemma och då skulle väl ingen bara klampa in, bortsett från Orvar då som han ändå tyckte att han kände ganska väl.

Det var alltså utan att skämmas som Orvar stolpade in i Bengtssons lilla lägenhet. Han kände sig nämligen nästan lika hemma där som hemma hos sig själv. In i den lilla hallen som inte rymde så vidare mycket mer än några par väl använda skor och Bengtssons kavajer och jackor på en hylla som också rymde en och annan keps eller hatt. För det menade han med bestämdhet, att alla då och då kunde ha användning av en hatt. Sol eller regn gjorde alldeles detsamma. Så snart man passerat hallen var man inne i lägenhetens enda rum, sparsamt möblerat med en enklare säng, några fåtöljer, ett litet bord, en tavla av en sjöman med en snugga (en ganska krokig pipa) och sydväst, som Bengtsson kommit över billigt på en loppmarknad för ganska länge sedan, och som numera prydde en i övrigt naken vägg samt en bokhylla med ett antal volymer av sådana böcker som Bengtsson menade att ingen kunde vara utan. Uppslagsverk för de vanligaste orden (oumbärligt för korsordslösare), ett praktverk över arkitekturens pärlor, en gedigen översikt över Sveriges flora och fauna, 1900-talets tekniska innovationer i text och bild, "Människans anatomi jämte vanliga sjukdomar och åkommor och hur de behandlas" och slutligen en rad viktiga författare av vilka han inte läst hälften men vilka ändå prydde hyllan med sin blotta närvaro. Bengtsson var inte den sorten som gärna läste böckerna han hade utan mest såg på dem där de stod som en påminnelse om att stora saker hade skrivits. Däremot slog han ofta upp saker han ville veta mer om, såg på och lät sig fascineras av bilderna och ritningarna i sina böcker och på samma sätt var det med de böcker från biblioteket han nu lät sig uppslukas av. Så till den grad att Orvar först inte såg den lille mannen bakom högen av böcker om vikingatidens historia som han hade upptravad framför sig på bordet, då Orvar kom in i rummet.

– Du kan sätta på kaffet i köket, det är redan laddat så man behöver bara trycka på knappen, var det första han sa då han redan, utan att se det, förstod vem det var som kom på besök i hans lilla lya.

När Orvar först inte såg någon annan än en trave böcker på bordet i lägenheten och sedan fick höra den lite knarrande rösten bakom böckerna kunde han inte låta bli att skratta åt honom. Det var ju inte så han var van att se sin vän, begravd under en pyramid av böcker om allt mellan himmel och jord (eller rättare sagt, allt som kunde tänkas finnas under jord). Det vanliga var snarare att han satt vid kökets enda fönster och förstrött tittade på det som händelsevis kunde ske utanför. Inte för att han på något vis vantrivdes därinne eller för att han tyckte lägenheten var för liten för honom. Lägenheten tyckte han räckte alldeles tillräckligt, han hade ju bara att gå ut så fanns hela världen där och ingenting kunde fattas honom och för de få saker han ägde och hade behövdes inget större. I den meningen var han alltså ganska olik Orvar, han nöjde sig med lite och behövde just inget mer. Ett litet matbord till fåglarna hade han visserligen hängt upp utanför så att han kunde se naturen inpå dörren (fönstret), vilket i huvudsak brukade röra sig om skatorna som skränade och gjorde allt vad de tillnärmelsevis kunde komma på för att komma över och ta småfåglarnas mat. Annars var det inte så mycket nytt i inredningsväg utan det mesta hade funnits där sedan han först flyttade in och det för ganska länge sedan. När nu Orvar dök upp så förväntade han sig inte heller några stora förändringar. Han tyckte väl bara att dagarna i butiken börjat bli lite enahanda och behövde någon stunds omväxling. Och så snart kaffet var på så skulle han avkräva Bengtsson ett svar på varför han satt där han gjorde bakom högen av biblioteksböcker, eller åtminstone få honom med på ännu en av deras sedvanliga promenader eller något liknande.

– Kom här Orvar så ska jag visa dig något, sa Bengtsson plötsligt bakom bokhögen och Orvar lyfte ned några av de största volymerna i en hög på golvet. Delvis för att han annars inte skulle ha en möjlighet att se något av vad Bengtsson ville visa men också för att det passade så bra att sitta på då möblemanget i övrigt var så knapert.

Framför sig hade Bengtsson vecklat ut en karta som i huvudsak visade staden, som på kartan ju såg betydligt mindre ut än den i själva verket var, men också de omkringliggande skogarna, sjöarna och vägarna, så som de antagligen skulle se ut från luften, även om vissa pågående förändringar redan var igång. Mitt på kartan hade han ritat in några fyrkanter, streck och kryss med en kraftig röd penna och vid sidan av dessa några svagare anteckningar i blyerts.

– Vad är det du har? Är det en skattkarta? frågade Orvar intresserat då han inte kunde undgå att lägga märke till de märken och kryss som också fanns på kartan.

– Nja, eller det kanske man kan säga, fortsatte Bengtsson och pekade på kartan. Du ser staden här. Om du nu tänker dig att staden inte alltid har funnits där, vad har du då?

– Jag vet inte. Skog kanske.

– Ja just det. Det verkade till en början som om Bengtsson trodde att Orvar fått en aning om vart han ville komma. Men för Orvar var allt bara gåtor och han kunde då inte alls begripa varför den gamle mannen plötsligt hade fått ett sådant intresse för det här med skogen. Det var ju bara träd och ingenting märkvärdigt för övrigt.

– Men om du tittar noga, fortsatte Bengtsson. Ser du de små strecken? Där har det gått vägar och där det har gått vägar har det gått folk och där det har gått folk har kanske någon bosatt sig, vad skulle annars vägarna vara till för?

– Jamen, vad skulle det ha med detektivbyrån att göra?

– Allt Orvar! Ser du här, det är kullar va? Tänk om det är gravar, vikingagravar! Tänk va! Om vi skulle hitta ett riktigt fornminne, guld och silver och gamla runstenar. Det skulle förändra allt för oss, för detektivbyrån och för hela staden för tusan. Hela staden skulle kunna bli en vikingabygd och korvpelle skulle kunna döpa om sin lilla verksamhet till Ragnaröken, det skulle nog säkert sätta fart på korvkommersen för honom i alla fall. Nu har jag läst så mycket om vikingar och fornminnen att jag inte kan bli mycket säkrare. Där, där krysset är, tror jag vi kommer att hitta något om vi skulle börja leta.

Det krävdes, precis som Bengtsson hade trott, en bra stund för att Orvar helt och hållet skulle kunna ta in vad han precis hade hört. Att Bengtsson skulle ha snubblat över en skatt av sådan magnitud var helt enkelt för obegripligt för att vara sant. En ganska lång stund satt de också som väntat utan att säga så värst mycket mer om den saken och Bengtsson hann precis dricka ur sitt kaffe innan alla hjulen hade malt färdigt i huvudet på Orvar. Efter en ganska lång stunds tänkande hade han ändå bestämt sig för att det nog, trots allt, inte var en så dålig ide att leta efter fornnordiska skatter på platser där ingen annan kommit på tanken att leta efter värdefulla föremål före dem. För när allt kom omkring var han ganska barnsligt lagd då det kom till den typen av äventyr som involverade skattkartor och gamla mysterier som skulle komma upp i dagen och mycket riktigt så var han ganska snart med på tåget, precis som Bengtsson hade trott. Bara några enkla små förberedelser skulle behöva göras så skulle allt vara klart för deras första utgrävning.

– Var är det någonstans då? frågade Orvar som ju inte riktigt förstod sig på kartor på det sätt som Bengtsson uppenbarligen gjorde.

– Inte långt utanför, svarade Bengtsson upphetsad av att ha fått med sig Orvar i sitt lilla projekt samtidigt som han pekade mitt på kartan där han gjort sina markeringar. Vid den bondgården, på åkern mellan vägen och skogen, där kan vi börja. Jag skaffar oss den nödvändiga utrustningen så ordnar du något sätt att ta oss dit.

– Hur då? I alla fall inte motorcykel, det har jag gjort en gång och det får räcka.

– Jag tänkte att vi kanske kunde låna en cykel, du som är på så god fot med flickan i butiken kan väl fråga henne.

Mycket mer än så behövdes väl heller inte för att det hela skulle ta sig en ny vändning för de gamla kumpanerna i detektivbranschen. Några ledtrådar, en presumtiv skattkarta, Bengtssons oslagbara övertalningsförmåga, ett kanske lite ogenomtänkt färdsätt och så en kopp kaffe för den där extra betänketiden. En gammal dröm höll på att gå i uppfyllelse för Bengtsson, men bara med hjälp av Orvar hade han kunnat sätta en sådan plan i verket, för även om han själv föreföll vara den av de två som hade huvudet på skaft (ett för övrigt väl krokigt skaft får man tillägga) så behövdes definitivt Orvars energi till allt det tunga arbete som eventuellt kunde krävas vid en utgrävning. Att sedan regnet mest hela tiden oupphörligt valde att strila ner över den lilla staden och dess omgivningar, fick man i sammanhanget ta som en del av upplevelsen.

*

Ganska bestämt två dagar efter att det hela bestämts, var de båda männen redo för avfärd. På väg emot ett av Bengtssons dittills största äventyr. Allt var ordnat efter de båda männens, utan att överdriva, bästa förmåga. Orvar hade letat på en gammal kapuschong som väl åtminstone skulle skydda honom mot regnet i nacken och därtill en gammal sjömanssydväst som var aningen för stor för att den skulle vara klädsam. Men den gjorde det den skulle i dubbel bemärkelse. Den höll regnet från håret och skymde sikten såvida man inte vek upp den främre delen. Lite som de huvudbonader man ibland kan se på gamla sjömanstavlor, sådana som man kan komma över billigt på loppmarknader eller auktioner, och som också Bengtsson av en händelse råkade ha en hängande på väggen. Cykeln, som inte varit några problem att få att fungera som en cykel även om framlyset på den var trasigt, hade han utan bekymmer fått låna med löfte om att hjälpa till och bära alla hyllor som förr eller senare skulle in i butiken. Sitt goda humör hade han som vanligt med sig och uppståndelsen som han eventuellt skulle väcka till trots, så kunde man inte ta miste på hans iver att se till så att staden fick sitt historiska arv bekräftat, som väl Bengtsson skulle ha valt att uttrycka det. Bengtsson hade sett till att skaffa sig en spade, det kunde väl räcka med en då det ändå var Orvar som skulle göra jobbet, ett långt rött snöre för att märka ut var utgrävningen skulle ske, kartan med alla markeringar och penslar och borstar eftersom det var så han sett att andra hade gjort. En lång vetelängd fick de med sig om man skulle bli hungrig (vilket var ganska troligt), påsar för att lägga alla eventuellt upphittade skatter i, sin ganska nyligen av pannkaksmamman förvärvade men lite använda mobiltelefon, en liten hopfällbar fältstol och slutligen en termos med varmt kaffe och tillhörande koppar.

Bengtssons iver gick det inte att ta miste på och det enda som kanske skulle ha gjort honom bättre klädd för det jobb han för sitt inre såg framför sig, kanske vore kakibyxor och tropikhjälm, men då det inte var pyramider han skulle utforska utan helt vanliga svenska fornlämningar så fick det trots allt duga med den hatt, kavaj och de snickarbyxor han vanligen gick klädd i. Ingen stor skillnad på honom och gamle kungen där inte. Det stora problemet var dock hur i hela friden allt skulle få plats och kunna transporteras på den lite skamfilade röda damcykeln av äldre modell som ju var det som Orvar utan någon vidare stor möda lyckats låna av den tidigare ganska barska men numera mer väna damen i butiken. Om de skulle gå och leda cykeln hela vägen skulle det antagligen ta en väldig tid men om uppochnedvända Bengtsson i sitt uppochnedvända tillstånd skulle sitta på pakethållaren så skulle inte Orvar få plats på sadeln med annat än att han skulle bli tvungen att sitta gränsle över Bengtssons krumma kropp. Med andra ord skulle Bengtssons huvud antagligen hamna under stjärten på Orvar, med den lustiga lilla påföljden att Orvar antagligen inte ens skulle nå ner till tramporna heller. Det var ett problem som inte så lätt kunde förbises och det var också något som måste

lösas om det överhuvudtaget skulle bli någon utgräv-
ning. Om man nu vanligtvis såg Orvar korvar som det
barnsliga inslaget i deras dynamiska duo så höll det där
och då på att bli precis tvärtom. När allt verkade klart
och färdigpackat och inget tycktes kunna stjälpa deras
planer var det plötsligt Bengtsson som var nära att ge
upp. Som om det hela verkade olösligt, som om cykeln
var det stora problemet som skulle ställa allt på ända
och allt höll på att gå i stöpet för att de inte ens skulle
lyckas ta sig upp på den båda två. Trots alla förberedel-
ser som gjorts, alla efterforskningar och all lust och
vilja, höll allt på att ta en ände redan där på trottoaren
utanför Bengtssons lilla lägenhet, om det nu inte varit
för att pannkaksmamman och Lisa just råkade gå förbi.
För precis som med Kon-Tiki-expeditionen så ville
deras lilla utforskning inte riktigt bli sjösatt utan någon
som stod i publiken och hurrade fram de stora land-
vinningarna i vetenskapens tjänst. Nu låter det hela väl
lite överdrivet kan man tycka, men i Orvars och
Bengtssons värld gick överdrift inte att mäta och även
om de var två till synes helt vanliga män, så var de i en
bemärkelse ändå ovanliga. De ville inte ge upp oavsett
vad de nu hade tagit sig för och det är väl en egenskap
som kan ge både väntade och oväntade konsekvenser
för både dem själva och personer i deras omgivningar.

– Ska ni ut och cykla? var det första och helt naturliga
pannkaksmamman frågade då de kom.

– Vi skulle på en utgrävning, sa Bengtsson som om det
var bland det självklaraste man kunde göra, och det här
var väl det bästa vi kunde komma på att ta oss dit på.

74

– Ja det var så vi tänkte, svarade Orvar lite buttert nedstämd, men jag fattar inte riktigt hur det ska gå till, om jag nu inte ska sitta på Bengtsson alltså fast då når jag inte ner till tramporna istället.

När nu Bengtsson varit nära att redan i starten ge upp sitt stora företag för att hans kroppsliga hållning inte tillät honom att sitta upprätt, de båda damerna hade råkat gå förbi och de båda männen så inlevelsefullt de kunde hade berättat om hela expeditionen, om Bengtssons utforskningar på biblioteket, vikingagravar och damcyklar som inte var utformade för att rymma både utrustning, en uppochnedvänd gubbe och en excentrisk chaufför, kom det lite som en skänk från ovan att det var just ett barn som skulle knäcka nöten. Hon såg det ingen av dem såg, det självklara, uppenbara och lite barnsligt naiva i hela situationen.

– Kan han inte sitta bakochfram? sa hon så där självklart som om det bara var så man tänkte om man var en sju år gammal flicka.

– Det löser ju allt ihop, fyllde pannkaksmamman i och log åt hela idén när hon plötsligt såg framför sig hur de båda männens färd genom staden skulle se ut.

Självklart var det så och så fick det också bli. Medan de andra höll i cykeln så gott de kunde satte sig Bengtsson med ändan fram på pakethållaren varpå de surrade fast honom med det medhavda snöret så att han inte skulle ramla av i farten. Sedan lade de allt vad de hade av packning i famnen på honom och med pannkaksmamman hållande i cykeln och med Bengtsson, spaden och all annan packning på plats kunde de båda äventyrarna slutligen ge sig i väg. Bort genom stadens brokiga gator, ut på landsbygden och iväg emot nya olösta gåtor för Orvar korvar och uppochnedvända Bengtssons detektivbyrå för allehanda olösta fall och mysterier. Mysterier skulle lösas och nu var de i alla fall ett av Bengtssons stora mysterier på spåren. Två gubbar på en röd cykel, på en väg där regnet för en stund hade gjort ett uppehåll men där man ändå lite skämtsamt skulle kunna säga att solen trots allt lyste med sin frånvaro. Solen som alla hade längtat så efter, som skulle torka upp och värma deras frusna själar den korta tid de hade chansen. Men eftersom inget kan hindra en lycksökare så var lite regn heller inget hinder för Orvar och Bengtsson. Det som däremot försvårade deras färd något var att då Bengtsson sa höger så blev det höger för Orvar också vilket i sin tur blev Bengtssons vänster och tvärtom, så den gena vägen blev med andra ord den sena då de hela tiden fick korrigera rutten efter varje gång de missförstod varandras direktiv. Men som man ibland säger, så är vägen målet och inte alla förseningar är av ondo. De fick därmed också se mycket mer av stadens utkanter än de vanligtvis gjorde och både Orvar och Bengtsson var i en mening lyckliga över att väntans tider var över och de nu hade något riktigt bra på gång.

Det krävdes nästan att man såg dem för att inse vilket dåraktigt ekipage de båda männen ändå utgjorde där på vägen. Men att Bengtsson var lycklig gick det som sagt inte att ta miste på. Hela tiden pratade han på om ditt och datt och gestikulerade så att Orvar hade svårt att hålla styret rakt. Han kunde jämföra vägen med landsvägen i Danmark, eller hur det varit när han vuxit upp, om alla blommor och växter som fanns där och de som funnits men inte längre var synliga och hela tiden kom han tillbaka till det här med vikingarna och hur hela naturen borde krylla av vikingaskatter som om just de hade haft större inverkan på det svenska kulturlandskapet än någonting annan. Han var ju lite mer av den jordnära typen som ofta längtade ut i naturen, den som kunde finna ro i att sitta och fiska eller för all del bara sitta och titta på sjön där fiskarna levde. Han nöjde sig oftast med det lilla och i sitt illa upphöjda tillstånd fick han se mycket mer av naturen på nära håll än många andra, åtminstone så länge det var ute, där den fria naturen fanns tillgänglig. I staden var det mest trottoarer och asfalt och det gav ju inte riktigt samma njutning åt en sådan naturälskande själ som Bengtsson, det får man ändå medge. Det som fågelvägen inte borde ha varit mycket mer än en kilometer blev som väntat också en betydligt längre färd för dem båda. Efter nära nog ett par timmar på cykeln med en smått utpumpad Orvar vid styret ansåg ändå Bengtsson att de borde vara framme vid målet och de tog därför sikte på ett dike där de båda kunde landa förhållandevis mjukt och säkert i en frodig gräskant utan att göra någon större åverkan på vare sig den röda lånade damcykeln, den medhavda provianten eller sig själva. De borde i alla fall efter Bengtssons beräkningar ha kommit ungefär till den plats han sett ut på kartan och efter en översiktlig granskning av omgivningarna bestämdes det också att så var fallet, även om inte allt såg ut riktigt som han tänkt sig. Gravhögarna var väl egentligen inga gravhögar utan mer en ordentlig kulle, nära nog ett berg, helt överväxt av lövskog. I gränsen mellan berget och ängen där de stannat fanns dock ett par ordentliga stenrösen som med stor vilja och lite god fantasi ändå kunde utgöra en del historiskt viktiga lämningar, kanske resterna efter hus eller om det ville sig riktigt väl, högar där någon blivit begravd för tillräckligt länge sedan. Även om nu inte Orvar var fullt lika säker på saken så kunde Bengtsson inte dölja sin upphetsning över deras lilla äventyr och så snart han lösgjort sig från cykeln och all packning så satte han igång. Han stegade hastigt upp ett tio gånger tio meter stort område i närheten av både diket, vägen och skogen med stenrösena. Sedan drog han den röda linan runt det hela för att på ett så tydligt sätt som möjligt markera området för utgrävningen, gav Orvar spaden och satte sig sedan ner på sin campingstol där han genast hällde upp en kopp kaffe åt sig själv för att ha något att göra medan Orvar gjorde grovjobbet. Även om marken var blöt och småfåglarna oupphörligt kvittrade, som om de kommenterade de båda männens beslutsamma angrepp på klöverängen, så kom det just då inte mycket regn ifrån ovan och Bengtsson tyckte det var en fin stund att sitta där och se på när arbetet framskred, medan Orvar däremot började tröttna redan efter att ha lösgjort ängen från dess första meter av det igenväxta ytlagret.

– Är du säker på att det var här, sa Orvar lite uppgivet efter inte så vidare lång tids grävande.

– Säker är man väl först då man hittar något, men man får inte ge upp för då hittar man inget, det är säkert det.

– Här hittar jag då bara sten i alla fall.

– Det kan ju vara sten förstås, men det kan ju lika gärna vara en gammal yxa eller något annat värdefullt. Får jag se.

Orvar tog upp en rund, lite jordig sten från botten av gropen, gav den till Bengtsson som omsorgsfullt borstade av den med penseln som han tagit med sig för att också ganska snart konstatera att det nog inte varit något speciellt med den varpå han kastade den i den tilltagande högen av uppgrävd jord. Livet kunde verkligen flyta på för de båda männen som i all välmening hela tiden fann saker att göra till gagn för mänskligheten. Men ibland kunde det också bli aningen förhastat och ogenomtänkt. I synnerhet de gånger de inte tänkte på att de i sin iver att uträtta stordåd faktiskt ibland gjorde åverkan på annans egendom. Småsaker kan man tycka, att gräva lite i en som det verkade övergiven åker, men då lagen inte ger alla människor rätt att undersöka allt utan de rätta tillstånden så kunde det också sluta sämre än de från början hade haft för avsikt. Det dröjde med andra ord inte så särskilt långt in i grävandet innan de båda utgrävarna fick sällskap vid dikeskanten. Med all rätt kom alltså de våldförda ägornas, utan att överdriva, resliga bonde för att inspektera de båda männens förehavanden i det som utan omsvep torde vara hans "förbannade åker". Det var som ni säkert kan räkna ut inte heller några vidare glada miner som först mötte dem. Med ett bröl hade han dundrat fram i sin stora röda volvotraktor så snart det hade gått upp för honom att någonting var i görningen. Och fastän traktorn var stor som ett hus lyckades han, med en precision som hos en formel 1-åkare, stanna precis vid platsen där de just nu var i sin, får man nog säga, förhållandevis lilla utgrävning. Från toppen av sin traktortron hade han en stund också betraktat dem båda innan han till slut ställde frågan vi alla borde ha väntat oss.

– Och vad tror ni att ni håller på med på min åker, om man får fråga?

Orvar som varit så inne i skyfflandet av stora jordkokor, sten och vadhelst han nu kunde hitta där i hålet och inte riktigt lagt märke till traktorbondens ankomst såg också både genomsvettig och förvånad ut då han tittade upp på den som med en sådan myndig stämma tilltalade dem från vägkanten.

– Vi gräver lite här, sa Orvar som om han inte riktigt kunde komma på vad han skulle svara och det var väl ändå precis vad han i den stunden gjorde också. Grävde lite.

– Jag ser det jag, sa den lite buttre traktorbonden fortfarande från toppen av sin tron.

– Vi har en detektivbyrå och nu letar vi efter lite fynd här.

– Jaså, du! Och det tror du att du ska hitta här, mitt i en åker.

– Vi gör en arkeologisk utgrävning, utbrast sedan Bengtsson som om han plötsligt återfått talförmågan efter att en stund varit oförmögen att ens röra sig ur fläcken.

– Och vem är du då om man får fråga? Sancho Panza? sa den väldiga traktorbonden där uppe där han ännu satt, sedan brast han plötsligt i skratt, delvis över sitt lite dåliga skämt, men också över den syn han såg där på den helt fuktindränkta klöverängen.

Två män, den ena genomsvettig och mer eller mindre täckt av blöt lerjord från fötter till huvud. Den andre en till synes hopvikt gubbe som uteslutande tycktes betrakta marken där han gick, satt eller stod. Det var som om två seriefigurer plötsligt kommit ut ur sin ruta och stod där livs levande framför bonden. Overkligt och verkligt på samma gång skulle man kunna säga. Om han hade hört talas om dem och deras galna upptåg tidigare så hade han nog inte haft riktigt samma anledning att förvånas, men nu var han ju bonde, en ganska reslig sådan får man tillägga, och hade väl inte haft så mycket ärenden till staden så att de möjligtvis, eller av en händelse kunde ha råkat mötas tidigare. Bengtsson som nu inte riktigt visste hur han skulle förklara för den reslige traktorbonden om hur och varför och med vilken rätt han nu stod där han gjorde, gjorde istället det enda rätta han i den situationen kunde komma på. Han bjöd bonden på kaffe. Äkta svenskt termoskaffe i medhavd kopp och med en rejäl skiva av kardemummalängden som visserligen redan varit framme och blivit smakad på, men ändå i rättan tid åter kommit fram ur den medhavda packningen. Lite road av situationen krånglade sig storbonden också ur sitt monster till traktor och kom och satte sig på marken bredvid Bengtsson. Fastän han hade kommit ner ifrån sin tidigare plats och satt lägre än den uppochnedvända mannen på sin campingstol såg han ändå större ut än både Bengtsson och stolen. Han var verkligen en jätte till bonde och det kunde åtminstone Orvar förstå att det kunde behövas, i alla fall om det var ett sådant slit att vara bonde som han just höll på att erfara. För trots att han slitit som ett djur med att gräva upp allt som Bengtsson pekat ut så hade han inte hunnit stort mer än någon meter in i den väldiga åkern.

– Jaha ja. Hur länge tänkte ni gräva här då? sa bonden som om han fortfarande roades av situationen och bestämt sig för att spela med i deras arkeologifantasier. Det går ju inte särskilt fort, menar jag.

– Vi tänkte väl att vi skulle hitta något värdefullt här, sa Bengtsson, något fornfynd kanske, vikingasaker vore trevligt att hitta.

– Ja det lär ni i alla fall inte hitta här, det är då säkert det. Sten hittar ni säkert mycket mer än ni kan bära, fortsatte jättebonden lite skrockande. Tro mig, det har plockats så mycket sten ur de här ägorna så det skulle räcka till att bygga ett slott. Du kan ju bara föreställa dig vilket slit det har varit att plocka upp alla de där stenrösena ur åkrarna här. Nä, här hittar du inga fornfynd, det kan jag säga, möjligen en och annan kapsyl eller så från tiden då det var midsommarfest här, men vill du ändå gärna gräva så kan du gräva upp sten så mycket du orkar, får du upp tillräckligt mycket så kan du till och med få en slant för det, det kan det vara värt, eller gammal taggtråd om du hittar någon, det är så eländigt när man ska plöja. Fyll igen efter er bara så inte rådjuren ramlar ner i hålet. Det vore inte så roligt, inte för dem i alla fall.

– Ja, hittar vi något så får du väl veta, sa Bengtsson lite eftertänksamt samtidigt som han såg ner i hålet där Orvar stod och lutade sig mot spaden.

– Det kan då inte bli några vikingasaker, fortsatte bonden, det kan jag i alla fall säga med säkerhet för om inte jag är helt felunderrättad så var väl vikingarna sjöfararfolk och här finns det inget vatten att parkera båten i, om ni nu inte tänker er att man har burit upp båtarna i skogen där.

Efter det tackade bonden för kaffet, masade sig upp i sin traktor igen och drog leende iväg med en rivstart och ett moln av vägdamm, eller i alla fall så gott det gick med ett så stort fordon. Bengtsson satt ett tag också alldeles tyst och såg ömsom på hålet, som Orvar med viss möda lyckats åstadkomma, ömsom på de stora stenhögarna i skogsbrynet, som han ju så självsäkert tagit för gravhögar eller något annat viktigt. Han kunde ju inte riktigt svälja att han haft fel. Men det var ändå alldeles tydligt att han kände sig lite skamsen över att ha lurat Orvar till något så befängt. Visst hade andra också råkat ut för liknande felbedömningar, men det här som först var så klart och tydligt verkade nu bara som en helknäpp idé från två tokskallar som inte riktigt kunde hålla isär sina fantastiska fantasier från den verklighet de faktiskt befann sig i. Det krävdes också mycket mod från en envis gammal man för att erkänna att han haft fel hela tiden, särskilt inför den person som var hans för närvarande bästa vän och som han i ett läge av övertygelsens dårskap fått att göra det minst sannolika, nämligen att gräva sig igenom en stor bondes steniga åker utan utsikter om att hitta någonting av något som helst värde. Samvetet gnagde plötsligt i honom. Hur skulle han få Orvar att cykla hela vägen tillbaka om allt han gjort var att lura ut honom på en jakt på ingenting. Det gick bara inte att fatta för den gamle krokige mannen där han satt på sin stol bredvid den påbörjade utgrävningen och såg på Orvar som alltjämt fortsatte sitt grävande efter sten som egentligen inte var något annat än ett naturligt gissel för böndernas jordbruksredskap.

– Orvar! försökte Bengtsson, men Orvar var allt för upptagen med något, allt för upptagen…

– Nä! Dra på trissor Bengtsson! utbrast plötsligt Orvar och kom hoppande upp ur hålet som en gasell som blivit jagad av ett lejon, för att landa alldeles intill en minst sagt förvånad Bengtsson. Nu tror jag banne mig att jag har hittat något!

Nu var det inte någon sten eller något annat stenlikt heller, utan något mycket mer precist och den energi och iver, med vilken han plötsligt ville visa det han funnit där i hålet för sin vän, vittnade om att det var något långt finare än Bengtsson ens kunde föreställa sig. Han tog penseln, som Bengtsson haft och borstat stenar med, och borstade och blåste så gott han också kunde med hela sin uppsamlade iver bort all den smuts som överhuvudtaget gick att borsta bort på ett sådant föremål. Hans upphetsning visste inga gränser när han såg på den lilla saken och om man inte hade vetat bättre så kunde man lätt och på lite håll ha trott att det var ett barn som hoppade omkring där på åkern. Visserligen ett förhållandevis stort barn, åtminstone i jämförelse med den framåtlutande gubben som satt grubblande i sin campingstol intill. Och det var också ett förhållandevis överraskande föremål som Orvar hade hittat bland all sten och jord i den, åtminstone i bondens ögon, meningslösa utgrävningen. Vad som till slut utkristalliserade sig ur den bruna sörjan var ingen liten sak för en skattletare, det var en skimrande och åtminstone i Orvars ögon gyllene klenod. En ring. Inte så märkvärdig egentligen, rund, slät och troligen inte smidd av någon mästersmed men det var väl värt varenda timme av Orvars grävande.

– Är det guld tror du? fortsatte Orvar. Är det en vikingaring? Vad ska vi göra med den? Ska vi lämna den till polisen eller till något museum kanske?

När nu arkeologiansträngningarna slutligen gav utdelning är det lätt att förstå att frågorna också hopade sig för i synnerhet Orvar som ju inte tillnärmelsevis led av samma samvetskval som Bengtsson hade i samband med den dittills misslyckade utgrävningen. Därför var det ju heller ingen överraskning att han levde om som han gjorde över den i alla andra sammanhang förhållandevis lilla tingesten han hade i sin hand. Det var i alla fall mer än vad någon av dem trodde att de skulle hitta, i alla fall i grävandets slutskede då de båda var mer eller mindre benägna att ge upp.

– Det är nog inget vidare märkvärdigt, sa Bengtsson efter att ha tagit en titt på ringen, ingenting du behöver lämna till polisen tror jag, i alla fall inget från vikingatiden. Det kan ju vara bondens förstås men den skulle han aldrig få på något av sina jättefingrar. Den kan du nog behålla. Ge den till någon du tycker om vetja!

Det var alldeles uppenbart att han där och då höll på att ge upp hela tanken på sitt arkeologiska experiment. Bonden hade haft rätt, det fanns ingen som helst anledning att tro att någon viking skulle ha beträtt den marken. Inga båtar eller bosättning där inte och i synnerhet inga lämningar som hade anor ifrån vikingatiden. Ringen var väl ett undantag, ingen vikingaring förvisso, men av fynddjupet att döma, tillräckligt gammal för att troligen inte tillhöra någon som ännu var i livet.

– Det är nog guld i alla fall, fortsatte Bengtsson, ingen stor och inget märkvärdigt men det är säkert guld i den, inget man blir rik på men kul att ha kvar som minne av utgrävningen, i alla fall något man hittat, glimmar som guld gör det ju så det är det säkert.

Bengtsson hade sånär gett upp hoppet om att något skulle ske där som skulle förändra deras liv men ibland händer ändå det som man inte riktigt har räknat med. Regnet hade plötsligt gett upp sitt grepp om landskapet och istället tvingade sig solen igenom det tjockt gråa och lite dystra molntäcket. Plötsligt, när ingen längre trodde att det skulle ske, som om det skulle ha haft med Orvars ringfynd att göra, tittade solen ändå fram. Först i små enstaka strimmor, sedan alltmer dominerande på en hög himmel som målade upp en regnbåge över den fuktiga atmosfären. Och då regnet till slut släppte greppet över sommarsverige återvände också livet till den mopedburna ungdomen. Som om de var en oskiljbar del av sommaridyllen, dök de i sinom tid också upp. På en knattrande moped kom två ynglingar som väl tyckte att de behövde utvidga sina vyer, eller kanske bara bevaka sitt revir. Precis som traktorbonden gjorde de halt vid vägrenen och satt en stund och såg på de båda männen, som i deras värld borde ha utgjort ett ganska komiskt, för att inte säga exotiskt inslag i vardagen. När den som kört mopeden tagit av sig hjälmen och rättat till frisyren och den som suttit bakpå tagit av sig kepsen och gjort likadant klev de av och närmade sig Orvar och Bengtsson.

– Vad gör ni för något? frågade mopedföraren, har ni hittat ett lik eller något?

– Inga lik precis, vi letar efter skatter och fornfynd, sa Orvar och visade dem genast ringen som han funnit i botten av det som i ungdomarnas ögon troligen mera kunde ha sett ut som en grav. Jag tror att det är guld och jag hittade den i det där hålet.

Nu började det, som man tidigare borde ha sett som ett misslyckande för Bengtssons del, ändå att vändas till något positivt. Han hade ju det som Orvar inte riktigt hade, en förmåga att läsa av och lösa olika situationer så att de fick en lite annan utgång än någon av dem från början hade kunnat tänka ut och hur det än var med hans heder och självkänsla så fick de för ögonblicket läggas åt sidan för den bästa tänkbara lösningen. Om det nu inte var några vikingar som dolde sig i hålet i åkern så var det i alla fall sten och i bästa fall något litet som eventuellt kunde ha något värde. Men som det nu var så kunde stenen i alla händelser vara värdefullare för dem om den kom upp ur jorden än om någon fann något som eventuellt skulle vara av guld.

– Gräv så mycket ni vill, sa Bengtsson till ynglingarna. Det ni hittar det får ni. Stenen kan ni lägga i rösen här intill.

I både Bengtssons och Orvars värld var det fullständigt genialt även om Orvar först inte riktigt förstod vitsen med att de skulle gräva i hans grop, inte förrän efteråt. Det geniala bestod ju självklart inte i att det skulle gräva upp deras skatter, utan att det inte fanns några skatter att gräva upp, inte annat än den sten de skulle gräva fram ur åkern i deras ställe och som Bengtsson senare skulle få betalt av bonden för att de hade gjort. Det kunde ju rimligtvis inte finnas en guldring per kvadratmeter, det skulle ju i så fall vara helt otroligt. Det mest troliga vore istället att de hade haft den helt osannolika turen att stöta på just det ställe på hela åkern där en gammal ring blivit nedplöjd, något annat skulle helt enkelt vara alldeles för overkligt. Att det sedan råkade vara just Orvar som hittade den var i sin tur alldeles för osannolikt för att kunna vara sant, även om det var just vad som hände. Nu hade Bengtsson använt en del av sin gamla list till att istället förmå ungdomarna att göra jobbet som det skulle ta dem alldeles för lång tid att göra själva och mycket riktigt använde de också en stor del av både liv och lust i eftermiddagens solsken till att baxa upp sten på sten till ett ganska stort röse, utan att egentligen hitta särskilt mycket som ens kom i närheten av det fynd Orvar hade gjort. Mycket kan man säga om Bengtsson, men han hade i alla fall en särskild förmåga att vända ett nederlag till en seger och det helt utan att han egentligen behövt erkänna sina misstag.

När de båda ynglingarna, lite till skillnad mot den gängse föreställningen om ungdomars inställning till arbete, turats om med att ömsom gräva, ömsom bära sten och lägga på en stor hög under en ganska lång tid utan att hitta ett vitten gav de slutligen upp. Men hur det än var med den saken så hade de i sin ungdomliga iver att hitta ännu en ring bidragit till att ha grävt sig åtskilliga meter in på bondens mark och därigenom också sett till att en därtill ansenlig hög med sten vuxit fram vid åkerkanten. Något Orvar och Bengtsson gärna sett att den store bonden fått se med detsamma, men då ungdomarna skyndsamt måste bege sig vidare mot andra somriga åtaganden, som att gasa runt bland olika badplatser och andra ungdomliga samlingsplatser med sin moped, hade de inte tid att stanna särskilt mycket längre.

– Det var ju synd, sa Bengtsson till Orvar som för att urskulda sig efter att mopedynglingarna hade lämnat dem. Då måste ju bonden betala oss för deras arbete.

– Ja, det var ju synd, upprepade Orvar, fast vad gör jag med ringen? Tänk om det är guld!

– Behåll den Orvar, låtsas att det är en vikingaring fast det inte är det så känns det åtminstone lite roligare.

Med det sagt så föreföll i alla fall det mesta som kunde finnas att finna där i marken också ha funnits av de båda männen. Sten i alla tänkbara former och storlekar, någon benknota från något djur, en och annan kapsyl från festligare dagar och så den lilla och relativt oansenliga ring, som för de flesta inte skulle ha utgjort någon större märkvärdighet, men som för Orvar ändå var en förhållandevis stor skatt. Åtminstone kunde man inte säga annat än att både orken och lusten hade fått sig en liten törn, varför de båda ändå slutligen bestämde sig för att gräva igen hålet som bonden hade sagt och därmed avsluta hela den nesliga expeditionen.

Medan Orvar också gjorde sitt bästa för att återbörda jorden till den plats den kommit från och Bengtsson i sin tur ansträngde sig med att dels, i sitt framåtlutande tillstånd så gott det gick, inspektera och övervaka hålet och dels också göra slut på den medhavda matsäcken så fick de återigen påhälsning av den väldige bonden på traktorn. Utan att spilla så mycket tid på att se på dem från höjden av sin traktor hoppade han också ned och gick direkt fram till Orvar, som stod på kanten till det som skulle ha kunnat vara en grav och skyfflade så mycket jord han bara orkade i varje spadtag. När bonden sedan såg den väldiga högen av sten som hade tornat upp sig bredvid hans fortfarande ganska steniga åker stod han först bara och gapade. Precis som om inget hade kunnat förvåna honom mer än att den till synes spenslige mannen med spaden kunnat åstadkomma något liknande. I alla händelser kunde det inte ha varit den uppochnedvända gubben med kaffet och kardemummalängden som burit upp så mycket sten.

Det skulle ha varit helt otroligt, till och med för en så välbevandrad bonde som nog redan borde ha sett nästan allt som kunde hända på och omkring sina åkrar.

– Det var som fan! utbrast bonden sedan, som för att bryta förvåningens tystnad. Det kunde jag aldrig tro! Sedan dunkade han till Orvar i ryggen med sin jättenäve så att han nästan föll framlänges ner i den del av hålet som ännu inte blivit igenfyllt. Jag som inte trodde ni kunde få ur en enda sten ur den där lilla gropen. Ni kan få fortsätta med det här hela sommaren om ni vill, jag har ändå inte tänkt odla något här i år. Nä, det skulle bli ängsmark egentligen, när det är så svårplöjt, men det kan väl lika gärna få bli utgrävning istället när ni nu är så jäkliga på att få upp sten.

– Jag vet inte, sa Orvar då, utan att egentligen behöva tänka så länge på den saken, för när allt kom omkring så sa hans ordentligt värkande rygg bestämt ifrån, i synnerhet då det gällde alla tänkbara jobb som skulle kunna innebära någon större ansträngning, den närmaste tiden.

– Vi hade tänkt avsluta utgrävningen då den inte gav något av vad vi hade hoppats, sköt Bengtsson in som för att undsätta sin vän från mer av det arbete som han förstod inte kunde vara någon dröm för en sådan klen natur som Orvar, som ju av naturliga skäl inte hade i närheten av samma kroppsliga förutsättningar som den jättelika bonden. Åtminstone inte för att utföra grävningar av en hel åker, till vilket en maskin nog hade varit lämpligare.

– Jag förstår det, sa bonden, men det var banne mig inte dåligt jobbat av er i alla fall. Sämre arbete än så har jag sett utföras på den här gården, det kan jag försäkra er.

Sedan gav han Bengtsson en lite hopskrynklad femtiolapp som han haft i bröstfickan dels som tack för hjälpen men också lite för att han faktiskt roats av deras lilla tilltag på hans åker. Inte minst hade han ju också lovat dem en slant för mödan med stenen. Han skakade hand med Bengtsson som rörande nog såg ut att buga sig för bonden då han tog hans hand i sin och efter det gick han småleende tillbaka till sin traktor som fortfarande stod med motorn igång. Däremot hann han nätt och jämt sätta sig i sin traktorstol igen innan han ännu en gång vigt hoppade ner och kom emot dem, fastän denna gång med ett ganska stort bylte i händerna. Något hårt, grått och ganska tungt såg det ut att vara och även om ingen av de båda männen förväntade sig något speciellt så hann de ändå tänka många tankar om vad det skulle kunna vara som bonden hade med sig denna gång. Åtminstone tycktes han vara väldigt bestämd över vad han ville med sitt lite mystiska föremål som till synes verkade stort nog att inte ens rymmas i jättebondens för övrigt jättelika händer. Han höll det varsamt som om det var något han höll särskilt mycket av och ändå verkade det som om han väldigt gärna ville bli av med det, för genast som han kom fram till Orvar och Bengtsson så räckte han dem föremålet i byltet.

– Jag kom att tänka på att jag har haft den här liggande ganska länge nu, var det första han sa om föremålet. Ni som letar efter gamla saker kanske kunde ta den istället. Ja, vi grävde upp den när vi skulle gräva diken här omkring, den och en massa taggtråd och ingen jag känner verkar vilja ha den liggande hemma Det kanske är bättre att den ligger på något museum än att den skumpar runt i min traktor i vilket fall som helst.

– Herregud! Är det en bomb! utbrast Orvar med stora ögon så fort Bengtsson hade vecklat upp paketet han fått av bonden.

– Det är väl en blindgångare, en artilleripjäs som legat begravd här sedan de hade åkern som övningsfält under andra världskriget. Ja skjuta iväg, det kunde de, men att ta reda på var sjutton det hamnade var uppenbarligen inte lika lätt.

– Ja det är ju en blindgångare, försökte Bengtsson skämta lite, den kan ju inte ha sett vart den var på väg.

– Det är ju inte precis från vikingatiden, svarade bonden då som om han inte uppfattat Bengtssons lite torra skämt, men historiskt är det väl i alla fall.

Där höll Bengtsson med bonden, för även om det ju varit vikingar som upptagit hans intresse den senaste tiden så var han i övrigt intresserad av lite allt möjligt som hade med historia att göra och något så spännande som att man faktiskt skjutit med kanoner just där och mitt under ett brinnande krig i Europa, var det väl inte så mycket annat som kunde slå.

– Hur tänkte ni ta er hem nu då?

– Vi har ju cykeln, svarade Orvar, det är inte så särskilt långt och den fungerar ju bra fast den inte har något lyse, men nu har det ju slutat regna och särskilt mörkt blir det väl inte än på ett tag.

– Släng upp skiten på flaket så kör jag hem er, det är väl bättre än att åka omkring med artilleripjäser utan lyse. Stenen kan ni låta ligga, resten får utan problem plats där bak.

Inget kunde ju vara bättre för både Orvar, som var trött och lite sliten av både cyklande och grävande, och för Bengtsson som ju var trött av naturen och som ordinerats att inte överanstränga sig i onödan. Väl på flaket fick de båda också en ganska skumpig men trivsam åktur genom naturlandskapet med sina åkrar och lövdungar och potentiella utgrävningsplatser som Bengtsson efter visst övervägande ändå bestämt sig för att slå ur hågen. Det skulle troligen inte bli någon mer utgrävning för hans del, i alla fall inte där om det nu inte återigen stod utom allt tvivel att något skulle ligga begravt där.

Trots sitt lilla nederlag var de båda männen ändå ganska nöjda med sin dag. Det verkade som om vädret till slut hade vänt. Det hade äntligen slutat regna och de hade fått vara ute i naturen som ju var något som särskilt uppskattades av Bengtsson men även av Orvar och de hade inte heller gått tomhänta därifrån. Bengtsson hade fått en bomb som inte hade detonerat på de senaste sjuttiofem åren, men som han nu inte riktigt visste vad han skulle göra med, Orvar hade funnit en ring som han däremot hade en ganska klar bild av hur den skulle användas, de hade träffat en storväxt, men i alla händelser genomtrevlig bonde, som hade roats så av de båda männen att han erbjöd dem skjuts och dessutom gav dem betalt för besväret. Det var med andra ord som det brukar med Orvar och Bengtsson. Det kunde gå både uppåt och nedåt men slutade oftast ändå bra.

De hade haft betydelse för någon och om det var för att de lyckats utföra något stort eller om det så bara var att någon hade roats av de lite udda figurernas närvaro kunde väl göra detsamma. Några kanske kunde tycka att de båda männen bara var ett par dårar i största allmänhet, men de flesta tycktes ändå inte störas så mycket av dem, utan tyckte att de i grund och botten var ganska harmlösa, även om de också kunde bjuda på ett eller annat skratt i sina strävanden efter att göra goda saker för mänskligheten.

*

Redan nästa dag skulle äventyret fortsätta. Trots att de kommit hem torra och helskinnade från sitt första försök att göra viktiga historiska upptäckter så var Bengtsson av den bestämda uppfattningen att historiska föremål, om de så var från vikingatid eller världskrigstid, skulle förvaras på museum och inte i någon gammal gubbes lägenhet. I synnerhet om det som i det här fallet rörde sig om högexplosivt material. För även om det inte hade sprängts ännu så gick det faktiskt inte att utesluta att det kunde hända om det nämnda materialet hanterades ovarsamt (eller hamnade i orätta händer kanske man skulle kunna tillägga).

Efter att bonden släppt av dem i staden, de hade återlämnat cykeln till den nya affärsinnehavaren och rett ut vem som skulle ta vad och vart, hade Bengtsson burit det inlindade föremålet till sin lägenhet på första våningen. Han hade lagt det på ett som han då tyckte var ett säkert ställe, på hatthyllan, ovanpå några hattar som låg där men fortfarande väl inlindad i det gråa tygstycket han fått den i. Han hade fått krångla lite med att få upp den där genom att ställa sig på en stol från köket, men då den väl låg där den låg kunde Bengtsson koppla av lite varpå han mer eller mindre somnade på stående fot. Det enda som egentligen krävdes var ett par rejäla limpsmörgåsar och sedan tog all energi han hade haft för den dagen helt enkelt ledigt. Sittande i sin lilla soffa, bakom högen av böcker tog alltså nattens vila slutligen över för Bengtsson, men det var trots dagens alla ansträngningar, en ganska orolig sömn.

Nästa dag, redan långt innan Orvar dök upp hemma hos Bengtsson, hade han klivit upp ur sin relativt obekväma sovställning i soffan, redan klädd skulle man kunna säga, och tagit ner saken som oroat honom så ifrån hatthyllan. Han hade rensat bordet från alla böcker, anteckningar och annat som låg kvar från hans tidigare utforskningar och sedan ställt tingesten mitt på bordet med konen uppåt, som om den var färdig att avfyras. Och även om han tänkte sig att det var den mest lämpliga platsen att ställa den, utan att äventyra säkerheten, så gjorde det honom ganska nervös att se den stå där. För vem kunde egentligen veta om den var riktig eller bara på låtsas? Ingen skulle väl egentligen vilja chansa kring vad som skulle kunna hända när den nu kommit in i värmen efter att först ha legat i marken och sedan i en traktor under en ganska lång tid. Var hörde den egentligen hemma? På ett museum som ännu inte fanns? Ändå var det väl ett historiskt viktigt föremål som människor förtjänade att få se. Ja, frågorna som Bengtsson ställde sig var ganska många då det gällde den nya upptäckten, bomben i åkern, och ändå var det som om han inte själv kunde hitta någon tillräckligt bra lösning på vad han skulle göra med den. Han hade tänkt och funderat, både före och efter frukosten över vad han skulle göra av den. Han hade till och med tänkt tanken på att gå tillbaka och gräva ner den i jorden igen där den hörde hemma eller åtminstone varit i säkert förvar fram tills att bonden tagit upp den därifrån. Det var väl också då någon gång som Orvar på nytt klampade in genom dörren. Inte för att komma med några svar på Bengtssons bryderier utan mer för att få veta vad Bengtsson kommit på att göra med den nya upptäckten, granatammunitionen från andra världskriget. Och det var först då, när de båda satt där och tänkte på vad som skulle göras utan att egentligen komma på något, som han faktiskt upptäckte att det var något som saknades. Som en som letar efter något som han själv inte vet var han har lagt, började han eftertänksamt att ta sig för bröstet med händerna. Precis som någon som drabbats av kramp i bröstet fick han också den där lite tomma blicken som om den sökte efter en tanke den inte kunde hitta.

– Vad är det Bengtsson! nästan skrek Orvar då han såg honom i det tillståndet. Är det hjärtat?

– Nej för tusan! Det är telefonen. Jag hade den ju här igår. Det var ju här jag hade lagt den om den skulle behövas. I fickan.

Det verkade som en självklar tanke. Han skulle ringa någon för att be om råd. Han hade inte en enda gång använt telefonen som han fått av pannkaksmamman, mest bara haft den där utifall den skulle komma till användning och nu när han tänkte att den skulle göra nytta var den inte längre där. Fickan på kavajjackan gapade alldeles tom, som om inget någonsin legat där och ändå var han helt säker på att det var där den legat hela tiden, eller nästan eftersom den nu inte gjorde det längre.

– Jag måste ha tappat telefonen, jag måste ha gjort det igår när jag tittade ner på dig när du grävde igen hålet.

– Där ser man, sa Orvar lite grann på skämt efter att ha kommit över att det inte varit något allvarligare, då har vi begravt en telefon i åkern. Du borde kanske ha fickorna upp och ner också så inte sakerna trillar ur när du rör dig.

– Ja, men tänk om någon ringer!

Nu blev Orvar nästan full i skratt. I synnerhet då han tänkte på hur det plötsligt skulle börja ringa långt nere i jorden på bondens betesmark. Vad det skulle göra med korna eller de andra betesdjuren kunde man ju bara fantisera om. Ändå kusligare vore det förstås om någon istället skulle få samtal från Bengtssons telefon. Då kunde man verkligen börja undra, men det kommer väl aldrig att hända utan den telefonen ligger nog tryggt där den ligger tills någon annan får arkeologikänningar i framtiden. Och det var åtminstone en spännande tanke för dem båda. Ingen visste vad framtidens hobbyarkeologer skulle säga om ett sådant fynd, inte som en bomb eller en guldring, men ändå inget dåligt fynd om nu någon annan någonsin skulle komma på en sådan lite halvfnoskig idé som att gräva efter fornfynd i en helt vanlig åker igen. Både Orvar och Bengtsson var i alla fall överens om att den telefonen hade gjort sitt, åtminstone i Bengtssons ägo och att den gjorde bäst i att få ligga kvar där den gjorde.

– Lätt fånget, lätt förgånget, sa Bengtsson lite skämtsamt om den saken, även om han fortsatt var allvarligt fundersam över vad de skulle göra med sin nyförvärvade krigsklenod.

– Vi tar den till biblioteket! sa plötsligt Orvar som om det var det smartaste han kunde komma på. Sedan tog han upp stridsspetsen och höll den som om han vägde den i handen. Den är inte särskilt stor, fortsatte han med ännu lite större iver än förut, den kan de ha i ett glasskåp där så att alla som vill kan få se den. Inte många bibliotek som har något sådant att visa upp, det är säkert det. Vi tar med den med en gång, böckerna ska du väl ändå lämna igen någon gång.

Och så hände det sig att de goda och glada vännerna utan någon större eftertanke packade ner nämnda attribut i en väska tillsammans med en ansenlig mängd böcker av olika storlek och dignitet och både målmedvetna och förhoppningsfulla begav sig av mot stadens största biblioteksfilial. Böcker skulle återlämnas och ett visst fynd skulle göras tillgängligt för allmän beskådan. Så var det för de båda männen och när väl det första hindret var övervunnet gick resten som en dans, åtminstone tyckte de själva det ända tills de kom fram och allt de hade med sig till slut skulle fram i ljuset som ett vittnesmål av allmänt intresse.

Biblioteket som var ett helt vanligt svenskt småstadsbibliotek från arbetarrörelsens gyllene tidsålder, rymde allt från föreläsningssalar, läsesalar för böcker och tidningar, böcker förstås, i massor och från alla tider, barnboksavdelningar med mysiga kuddmöbler, filmer, musik och tidskrifter för alla upptänkliga intresseområden. Det var också en samlingsplats för alla tänkbara kulturyttringar så då är det naturligt att där var en hel del människor av och till. Det var påtagligt för dem båda när de klev in där hur tyngden i detta kunskapens palats nästan fick taket att bågna över dem, (eller arbetarnas palats om man så vill, där kunskapen var gratis så länge man hade ett lånekort). Även om han nu varit där många gånger den sista tiden så var det ändå med en viss försiktighet Bengtsson närmade sig disken den här gången. Om det var för att han hade en osedvanligt ömtålig last eller om det var för att han ville vara lite hemlighetsfull med vad han hade att komma med gick inte riktigt att säga. Men den som mot förmodan var lite mer än vanligt uppmärksam på hans kroppsspråk hade kanske kunnat tro att han var där för att råna någon. Visserligen en väldigt framåtlutad rånare och på ett ställe där inte mycket fanns att råna om man nu inte råkade ha en alldeles särskild förkärlek för litteratur, men helt säker kunde ju ingen vara. Framme vid disken nästan viskade han fram vad han skulle säga så att biblioteksassistenten fick be honom att flera gånger upprepa vad han hade att säga. Till slut tröttnade han också på det, som vi kanske kan förstå, och kastade i hastigheten fram att han ju hade den här bomben som de skulle få. Säkert som amen i kyrkan reagerade alla som satt i och omkring disken instinktivt på det sista han sa, utan att först ha tagit någon vidare notis om allt han sagt innan, och som det ju brukar gå med missförstånd så slogs det återigen på den riktigt stora trumman med anledning av en eventuell bomb i anläggningen. Även om deras avsikter aldrig varit att skrämmas med att nämna det onämnbara ordet i en biblioteksmiljö, så fick det ändå den oförutsedda konsekvensen att allting plötsligt hände väldigt snabbt. Under tiden som någon i personalen hade räknat in alla böcker som Bengtsson hade för avsikt att lämna tillbaka så hade någon annan med anledning av ett eventuellt hot omedelbart ringt polisen, som inom loppet av ett par minuter lite oväntat var på plats och började evakuera byggnaden på alla som var där. Alla utom Orvar och Bengtsson, som lite olyckligt råkade stå precis vid återlämningsdisken då allt satte igång. Den blinda artilleripjäsen till en fälthaubits från fyrtiotalet togs smidigt om hand av polisens bombgrupp och Orvar och Bengtsson sattes i tryggt förvar i ett av polisens för ändamålet särskilt utrustade fordon.

– Det är då märkligt att ni alltid ska komma att sättas i samband med bomber och sprängmedel, sa polisen som först kom för att förhöra de båda männen i polisbilen. Inte helt obefogat heller då det var just den polismannen som en gång fått ta hand om en misstänkt väska, som visserligen bara visade sig innehålla lite av Orvars bra att ha saker, men som ingen då kunde ha vetat om eller hur farlig den i själva verket kunde ha varit.

Då det just då hade satts in särskilda resurser på sådant som kunde ha med bomber att göra var det heller inte så svårt att förstå varför man tog så allvarligt på varje incident som skulle kunna innebära fara för allmänheten. Men då allting retts ut om varför den eventuella bomben levererats till nämnda bibliotek och varför det var just dessa två högst osannolika personer som stod för leveransen, kunde det hela avskrivas som en sorts olycksfall i arbetet. Hur skulle två dårar som dessa ha vetat att det inte var till biblioteket de borde komma in med eventuella sprängmedel, oavsett om de var antika eller ej. Huvudsaken i det här fallet var att det fick ett lyckligt slut och att ingen kom till skada och ingen av de två männen kunde väl rimligtvis ha haft för avsikt att terrorisera någon i sin egen hembygd. Det var väl inte så man gjorde. Inte där i alla fall. Både Orvar och Bengtsson höll med om det och gladdes åt att allt hade ordnat sig, bomben hade kommit i rätta händer och skulle väl oskadliggöras som sig bör. Men de framförde ändå en önskan till både polis och annan myndighet om att bomben så snart den var ofarlig skulle få en framträdande plats i stadens bibliotek så att vem helst som ville beskåda densamma kunde göra det utan fara för sitt eget eller andras liv. Polisen kunde inte ge några garantier om att det skulle bli så, men lovade att ändå framföra deras önskemål och skrev för säkerhets skull in det i rapporten gällande det misstänkta bombdådet i stadens till storleken största bibliotek.

– Om ni nu ändå till äventyrs tänker fortsätta med ert detektivarbete, fortsatte polismannen, så håll er för säkerhets skull ifrån sådant som skulle kunna smälla. Ni skulle kanske kunna hålla lite utkik efter stulna eller borttappade cyklar istället. Det har vi fått in ganska många anmälningar om den senaste tiden.

– Får man någon hittelön om man hittar någon sådan då? frågade Orvar intresserat.

– Det kan man säkert få. Även om det inte är några stora pengar så tror jag att de som får tillbaka något blir så glada att de nog ger er en slant för besväret, annars brukar det ju vara tio procent av värdet och det är ju inte så dåligt det heller om det är något verkligt fint som kommit bort.

Det tyckte de båda männen lät som en bra idé och lovade båda att göra så gott de kunde med att återbörda cyklar till eventuella klienter som också kunde betala en liten slant i hittelön. Med det var det äventyret i det närmaste över för både Orvar korvar och uppochnedvända Bengtsson och de kunde, lite slokörade över bombepisoden men ändå nöjda med utgången, bege sig var och en till sitt. Men innan de skiljdes åt råkade de av en händelse återigen på pannkaksmamman och tuggummiflickan Lisa som tycktes vara ute på en av sina helt vanliga promenader.

– Var har ni varit någonstans? frågade pannkaksmamman med lite orolig röst. Jag har försökt ringa flera gånger, varför svarar du inte i telefonen när man ringer? Vad som helst hade kunnat hända, ni kan ju ha cyklat omkull på vägen.

– Jaha! sa Bengtsson med en sorts spelad förvåning, jag har väl råkat förlägga telefonen någonstans.

– Hur gick det med utgrävningen då, frågade Lisa, hittade ni några vikingasaker?

– Det var inte mycket till vikingar där inte, men en och annan bomb kan man nog hitta om man letar ordentligt, fast det är ingen större fara med den bomben, den har polisen.

Även om mamman först såg uttryckligt förvånad ut över vad han sa så skakade hon snart av sig det som något han bara sa och visade ändå att hon var glad över att de inte hade varit med om något värre. Bengtssons hjärta var inget att leka med (även om de nu inte gjorde det heller) och bomber och granater fanns det alldeles tillräckligt av i världen (som den var) utan att de nödvändigtvis behövde leta upp några fler. Sedan skiljdes de åt, pannkaksmamman och Lisa gick hem till sig medan Orvar och Bengtsson förnöjt strosade vidare. De sista metrarna tillsammans kunde Orvar och Bengtsson ändå gemensamt konstatera att det hela gått förhållandevis bra, men så mycket som de hittat på och undanhållit sanningen för folk som de gjort de sista två dagarna hade de aldrig gjort förr. Bonden fick inget veta om ringen eller om ynglingarna som gjort det stora jobbet med stenen i åkern, polisen fick inte veta vem som låg bakom upphittandet av artilleripjäsen och pannkaksmamman fick inte veta vad som verkligen hänt med telefonen. Det fick helt enkelt bli en ändring. Sådana lögner och påhitt måste bli ett minne blott. För vill man leva sitt liv i mänsklighetens och sanningens tjänst får man inte hemfalla åt ljug och dumma påhitt. Sådana var inte Orvar och Bengtsson i grunden och i fortsättningen skulle ärligheten istället vara en dygd, det kunde de båda skriva under på. I Orvar korvar och uppochnedvända Bengtssons detektivbyrå för olösta fall och mysterier fick man helt enkelt inte tro att man skulle bli blåst på konfekten. Det man ville ha reda på, det skulle man få veta även om det inte alltid var något man ville höra och om man bad om sanningen så var det den de skulle leverera och ingenting annat. Om de nu skulle hitta på en alternativ sanning framöver så var det för att det skulle vara absolut nödvändigt för att utgången skulle bli den bästa för alla parter. Så fick det bli om det nu skulle finnas någon heder i ett ibland inte så hedervärt yrke som privatdetektiv och skulle det händelsevis komma förbi någon dam med färgglad dress och skor med enorma klackar och ville veta vad hennes man brukade syssla med så skulle hon inte behöva bli besviken. Hade hon betalt för sanningen så var det sanningen hon skulle få. På den punkten var både

Orvar korvar och uppochnedvända Bengtsson överens.
Inget så banalt som osanningar och ljug fick längre stå i
vägen för deras uppdrag i mänsklighetens tjänst. Åter-
stod bara för Orvar att fundera ut hur han på mest
sanningsenliga sätt skulle kunna framföra sina känslor
för sin nya kärlek, Millan i butiken, utan att allt bara
skulle bli löjligt och pinsamt för dem båda.

Fallet med de borttappade cyklarna

När den värsta uppståndelsen kring bombdramat hade lagt sig och det mesta i den lilla staden hade återgått till sitt vanliga lite sömniga tillstånd hade de båda vännerna sakta men säkert fått nya saker att tänka på. I staden hade regnet till slut lagt sig och ett grått täcke av kanske-regnmoln täckte himlen som det brukar, tiden mellan skolavslutning och midsommar. Svalorna flög lågt över åkrarna som de brukade om det vankades regn och ändå kom det inget mer utan istället svepte en kall vind in och blåste över vårsådden så att den lite kom av sig och inte riktigt ville ta sig igen. Det var nog ett elände att vara lantbrukare i sommarsverige. Aldrig fick man riktigt som man ville. Var det regn man ville ha så blåste det kalla vindar över alltsammans och ville man ha det torrt så regnade det i stort sett alltid. Den enda glädjen var att ljuset var nästan dygnslångt den här tiden så att insekterna hade fint med tid att göra sitt jobb med att få allt att växa och frodas och då sommaren ändå var så kort så var det precis vad som behövdes, förutom lite värme och solsken om dagarna och regn på kvällarna för att hålla bönderna nöjda och glada.

Mitt i samhällsomvandlingen med stormarknadsbyggnationer, nedläggningshot över småföretagandet och nya invånare, gjorde Orvar och Bengtsson också en stor förändring i sin lilla rörelse i samhällets tjänst. Av bekvämlighetsskäl men också hälsoskäl valde de att förflytta hela deras verksamhet från Orvar där den tidigare varit belägen till Bengtssons lägenhet istället. Så ofta Orvar hade tid till det, om han nu inte var i den nedlagda men snart nyöppnade kvartersbutiken och hjälpte till med att ställa in hyllor eller vara i vägen i största allmänhet, så gjorde han vad han kunde för att flytta allt nödvändigt till detektivbyråns nya högkvarter. Skylten som han en gång satt upp på dörren tog han precis som den var och satte upp på sitt nya ställe. *"Orvar och Bengtssons detektivbyrå för olösta fall och mysterier"*. Det var ingen mening i att göra några större förändringar där inte och den passade lika bra på Bengtssons dörr som den gjort hos Orvar, även om den samlat på sig lite damm och lortiga avtryck under det gångna året. Klientstolen fick också följa med liksom kartan över världen som den hade sett ut fyrtio år tidigare. Det var som sagt ingen idé att ändra på något som fungerade. Världen såg ut som den alltid gjort även om en del politiker valt att rita om gränserna eller se till så att nya länder kommit till. I alla händelser hade inte Sverige flyttat sig nämnvärt den sista tiden utan låg på kartan likadant som det gjort de senaste tvåhundra åren. Lite dokument och papper som kunde sammanfatta den sista tidens arbete fick också flytta, vilket ju gav en avsevärd plats i Orvars lägenhet men istället tog en hel del utrymme i anspråk på sitt nya ställe.

Då Bengtsson bodde på första våningen istället för längst upp så var det i alla händelser bättre för eventuella klienter att ta sig dit och dessutom kunde hans fönster tjäna som skyltfönster för detektivbyråns alla förehavanden. Ville man ha hjälp med något som man inte riktigt kunde lösa på egen hand så visste man snart vart man skulle vända sig, det stod ju i fönstret. En fördel var väl också att Bengtssons sinne för ordning och reda vida översteg det hos Orvar och då var det också ett ordentligt ombonat kök man kunde träda in i och där få sig en riktigt tillagad kopp svenskt kaffe medan man begrundade allvarligheterna i sitt uppdrag, vare sig man hörde till dem som gav det eller fick det. Något som Bengtsson också tagit fasta på var det som polismannen i biblioteket hade sagt om bomber och cyklar. Bomber skulle de hålla sig ifrån, men cyklar fanns det som sagt många som var på drift och skulle behöva räddas från förgängelsen och tillbaka till sina rättmätiga ägare. Även om han inte riktigt hade släppt det här med vikingar och begravda skatter som han till en del ännu ansåg vara viktigt så fanns det om man så säger, lite mer substans i polisens antydningar om brott i samband med vissa eller flera cyklars oförklarliga försvinnanden. En cykel hade de i alla händelser redan räddat till sin rätta ägarinna, även om det nu inte riktigt hade blivit som de tänkt sig, och i alla händelser så blev det en lycklig återförening då de faktiskt hade haft en ganska stor användning av densamma. Det Bengtsson nu och efter lite eftertanke kommit på var att om de skulle göra samhället en verklig tjänst så skulle de sätta stopp för cykeltjuvandet, återbörda de bortförda cyklarna till de rätta ägarna och kanske få en rejäl slant i hittelön för det de åstadkommit. Det kunde till och med bli mer lönsamt än något de gjort förut och för Orvar betydde ju det mer korv hos Korvpelles än han möjligtvis kunde hinna med att äta. Om det nu var något som fungerade som påtryckning på Orvar så var det just korv, möjligen somriga utomhusbad eller spännande äventyr men i synnerhet korv, så enkel var han.

Vad Bengtsson hade tänkt ut var väl egentligen inte så spännande om man inte hade ett särskilt intresse för sådana tråkiga sysselsättningar som att titta på samma saker hela tiden. Bengtsson hade tänkt ut att de båda helt enkelt skulle förekomma cykeltjuvarna genom att spana på ställen där många cyklar stod parkerade för att se om det var flera cyklar som togs av samma personer, för i så fall var det ju uppenbart att de hade att göra med en liga som specialiserat sig på en sak, cyklar. Om det inte var så, så var det ju lika uppenbart att det inte var så och då visste de ju vad de inte behövde leta efter. Varje gång någon tog en cykel skulle de skriva upp det i en bok, signalement på både cykel och person och vartåt de eventuellt bar av så att de sedan skulle kunna ringa in eller utesluta eventuella gärningsmän. Sedan skulle de kunna gå en runda i staden och samla in de cyklar som eventuellt skulle vara stulna. Ungefär som att fiska. De fina fiskarna får man inte på måfå utan för att man vet var man ska lägga ut kroken. Det skulle i alla fall kunna bli en bra slant i hittelön från dem som saknade sina cyklar. Åtminstone om det var något som var värt att sakna. Orvar kunde inte annat än hålla med. Han var både överraskad och förvånad över Bengtssons slutledningsförmåga, men visste ju samtidigt att det var det här Bengtsson faktiskt var bäst på, att komma på de bästa lösningarna när de behövdes som bäst. I alla händelser så var det en plan som måste prövas innan den avfärdades som strunt och om det hela skulle fungera väl behövdes en förklädnad som gjorde att de inte direkt skulle kännas igen för vilka de i själva verket var. Hur i hela världen det nu skulle vara möjligt med deras konstitution. Det var ju lite som att Helan och Halvan skulle gå in på en bar och ingen skulle känna igen dem. Den riktiga världen var nu inte så enkel så att det räckte att stålmannen tog av sig glasögonen för att ingen skulle kunna ha en aning om vem han verkligen var. I verkligheten måste man smälta in, som en i mängden. Det var i varje fall Orvars syn på saken. Inte ens en tidning med urklippta hål hade visat sig fungera så bra som de trott.

Med bara en stunds förberedelser (hur lång en stund nu kan vara för ett par gamla detektivkompanjoner) var de båda klädda för sitt uppdrag. Nu var ju Bengtsson så konservativ i sitt val av kläder att han tänkte att ett par snickarbyxor och en sliten gammal skjorta nog kunde räcka, tillsammans med en anständig hatt. Så såg ju folk i allmänhet ut, åtminstone sådana som Bengtsson. Orvar muttrade mest åt det som han tyckte var att anstränga sig för lite för konsten att utföra ett gott detektivarbete, men lät det hela ändå vara för att det helt enkelt inte tjänade något till att argumentera med Bengtsson om den saken. Orvars tanke om en klädsel som smälte in i den verklighet de befann sig i stämde dock dåligt in på vad gängse medborgare skulle se som det vanliga och istället för att smälta in och verka osynlig i massan borde effekten av det bli något helt annat. Shorts var det självklara valet för Orvar eftersom det var sommar. Föga tänkte han sig då att det var relativt kyligt för att vara juni och han nog skulle vara den enda

som bar shorts under de omständigheterna. Inte nog
med att det var för korta byxor för vädret, de hade alla
regnbågens färger också, liksom bara för att signalera
att vi nog inte har alla hästar hemma där uppe i huvud-
stallet. Som om inte det var nog så hade han rotat fram
en gammal mintgrön t-shirt med texten *"a non smo-
king generation"* tryckt över bröstet som han defini-
tivt inte hade använt sedan han fått ärva den som barn.
Och om det var Orvars syn på en inte iögonenfallande
klädsel så fick det i alla fall Bengtsson att framstå som
en staty i parken vid sidan av honom, det var då alldeles
säkert.

– Vad i hela friden är det du har på dig! Utbrast
Bengtsson så snart han fick se honom utstyrd i de klä-
der han valt till sin förklädnad.

– Ser du inte det, svarade Orvar genast och närmast
förnärmad över frågan, jag är ju en joggare i parken.
Och du har klätt ut dig till Bengtsson ser jag.

– Äsch!

– Jag tänkte, fortsatte Orvar, att om jag joggar runt lite
här och där och du sitter kvar på samma ställe och för
anteckningar så ser vi det hela från flera olika vinklar på
samma gång. Det fattar ju vem som helst att det är nå-
got lurt om vi hela tiden är tillsammans. Du borde för-
stås ha haft kvar din mobiltelefon. Då kunde du ha
fingrat lite på den och låtsats som om du höll på att läsa
något. Det hade väl smält in, tror du inte. Så gör ju alla
nuförtiden.

114

Nu är ju inte detektivarbete en akt av slumpen utan något som kräver noggranna förberedelser och även om Orvars val av kläder inte riktigt föll Bengtsson i smaken så var det i alla fall inte värt att debattera. Så i sina noga utvalda kläder, Bengtssons vanliga snickarbyxor och skjorta och Orvars färgglada utstyrsel, som nog kunde fått själva solen att rodna om den hade haft den goda smaken att visa sig, samt en liten anteckningsbok och penna gav sig de båda tappra krigarna av till nya slagfält av ouppklarade brott i cykelvärlden som måste lösas. Gatan upp bar det iväg, förbi den nedlagda, men kanske snart nyöppnade kvartersbutiken där de gjorde så gott de kunde för att inte bli sedda och igenkända så att de skulle tvingas stanna och prata bort en stund eller dricka kaffe i deras nyrustade kök. Sedan fortsatte de, som de planerat, till stadens lilla men ändå omsorgsfullt utsmyckade centrum. På det oansenliga torget valde de en bra plats, där det också fanns en bänk att sitta på och satte sig sedan ned för att vänta. Där skulle de nog kunna se och upptäcka om något särskilt hände vid cykelställen i anslutning till välbesökta matställen och liknande. Ingen kunde ju riktigt veta när något skulle inträffa, men var man inte på plats så kunde man inte förhindra eller observera något misstänkt som eventuellt kunde vara i görningen heller. Det var i alla fall ingen tvekan om att de båda männen njöt av att vara igång med verksamheten. Bengtsson gjorde så gott han kunde för att le så att det syntes att det var det han gjorde och Orvar satt nästan och hoppade på bänken bredvid Bengtsson av ivern över när spänningen skulle sätta igång. När det vardagliga skulle gå över i något mer ovardagligt om man så säger. Exempelvis en liga av maskerade ynglingar som rensade torget på allt av värde i cykelväg. Men ingenting hände som i någon mening avvek från det vanliga. I flera timmar satt de i sina ovanliga utstyrslar och bara såg på det som hände, eller inte och inte en enda människa tog någon notis om dem eller deras lite utmärkande klädstil. Det enda de båda männen såg från sin parkbänk var vardagligt klädda människor på väg till eller ifrån sina arbeten eller olika butiker och inte en enda dramatisk händelse kring de parkerade cyklarna till skillnad från vad de kanske hade förväntat sig. Någon låste upp och tog sin cykel och försvann från platsen, vilket nogsamt antecknades i den lilla boken, men utan att det för den skull föranledde någon större misstanke om pågående brott. Bengtsson gjorde sin plikt helt enkelt. För Orvar var det hela däremot mycket mera plågsamt och uttrycket myror i kroppen kunde väl bara lindrigen beskriva hur det kändes för honom att sitta där utan att egentligen göra någon verklig nytta.

– Tror du verkligen att det här är rätt plats Bengtsson, sa Orvar medan han otåligt skruvade på sig på bänken där han satt.

– Ja, jag vet inte, men det finns ju både cyklar och människor som kommer och går hela tiden så om något skulle hända så är det väl här skulle jag tro.

– Men tror du inte... fortsatte Orvar, jag menar, är det inte troligare att någon stjäl en cykel där det inte är så mycket folk i rörelse. Kanske i parken, dit går ju ingen för att stanna någon längre stund utan oftast bara för att passera igenom. Ingen som ser något eller ens tänker på om något skulle hända som eventuellt skulle vara brottsligt. Där borde man väl vara istället för mitt i smeten på torget, här händer i alla fall ingenting som verkar konstigt i mina ögon.

– Men om vi skulle gå till parken och så händer något här, det skulle ju bli helt fel.

– Jo, fortsatte Orvar, men om vi sitter här och det i själva verket är i parken det kommer att hända då är vi ju fel hur som helst.

Nu förstod sig Orvar inte riktigt på Bengtsson. Han som alltid varit den skarpsinnige av dem båda, han som oftast kom med de listigaste lösningarna och kunde räkna ut saker på ett sätt som Orvar sällan kunde komma i närheten av, verkade plötsligt ha blivit alldeles kollrig. Som om han inte kunde räkna ut den enklaste sak och behövde förlita sig på Orvar för att komma på lösningarna som han tidigare varit den bästa att komma på. Det var nästan som om Orvars otålighet där på platsen gjorde att han inte kunde tänka klart. Kanske hade Bengtsson alldeles börjat tappa intresset för det här med detektivarbete. Överhuvudtaget verkade det så för stunden och att han helt enkelt satt i andra tankar, eller så började han förlita sig på någon sorts rutin istället för sitt vanliga skarpsinne. Som om alla brott och konstigheter utfördes enligt någon mall som skulle vara så lätt att genomskåda att inga poliser eller detektiver längre skulle behöva tänka. Bara att samla in buset rutinmässigt så folk fick ha sina cyklar ifred då. Det var åtminstone inte den vanliga Bengtsson som satt där på torget och det var i alla fall något som Orvar började oroa sig lite för. Men ju mer Bengtsson fick tänka över idén desto klarare framträdde det faktum att Orvar nog varit den smartaste när allt kom omkring, åtminstone den här gången. Det var alls ingen dum tanke att förskansa sig i något lugnare område av staden, åtminstone om man ville få korn på de lite mer ljusskygga personer som av förklarliga skäl borde välja platser som inte var riktigt så välbesökta som stadens hjärta, torget. Och kanske hade inte Bengtsson varit så fokuserad som han väl borde till en början. Åtminstone inte så fartfylld som Orvar skulle vilja att allt var, men han hade en del andra tankar som tog hans uppmärksamhet och så det här med att försöka lösa något fall som egentligen inte var ett fall utan bara ett sökande efter något eventuellt mysterium som gick att lösa. Ingen som saknade något hade ju bett om deras hjälp, bortsett från polisen och då var det inte lika lätt att motivera sig, i synnerhet som det blåste så kallt att fingrarna knöt sig i händerna på honom och fick håret att stå rakt ut på Orvars nakna ben. Inget skulle i alla fall vara bättre än om de kom i lä för vinden ett tag och blev lite varmare i kläderna om man så säger. Och varje människa skulle väl kunna ha sina tvivel om saker då och då utan att det skulle vara något konstigt med det eller att det för den skull skulle störa helheten i uppdraget. Om de nu skulle se något på vägen som skulle ändra deras uppfattningar så vore det bra det med. Inget sätter i alla fall fart på tankarna och får upp värmen i kroppen som en uppfriskande promenad, det var Bengtssons alldeles bestämda uppfattning. Därför samlade de snabbt ihop vad de hade; anteckningsblock och penna, och satte sedan målmedvetet av emot parken som brukade vara stadens puls under semestermånaderna men som så här före midsommar inte var särskilt välbesökt.

Parken som stod i full blom, utan att vara helt överväxt av olika gräsarter och buskage, befolkades i synnerhet av pensionärer med ett överflöd av tid men ganska liten inkomst. Inget är ju så gott som det som är gratis, särskilt då man inte lider av särskilt stora rikedomar, och parken hade staden ställt i ordning för alla att nyttja, alldeles oavsett om man hade det gott ställt eller inte, för vars och ens lilla lust att se naturen på nära håll och för att möta andra i en naturnära miljö. Där kunde man gå, sitta och se på fåglarna i den lilla dammen som hade genomgått en omfattande sanering sedan den dagen då Orvar och Bengtsson lite oförsiktigt men oavsiktligt hade brakat ner i densamma med en vilt rusande rysk sidovagnsmotorcykel. Där kunde man mata fåglarna, såsom duvor och änder, men i huvudsak ändå måsar med vadhelst man trodde fåglar åt, kanske företrädesvis bröd som hade gått ut även om det nu inte normalt sett hörde till fågellivets kostcirkel. Det var ganska vanligt att människor rastade sina hundar i parken, en del utan att riktigt ha en aning om vad hundarna gjorde då ägarna själva befann sig inbegripna i någon mobiltelefonssituation som ofta och helt naturligt verkade uppta det mesta av deras uppmärksamhet. Då semestermånaderna kom igång på allvar kunde man till och med stanna till vid parkens kafé som i några sällsynta fall hade något som också Orvar tyckte var tillräckligt vanligt för att duga som fika, de hade däremot inte korv med bröd på det där vanliga sättet som var det som gällde för honom. Men i särskilda stunder var det en riktigt bra plats att sitta och förslösa tiden på, i skuggan av lind och lönn en solig varm dag, bland höstens alla skiftande dofter och färger, eller om försommaren då den skira grönskan fyllde parken och det blommade för fullt. Det var verkligen en plats där stadens pengar hade planterats väl och ändå var det en del, kanske företrädesvis yngre pojkar, som klottrade dit något obegripligt och för de flesta också helt onödigt på de bänkar som ställts ut för den allmänna trevnaden. Det var nu inte något Orvar tog någon större notis om, men Bengtsson stördes desto mer av "kluddet" som han kallade det, men då vet vi ju redan vilket intresse han hade av äldre byggnationer och sådant som skapade stämning och atmosfär i en stad, även av mindre mått.

Då Orvar och Bengtsson kom till parken tog de plats vid en lite undanskymd bänk under ett par poppelträd som just den tiden på året spred sin alldeles särskilt söta doft och ibland också kunde spotta ur sig lite kådliknande sav varje gång en blomma sprack upp, redo att ta emot alla tänkbara insekter till en fest av pollen och nektar. Det var när allt kom omkring en mycket bättre plats för dem att vara på, de hade en undanskymd överblick över ett visst cykelbestånd i närheten av sommarfiket, Bengtsson kunde lättare koncentrera sig i närheten av naturen och Orvar var inte i närheten av lika nervös som han varit innan, utan kunde med en mycket större lätthet sitta still trots att han var klädd för att löpa. På så sätt började det att arta sig för de båda kumpanerna och tvetydigheterna kring vad de hade företagit sig började också skingras hos dem båda. Naturen hade nämligen den inverkan på människor, att när ögonen ser grönt får själen ro. Det var inte sunt att bo i en stad som inte hade parker, den saken var i alla fall Orvar korvar och uppochnedvända Bengtsson helt överens om.

*

Rätt så snart efter att Orvar och Bengtsson hade kommit till parken, hittat sin bestämda utkiksplats från en bänk under ett par popplar, tagit fram anteckningsblock och penna igen och börjat ta notis om vem eller vilka som eventuellt hade ärende i stadens park och huruvida de hade cykel med sig eller inte kom en av de mest besynnerliga personer de träffat på och satte sig precis bredvid dem. Som i en konstig dröm seglade han plötsligt bara in och slog sig ned. På samma bänk, bara en bit ifrån så att de nästan kunde röra vid varandra men ändå hålla distansen så som man brukar i Sverige. Om man nu tyckte att Orvar brukade klä sig i kläder som i någon mening stack ut ifrån mängden så var det ändå inget i jämförelse med personen som nu hade satt sig där. Som om han hade haft samma tanke som dem, att spana efter något misstänkt. Bara satt där rätt upp och ned. Han var som tagen ur en annan tid. En lång rock i regnbågens alla färger, en gulspräcklig tröja och ett par vinröda byxor som var så utsvängda nertill att det inte hade varit något större problem att krypa i dem från fotändan om man så ville. Till det hade han en stor druidhatt som tycktes tagen från en annan planet eller åtminstone en film som inte hade mycket med verkligheten att göra. Med andra ord var han inte klädd för att vara praktisk på något vis utan mer som ett sätt att uttrycka en personlig stil eller känsla. Det krävs med andra ord ingen stor fantasi för att förstå att både Orvar och Bengtsson var överraskade på gränsen till chock. När de sånär hade börjat tro att de var konstiga eller onormala eller åtminstone stack ut från mängden en aning kom det någon som inte verkade vara från samma värld som dem. Någon som åtminstone mer verkade höra hemma i en film än i den verklighet de befann sig i. Då är det heller inte så konstigt att förstå att de, i samma stund som de såg skapelsen dimpa ned bredvid, blev stumma av förvåning. Orvar som tyckte att han tagit det här med förklädnad till en ny nivå befann sig uppenbarligen inte i samma värld som den här personen, det var helt säkert och därför satt han först bara där utan att våga fråga personen vad han gjorde där, om han var ute i samma ärende som de själva eller om det bara var så han gick klädd till vardags. Så satt de också en lång stund i tysthet utan att vare sig notera eller kommentera något ur sin omgivning. Den välklädda mannen hade däremot och lyckligtvis inte drabbats av riktigt samma tunghäfta som Orvar och Bengtsson utan kunde utan vidare öppna samtalet dem emellan så fort som han ansåg att den första chocken hos hans nya bekantskaper hade lagt sig.

– Jaha ja. Ni är ute och joggar, sa mannen med de brokiga kläderna viskande, som om han inte ville att det skulle höras men ändå för att lätta på munlädret och öppna konversationen med de båda männen, som man får anta att han tyckte såg ut som ett par sympatiska personer.

– Nej, viskade Orvar direkt tillbaka utan att tänka på att de hade för avsikt att vara inkognito. Vi är detektiver.

– Jahaja, detektiver, fortsatte mannen. Det var intressant.

– Vi letar efter försvunna saker och olösta mysterier, fyllde Bengtsson i efter att han tycktes ha återfått fattningen.

– Intressant, har ni funnit Gud?

Nu tappade både Bengtsson och Orvar nästan andan. De hade ju inte kunnat veta vad det var för en pajas som plötsligt dök upp i de allra konstigaste kläderna. Sedan viskade han och verkade så besynnerligt hemlighetsfull också som om något riktigt viktigt var på gång. När han till slut, lika plötsligt som oväntat, hade börjat prata på om Gud och allt möjligt brast det lite för de båda detektiverna. När allt kom omkring var han kanske bara en annan tokig person som dök upp helt plötsligt, en sorts parkpredikant som ville att de skulle tro som honom, det var allt och ändå blev de så överraskade att de inte riktigt visste vad de skulle göra av situationen. Det kunde väl ändå inte vara så att det var han som gick omkring och stal alla cyklar! Även om det någon gång måste skrivas upp i den lilla boken, det fick de inte glömma, så kunde ingen av dem tro att det ens kunde vara så, till något sådant verkade han alldeles för knäpp helt enkelt.

– Nej vi är nog inte några sådana detektiver, sa Orvar efter att ha återfått fattningen.

– Det var synd, fortsatte parkpredikanten samtidigt som han sökte stöd med blicken någon annanstans lite högre upp i periferin, ni verkar ju vara sökare och om man söker efter något, verkligen söker så som ni verkar göra, så har Gud alla svaren vet ni.

Där någonstans kände Orvar att han ville fråga den lite underliga mannen om det just var Gud som kommit med förslaget om den färgglada rocken och lite opassande mössan också, men han fick lov att bita sig själv i tungan istället och helt enkelt hålla tyst om den saken. Han visste ju så väl själv hur det var att bli kommenterad för sin klädsel och sådana saker och kunde därför nicka istället och hålla det hela för sig själv. Bengtsson däremot hade inte riktigt samma självdisciplin utan lät tungan löpa utan särskild tanke på om predikanten skulle såras eller inte.

– Vi letar efter personer som är ute och stjäl cyklar, sa Bengtsson torrt som om han tröttnat på allt det djupsinniga, och det tror jag knappast att Gud kan hjälpa oss med om jag ska vara ärlig.

Nu såg predikantpersonen på dem med en blick som inte visste riktigt om den skulle vara from eller sårad

124

och drog sedan djupt efter andan under en ganska lång eftertänksam stund samtidigt som han betraktade de båda männen som inte tycktes veta riktigt vad de skulle göra så länge parkpredikanten var där och drog all uppmärksamhet till den bänk i parken där just de råkade befinna sig. Sekunden efter hoppade han upp från bänken, tog ett vigt skutt och landade, som en katt, på båda fötterna mitt framför de förvånade männen. Sedan stirrade han som en besatt i någon sekund innan han tog sats, drog hastigt efter andan och böjde sig sakta fram emot männen innan han deklarerade det han skulle, som inför nomineringen av en prisvinnare.

– Det kanske han kan! Hjälpa er med ert lilla dilemma menar jag. Jag tror nämligen att jag vet vem tjuven är.

– Gör du? utbrast Orvar samtidigt som han bakom sig hörde Bengtsson suckande mumla något om att han inte skulle komma dragandes med någon Gud igen (för det var väl i alla händelser inte Gud som stal cyklar för folk i den lilla staden).

– Ja, eller jag vet väl inte vem precis, fortsatte predikanttypen samtidigt som han tog av sig den stora hatten så att allt håret som rymts däri föll ned i ansiktet på honom. Däremot har jag sett dem, så jag vet vilka de är och varför de gör det.

– Vilka det är! utbrast Orvar, är det flera?

– Såklart det är, ett gäng grabbar, inte så särskilt gamla, som ett pojkstreck eller bus eller vad man kan kalla det.

– Ett pojkstreck? som med klottret på bänkarna?

– Precis, fortsatte predikanttypen, jag tror i alla fall inte att någon av dem hade en så särskilt viktig anledning att just då använda en cykel för att kunna ha skäl att ta någon annans.

Efter det berättade den brokiga parkpredikanten för de båda detektiverna allt han visste om det här med cyklar i parken och hur det nu kunde komma sig att han visste så mycket om det. Han berättade hur han, lite egendomlig som han var där i parken, inte just var någon som personer riktigt la märke till eller åtminstone inte var, som han uttryckte det, hotfullt närvarande för dem med lite tveksamt ärende, som grabbar med både lite för stor fantasi och lite för lite att göra om dagarna. Om det höll Orvar med och inflikade glatt att en mintgrön jogging t-shirt ändå inte alltid var det sämsta valet om man ville smälta in bland buset. Då den färgglada predikantpersonen inte hade så mycket annat för sig om dagarna och inte så många andra ställen att gå till råkade han, som man ibland gör, helt enkelt vara på rätt ställe vid rätt tillfälle för att uppleva stölderna på nära håll. Vad han då fick uppleva var något han själv aldrig skulle ha kommit på tanken att göra och ändå försäkrade han dem att han minsann varit med om både ett och annat i sitt liv, vilket de båda männen inte hade särskilt stor anledning att betvivla. En dag så bara hände det. Mitt i den dunkla sommarkvällen då aktiviteten i parken hade börjat sjunka och bara några cyklar återstod i cykelställen i parkens utkant och som företrädesvis ägdes av boende i närheten. Plötsligt hade de bara kommit. Tre eller fyra yngre män eller grabbar i tonåren, omöjligt att se vilka eller hur de riktigt såg ut, men på cyklar som de ställde ifrån sig på platser där de istället tog andra cyklar som de sedan cyklade iväg med. Hur svårt det än verkade vara att begripa meningen med, så förklarade det ändå en hel del av varför så mycket försvunna cyklar plötsligt började dyka upp på alla möjliga platser runt om i staden. Pojkarna hade helt enkelt haft för tråkigt för sitt eget bästa och om det ändå var något som var sant så sätter sådant i alla fall fart på kreativiteten.

Det hela var alltså bara ett enkelt bus som gått för långt. Avsett att sätta lite myror i huvudet på invånarna i den sömniga lilla staden genom att byta plats på människors cyklar när de inte var tillräckligt uppmärksamma eller försiktiga med sina saker. Det var väl sådant som man väl aldrig riktigt hade behövt heller på en plats med så få invånare och där nästan alla visste vilka alla de andra var. För övrigt kunde parkpredikanten intyga att ett cykellås inte precis var något kassaskåp att dyrka upp om man bara hade de rätta sakerna. Han hade nämligen själv, som han uttryckte det, provat den banan en gång men ångrat sig och hittat andra vägar i livet vilket i någon lustig mening hade fört dem till just den här stunden där sakernas olika ordning tycktes sammanfalla på ett lite övernaturligt sätt.

– Herregud! sa Bengtsson utan att riktigt tänka sig för i närheten av predikanttypen, här har vi rusat runt utan att riktigt veta vad vi letar efter och så kommer du med hela svaret.

– Ja, svarade parkpredikanten och ryckte på axlarna
som om han redan hade svaret, är det inte lite så ibland,
om profeten inte kan komma till berget så får väl ber-
get komma till honom. Om alla svaren finns där så
kommer de, bara man är på rätt plats och om ni aldrig
hade ställt frågan hade det inte fört er ända hit och då
hade vi inte mötts och då hade ni fortfarande irrat runt
i ovetskapens mörker. Nå har ni funnit Gud eller inte?

– Inte här i parken i alla fall.

– Om ni gör det så kan ni väl vara vänliga att tala om
det för mig, det är några frågor jag skulle vilja ha svar
på. Jag brukar vara här ibland om jag inte är någon an-
nanstans.

Sedan satte predikanttypen på sig sin stora hatt och
jassade iväg med sin alldeles särskilda stil, in genom
buskaget, vände sig om och ropade något i stil med att
de nog borde pröva att hålla sig i närheten av cykelpar-
keringar på folktomma ställen om de ville kunna ta
förövarna på bar gärning, innan han försvann in i
grönskan och lämnade de båda männen förstummade
och häpna kvar på den av ungdomar nedklottrade
bänken under popplarna i parken.

– Vilken kille va! utbrast Bengtsson så snart han återfått
fattningen och Orvar kunde bara instämma, då det för
en gångs skull verkade ha uppenbarat sig en person
som åtminstone tycktes ha lite fler skruvar lösa än han
själv ibland kunde visa prov på. Det där han sa om
berget och profeten, fortsatte Bengtsson, vi måste vara
där det händer och låta grabbarna komma till oss helt

enkelt. Om vi skulle ta en kaffepaus och sedan komma tillbaka då det börjat mörkna. Vi kan sätta oss vid en plats där det står cyklar parkerade så kanske vi kan förekomma dem och för en gångs skull vara där det händer, precis som han sa.

Det var i alla händelser en mycket bättre idé att återkomma vid ett bättre tillfälle än att sitta på en allt för vältrafikerad plats mitt på ljusa dagen då ungdomarna säkerligen låg hemma och sov i alla fall, det hade Orvar inga som helst problem med att hålla med om. Dessutom hade han börjat inse att den lite för lätta klädseln, shorts och t-shirt, inte riktigt höll värmen som den borde i den kalla väderleken varför ett klädbyte också skulle kunna vara att föredra. Som de sagt, gjordes det också. Ett längre uppehåll för klädbyten, mat, kaffe och några små anteckningar i den lilla anteckningsboken om deras möte med den minst sagt underliga parkpredikanten innan de återsågs vid en avtalad plats, inte särskilt långt från där de suttit i parken, men närmare den plats där den färgglada predikanttypen hade gjort sina iakttagelser av ungdomarnas brottsliga värv. Nu hade de betydligt mer att gå på, även om det lite vaga signalementet var "ungdomar" kort och gott, och de visste tydligare vad de faktiskt letade efter. Om de sedan skulle hitta någon Gud efter vägen var de inte säkra på, men om de mot alla förmodade föreställningar ändå skulle göra det, så skulle de definitivt berätta det för predikanten om de någon gång skulle stöta på honom igen. Det kunde de båda detektiverna skrattande konstatera. Vad den färgglada parkpredikanten hade intagit för att komma i den stämningen vågade de inte tänka på, men de kunde båda instämma i tanken att det var härligt med människor som vågade vara sig själva, hur tokiga de än kunde verka.

*

Efter att förberedelserna återigen var gjorda för att handgripligen kunna få ett slut på de mystiska cykelförsvinnandena möttes Orvar och Bengtsson på nytt vid det avtalade stället vid parkens utkant, inte långt från platsen där det stod flera cyklar parkerade. I den lilla anteckningsboken hade Bengtsson noggrant noterat platsen för deras spaningar. Orvar hade iklätt sig betydligt varmare kläder för att mycket uthålligare kunna sitta kvar på samma plats under en längre tid utan att behöva frysa. En ordentlig röd tröja och ett par kraftigare byxor gjorde utan tvekan det jobbet utan att för den skull vara för iögonfallande. Föga oväntat var de båda männen spända på vad de eventuellt skulle få bevittna, men samtidigt också helt oförberedda på vad de faktiskt skulle göra eller hur de skulle agera om det nu skulle dyka upp ett gäng med cykelligister i deras närhet. För säkerhets skull hade ändå Orvar tagit med sig en sax och ett litet nystan med snöre, som man ju aldrig kunde veta när det skulle komma till användning. Kanske kunde de binda någon som gjorde våldsamt motstånd tills polisen kom och kunde omhänderta personen. En ficklampa med ganska dåliga batterier hörde också till de nödvändiga accessoarerna i Orvars detektivutrustning, inte mycket att lysa med, men om det ville sig illa och i värsta fall, i alla fall något att slåss med även om det nu inte var det första Orvar hade haft i tankarna. Det var först också efter att ha suttit på samma plats en bra stund utan att vare sig parkpredikanter, cykeltjuvar eller några andra förbipasserande hade uppenbarat sig som Orvar slogs av den lite ogenomtänkta tanken att använda en del av snöret han haft med sig. Det var ju sådant som man aldrig visste när man skulle behöva, men nu hade Orvar ett verkligt skäl som han utan att fundera över ändå tyckte var för den goda saken. Medan Bengtsson höll utkik klippte Orvar små snörstumpar som han försiktigt knöt runt framhjulen och ramen på cyklarna som stod parkerade i deras siktfält. På det viset kunde ju ingen dra iväg med någon cykel utan att det ganska tydligt skulle märkas att de var på väg någonstans och en cykelstöld på den platsen skulle ju därigenom få ett oväntat stopp innan det ens hade blivit av. Kreativiteten i hans tankegångar var det egentligen inga större fel på, det var väl mera det att han i sin iver att uppnå resultat inte såg alla de konsekvenser det skulle kunna föra med sig. Och det varade heller inte särskilt länge innan han på allvar skulle få möjlighet att på nära håll få uppleva bristerna i sin egen uppfinningsrikedom.

Orvar, som i sin egen förträfflighet tyckte att han gjort en banbrytande insats med snörstumparna, satt som på nålar över vad som skulle hända då någon skulle försöka sig på en cykelstöld. Ganska snart såg de också en man, en yngre sådan, ganska lång och smal, som med bestämda steg närmade sig föremålen för deras uppmärksamhet. Trots att allt, i de flestas ögon, skulle förefalla normalt på alla sätt så hade Orvar i sin lite upphetsade föreställning redan bestämt sig för att något var i görningen. På andra sätt kan man väl inte förklara det som sedan hände än att då väntan hade blivit för lång för Orvar började han se spöken i det helt naturliga. Så lite hade nämligen hänt under så lång tid, att viljan hos Orvar att något skulle ske var oöverstiglig, och om bara viljan är tillräckligt stor kan en önskan bli verklig bara genom att tänka på det tillräckligt mycket. Det var väl ungefär vad som hände Orvar i de våldsamma sekunder som följde. Den både långa och gängliga mannen hade utan synbara problem låst upp cykeln och lyft ut den på gatan alltmedan Bengtsson ivrigt antecknade mannens framträdande signalement i sin lilla bok. Efter att ha satt sig upp på cykeln och tagit det första tramptaget med sin ena fot följde snöröglan med ett halvt varv innan den resolut grep tag om ramen med följden att framhjulet tvärstannade medan allt annat, cykel och man, fortsatte framåt ännu ett tag. Åtminstone så långt att alltsammans hamnade i en enda svärande hög på gatan. Sedan hände allt så fort som det ibland brukar för Orvar. Innan Bengtsson hunnit reagera och få undan anteckningsboken för att kunna undsätta Orvar eller mannen eller vilket man nu föredrar, så hade Orvar kastat sig iväg i skymningsljuset och över den svärande högen på gatan för en regelrätt fasthållning i lagens tjänst. Vid tiden för Bengtssons inträde i tumultet hade de båda männen hunnit resa sig och den ursinniga cyklisten svingat hela armen i riktning mot Orvars tänkande delar, huvudet. Bengtsson som till sin natur inte hade några större svårigheter att ducka undgick med en hårsmån (eller egentligen längden av en hatt) att bli träffad medan hela kraften istället kom att hamna mitt i ansiktet på Orvar som överrumplad av slaget också hamnade på ändan mitt på gatan, som i det läget lyckligtvis var alldeles tom på trafik.

– Vad i helvete håller du på med! nästan skrek den gänglige cyklisten när han äntligen tycktes ha kommit till sans.

– Jag trodde du var en cykeltjuv, svarade Orvar där han fortfarande satt mitt på ändan på gatan och gned sig i ena ögat som redan höll på att utveckla en ordentlig blånad.

– Cykeltjuv! Vilka tror ni att ni är va? Tintin och kapten Haddock! Springa runt bland vanligt folk som några klantskalledetektiver. Kan ni inte skilja på tjuvar och vanligt folk ska ni väl inte springa omkring och tro att ni är några poliser heller. Eller vad hade ni tänkt med ert lilla påhitt, skapa tidningsrubriker som några Rödluvan och dvärgen-typer…

Det sista han sa hade en avgörande effekt på Bengtsson som tyckte han gjort vad han kunnat för att stå emellan de båda kombattanterna för att undvika vidare olyckligheter. Att den långe mannen var upprörd kunde han förstå, men att kalla honom för en dvärg när det egentligen var mannen själv som inte nådde ner för att slå någon i ansiktet, det var för mycket även för Bengtsson.

– Du kan stå där och kalla folk för dvärgar och allt möjligt du, men nog med vett att förstå att det finns folk som gör saker för att du ska slippa få din cykel stulen, det tycks du inte ha. Du skulle behöva en ordentlig omgång av någon som är större så kanske du slutade upp med att stå här och svära och skrika som om du helt saknade vett och sans.

Även om Bengtsson verkligen inte menade att personen i fråga borde åka på stryk, han var ju verkligen inte en sådan person som tyckte att slagsmål löste några problem, så var det som om han inte riktigt kunde styra vad han sa. Han bara sa det, helt enkelt för att ilskan tog över, även om han ångrade sig direkt efter. Men i någon mening fick det den direkta och avsedda effekten att den tilltalade personen tystnade och inte riktigt visste vad han skulle säga som svar på Bengtssons utspel. Bengtsson var nu inget dokumenterat snille på att lösa handgripliga konflikter men han hade ändå en viss känsla för när nog fick vara nog och när tålamodet till slut rann över på den gamle mannen, som sällan sa så väldigt mycket, då lyssnade man.

– Nu ska du höra på mig unge man, fortsatte Bengtsson. Medan du har stått här och dragit upp himmel och jord över att vi inte hann stoppa dig i tid för att du skulle hinna åka iväg med vår lilla fälla, har säkert tjuvarna hunnit göra åtskilligt för att ställa till det för sådana som dig. Du ska vara förbannat glad du att det var vi och inte något ligistgäng som du råkat ut för. Då kan man inte veta hur det hade kunnat gå för dig.

Det verkade först också som om det Bengtsson sa hade avsedd effekt på den tidigare så uppretade mannen för i en stund av eftertanke, eller om det var överraskande insikt, stod mannen som förstenad och tycktes inte få fram ett ord. När det sedan gick upp för Bengtsson och Orvar att det inte egentligen var deras påtagliga inflytande som hade överraskat mannen mitt i Bengtssons utskällning utan något helt annat, så var det hela redan i full gång. Inte så särskilt lång bit ifrån där de själva befann sig hade det som de befarat skulle hända redan hänt. Allt det som de hade förberett sig för var redan i görningen och parkpredikanten hade haft rätt i sina förutsägelser med berget och profeten. De båda detektiverna var för en gångs skull på rätt plats vid rätt tillfälle.

Tre ynglingar hade obemärkt anlänt på varsin cykel som de ställde ifrån sig vid den cykelparkering där Orvar så noggrant apterat sina små snörfällor. Och alltmedan tumultet pågick mellan Orvar, Bengtsson och den gängliga cyklisten med det dåliga humöret, hade ynglingarna sett ut varsitt nytt fordon som de nu var i full färd med att dyrka upp för vidare färd till annat område. Föga anade de vad som skulle hända när de väl skulle ge sig av. För även om det inte alltid var helt rätt, det Orvar ibland gjorde, i synnerhet för helt vanliga cyklister som inte hade något med saken att göra, så blev det under några rafflande ögonblick det helt rätta. En efter en fastnade nämligen ynglingarnas framhjul och istället för att fortsätta sin framfart så blev de häpet stående mitt i siktfältet för Orvar, Bengtsson och den temperamentsfulle cyklisten. Allt som man trodde skulle hända sedan hände också. Efter en ganska lång stunds tystnad när det väl gick upp för dem vad det var som hände mitt framför deras ögon, släppte de vad de hade för händerna och rusade fram till de yngre cykelligisterna. Bengtsson som fortfarande hade lite av det arga kvar i kroppen, Orvar som plötsligt vädrade nya framsteg och den tidigare så illa tilltygade cykelmannen, som nu skulle kunna få verkligt utlopp för den ilska han nog hade haft anledning att känna redan tidigare. Som en samlad milis gick de fram och sög tag i varsin av de tre yngre männen som stod lika förvånade över att bli gripna som de blivit av att deras färd så plötsligt tagit slut där på gatan. Cykelmannen som var färdig att när som helst ge någon av dem en ordentlig propp hindrades däremot av Bengtsson, som ju var den mer moraliskt tänkande av dem och därför insåg att något mera våld nog inte skulle lösa saken för någon av dem. Istället gav han dem en grundlig lektion i vad som var rätt och fel med att ta andras egendom och ställa till med allmän oreda i deras lugna lilla stad. När han sedan lite hotfullt berättade om polisens intresse för hela saken var det som om de tre ynglingarna veknade ordentligt. Det hade ju aldrig varit meningen att ta något för egen del utan mer varit tänkt som ett skämt, som för att slå lite griller i huvudet på folk. Ingen av cyklarna var egentligen borta, de stod ju bara på en annan plats och de kunde inte tänka sig att det var något brottsligt med det.

Som tre strykrädda hundar gick de tre eftertänksamma och ganska molokna ungdomarna till slut, och efter Bengtssons utförliga plädering, tillbaka med de nyligen förvärvade cyklarna till sina ursprungliga platser i cykelstället. Efter förmaningar från Bengtsson tog de sedan de färdmedel de kommit till platsen på för att, i sällskap med de två detektiverna, avslutningsvis också ombesörja en säker leverans av de först stulna, men sedan upphittade objekten, till polisens hittegodsavdelning. Därmed kunde cykelmannen också lämna de båda männen och ynglingarna för att fortsätta sin från början planerade färd utan något snörat framhjul.

Med det kunde de båda detektiverna också konstatera att fallet med de mysteriösa cykelstölderna var avklarat. Efter att lite papper skrivits hos polisen om vem som upphittat föremålen, det blev för enkelhetens skull Bengtsson, några uppriktiga och ångerfulla löften från förövarna om att deras lite för kreativa pojkstreck inte skulle upprepas och att deras uppdämda behov av att få utlopp för sin energi istället skulle fokuseras på andra och vettigare saker (som att t.ex. läsa om stadens historia på biblioteket) skiljdes deras vägar utanför polisens högkvarter i staden. Om det skulle bli någon hittelön fick väl framtiden visa, nu kunde i alla fall cyklarna återbördas till sina rätta ägare och staden kunde troligen sova lite lugnare över att åtminstone inget märkligt och irriterande längre skulle hända med deras parkerade cyklar. Därmed gick de skilda vägar, pojkarna förhoppningsvis eftertänksamt hem till sig och Orvar och Bengtsson mot sina små krypin i stadens hyreshuskvarter. I kvällsdunklet genom stadens vid den tiden ganska folktomma gator, som två slagna men ganska nöjda hjältar spatserade de fram som de brukade, Orvar en bit före och Bengtsson pustande på så gott det gick för en man av hans natur. I mångas ögon två tokstollar eller jubelidioter som mest ställde till det för folk i allmänhet och som inte på många sätt stämde in på vad vanligt folk skulle välja att kalla för normalt. En för övrigt och i huvudsak subjektiv åsikt som inte helt delades av de båda männen, för när allt kom omkring så var det svårt att säga vad normalt egentligen var för något, i synnerhet i en så liten stad där det normala borde vara att helt enkelt vara sig själv i så stor utsträckning som det var möjligt.

Trötta men nöjda över detektivbyråns framgångar vandrade de ändå gatan fram. Orvar lite fnissande trots en begynnande blåtira och Bengtsson stundtals allvarligt fundersam, för trots deras framgångar så var det som om något ändå tyngde den gamle mannen, något han inte riktigt kunde sätta ord på. Det var som om han själv tyckte att han hade börjat tappa skärpan och intresset och lusten var inte längre lika stor för det här med detektivarbete, men ändå gick det inte riktigt att säga då han visste att det skänkte en sådan glädje till Orvar. Vänner gör ju saker tillsammans och deras vänskap hade nog inte varit så stor om inte deras detektivbyrå hade funnits. Men ändå fanns den där känslan där, gnagde i honom, om att inte orka, inte kunna tänka klart när det verkligen gäller, om att åldern nog tog ut sin rätt och att det nog var på tiden att pensionera sig på riktigt. Slippa flänga runt efter löjliga saker som hundar och cyklar och andra borttappade saker som nog människor kunde hitta alldeles själva utan att de behövde gå omkring som två detektivattrapper och hitta på fall och mysterier i varje händelse. Hade de inte gjort tillräckligt för att främja mänsklighetens behov. Det var många tankar som strömmade igenom den gamle mannens huvud och hur han än vred och vände på det så gick det liksom inte för sig att ta upp det med hans kompanjon. Han ville inte såra honom eller ta bort allt det roliga de gjort tillsammans, men ändå kom han inte ifrån det att han också måste tänka på sin egen hälsa och hans egen lust föll just nu på mer jordnära och lugnt tillbakalutade saker än intensivt detektivarbete, våldsamma sammandrabbningar och sena, mörka och kalla sommarkvällar. Hur det än var med den saken så fick det vänta till ett bättre tillfälle än då Orvar förnöjt skuttade fram framför honom efter ett lyckat avslutande av ännu ett fall. Någon gång skulle de ändå få lov att börja tänka på andra saker, men inte riktigt än, tillfället skulle nog komma, tids nog.

Inte så långt hemifrån stötte de båda detektiverna återigen ihop med en gammal bekant, parkpredikanten. Om det var en slump eller något som ändå skulle ske gick inte att säga men han satt ensam på en bänk som försjunken i sina egna tankar och såg dem först inte då de gick förbi. Då Bengtsson tyckte att det var en bra idé att vila och de båda ändå uppfattade det som om de numera kände den lite underliga mannen så satte de sig ned bredvid. Vid första anblicken av dem tycktes han inte känna igen dem alls, precis som om de varit alldeles nya bekantskaper för honom. Men då han fick tänka en stund kom han till slut på var han stött på dem förut (det är väl förstås lätt att tänka sig att en sådan predikanttyp möter så mycket folk att det inte är lätt att hålla isär dem alla). Plötsligt sken han upp som om han fått en uppenbarelse, så ställde han sig framför dem och gestikulerade stort med båda armarna som om han ville ta hela världen i sin famn.

–Nå! Har ni funnit det? utbrast han som om glädjen över att återfå något som varit länge borta och saknat plötsligt kommit över honom.

– Vadå? frågade sig både Orvar och Bengtsson.

– Har ni funnit Gud?

– Nej, svarade Orvar utan att tänka på vad han svarade på, men vi har tagit fast cykeltjuvarna så nu är det slut på deras lilla tilltag kan man säga.

– Där ser man, fortsatte predikanttypen medan han betraktade de båda männen som om han nyligen kommit på vilka de var, sent ska syndarna vakna.

Sedan satte han sig ner på bänken igen och tycktes återigen försjunka i sina egna grubblerier.

Det kan inte vara lätt, tänkte Bengtsson, att ständigt gå omkring med sådana funderingar och det där hade han väl alldeles rätt i. Att grubbla på saker kan väl alla göra, men att grubbla för mycket och hela tiden, det kan inte vara särskilt nyttigt för någon, inte ens för Bengtsson. Det fick helt enkelt bero och det här med pensioneringen fick han väl ta vid något annat tillfälle, någon gång då det kändes mera rätt för dem båda och de hade andra saker som var viktigare i livet än att umgås och

vara tillsammans med någon man uppskattar och tycker
om. Så var det för Bengtsson. Hur konstig och underlig
Orvar än kunde vara eller bete sig så var det den vän
han alltid kunde förlita sig på. Man lärde sig att accep-
tera och leva med en persons brister så länge som det
positiva ändå uppvägde och ingen annan vän kunde väl
ändå ha ett sådant tålamod med en sådan som han.
Uppochnedvänd eller inte så var det alldeles detsamma
så länge man trivdes tillsammans. Innan de gick vidare
hemåt tackade de i alla fall den underliga mannen på
bänken för den ovärderliga hjälpen med att få fast för-
övarna i cykelfallet. Mannen nickade och tyckte inte det
var en sådan stor sak egentligen, då fanns det betydligt
större saker att oroa sig över i världen, som krig och
svält och miljöförstöringen men det skulle han inte be-
kymra dem med i alla fall, det var väl ändå inte så
mycket de kunde göra åt det när allt kom omkring. Då
var det fullt tillräckligt och lika viktigt att ta itu med
sina egna små bekymmer, sådant som tyngde dem i
deras vardag. Att inte gå och dra för länge på sådant
som måste göras och kunna se det positiva i det lilla
utan att allt måste dras upp till sådana väldiga propor-
tioner. Det var också två ganska fundersamma detekti-
ver som sedan gick den sista biten hem genom den
mörka, tysta staden. Bengtsson som tänkte sina tankar
och Orvar som på allvar börjat fundera över vad han
skulle göra med den ring han hittat i deras utgrävning
och hur han skulle kunna göra slut på plågan med sina
känslor för den relativt nyfunna bekantskapen i butiken
som allt mer hade börjat uppta hans tankar den sista
tiden.

Ja, det är lustigt vilken inverkan vissa bekantskaper kan ha på människor. För Orvar och Bengtsson var det som om parkpredikanten, hur tokig han än kunde verka faktiskt hade tryckt på rätt knappar då det gällde de båda männen. Utan att det egentligen varit avsikten med deras möte hade de i någon mening blivit mycket mer tankfulla och grubblande när det gällde deras egna små bekymmer. Som om de behövde en liten extra skjuts i att få kontakt med det som tyngde dem och vad som krävdes för att åtgärda problemen. De behövde helt enkelt prata om saker på ett sätt som de inte brukade och om de vågade ta itu med sina rädslor så skulle det nog ordna sig till slut. Men hur det än var så fick det vänta till sedan, efter en god natts sömn, ett par koppar kaffe och varm korv med bröd precis som det skulle vara om man hette Orvar eller Bengtsson. Kärleken eller pensionen, vilket som, så skulle det få sin tid det med, när tiden bara var mogen för det, eller de åtminstone hade fått sova på saken.

Orvar korvar och kärleken

M idsommar i Sverige är en särskilt speciell högtid. I
gamla tider hade den en magisk, nästan trolsk in-
verkan på människor. Ljuset som dröjde sig kvar länge
om kvällarna, sommarens alla växter som skjutit fart
och kommit till sin rätt och insekter och djur som i allra
bästa stil såg om sin arts fortlevnad överallt där naturen
ståtade med sin prakt. Varthelst man såg stod björkar,
aspar, alar och sälg i full skrud och allt det positiva som
sommaren hade i sin famn kom plötsligt över männi-
skor var de än befann sig. Tidigare hade man trott att
just den tiden kunde ha stor inverkan på människor
och därför gjort sig till med alla möjliga mörkmagiska
handlingar som att rulla sig i dagg och ha blommor
under kuddarna. Möjligen levde lite av det kvar också
men numera stundade för de allra flesta också se-
mestertider vilket fick mindre städer att plötsligt vakna
upp och framstå som sommarparadis för storstadsbor
som längtade bort från stress och betong och trånga
lägenheter i väldiga bostadskomplex. Man kan säga vad
man vill om småstäder, men de tycktes i alla fall ha en
påtaglig inverkan på storstadsfolk i midsommartider.
Hur man än kom, med båt, bil eller husvagn så ville
man ut på landet som man uttryckte det. Leva sommar-
stugeliv eller campingliv ute i den vilda naturen som
den lilla staden för de flesta ändå framstod som. Med
sin gamla bebyggelse av trähus, parker och sjöar gav det
en sorts naturlig njutning åt mängder av människor i
Foppatofflor, shorts och tunna kjolar, som i välbehag

avnjöt särskilda drycker på stadens kaféer och uteserveringar, helt ovetande om att det var rester av det gamla fattigsverige som nu utgjorde den genuina inramningen av deras semestertid. Midsommar var tiden då i synnerhet städer av mindre mått som vintertid helt låg i dvala istället kunde leva upp lite och känna en del av storstadens brus. Det var också en tid då naturen verkade ha en alldeles särskild inverkan på folks medvetanden. En tid för lek och lust och romantik under kvällar då solen inte tycktes gå ner utan färgade himlen och lövträden i en drömsk guldgul nyans nästan på väg mot grönt. Trädtopparna färgades gyllene där solen verkade balansera på randen till att gå ner, doppade sig en stund för att återigen komma fram vid horisonten. Det var klart att alla som hade bara lite tro på det naturmagiska kunde få en riktig kick av en sådan upplevelse och då det bara inträffade en kort period i den svenska sommaren gick många också helt upp i det. Det skulle förstås firas stort och rikligt i alla hörn av den svenska landsbygden. Sill och nyskördad potatis där det gick att få, skaldjur eller grillat kött i mängder och till det en större mängd starkare drycker än de flesta kunde tåla, men som Orvar åtminstone inte brukade nyttja, ens på en sådan dag. Midsommarafton var med andra ord lite av en svensk nationaldag (efter att nationaldagen redan hade varit och något av en nationell angelägenhet som den riktiga aldrig hade kommit att bli). Då det var en dag som gjord för romantiska möten hade Orvar också tänkt ut en alldeles briljant plan som både involverade honom och Milla, den nya butiksinnehavarinnan som först hade skrikit åt honom men senare, deras första möte till trots, kommit att bli allt vänligare inställd till honom. Han hade ju numera en alldeles egenupphittad, möjligen antik eller i alla fall gammal och troligen bortglömd, ring som han ändå hela tiden (nästan) vetat vad den skulle användas till. Bara inte hur det hela skulle gå till eller framföras för personen i fråga. Själva föremålet för hans beundran.

Orvar hade skött sig förhållandevis väl den senaste tiden. Han hade hjälpt till i butiken så ofta han haft möjlighet och sett till så att alla butikshyllor och möbler hade kommit på rätt plats medan butiksinnehaverskan ombesörjt skyltningen i fönstren och allt det praktiska som kommer till för att en butik ska kunna fungera. Ingen gång hade hans lynniga humör dragit iväg för att förstöra den goda stämningen som börjat växa fram emellan dem, han hade till och med fått henne att skratta ett par gånger som om hans blotta närvaro fick livet att verka lite lättare för den tidigare så buttra kvinnan i butiken. Om det varit för det att hans numera ena blåa öga fick honom att se ut som en ledsen terrier eller om det var för hans lite lynniga sätt i allmänhet var svårt att säga men i någon mening skänkte han ändå en glädje i hennes liv som hon inte känt på länge. Det är ju lätt att i efterhand förstå att deras första möte inte riktigt blivit det bästa. Att bli inlåst i en till synes tom butikslokal av två, som det först verkade, halvtokiga dårar var väl inte det bästa sättet att inleda en relation. Hennes pappa som oftast hjälpte dem i butiksinredandet hade också börjat se en stor tillgång i Orvar och gladdes märkligt nog väldigt varje gång han såg honom komma in genom butiksdörren. Inte något Orvar varit så bortskämd med den senaste tiden kan man nog säga. Istället för de vanliga åthutningarna och förmaningarna blev det den stora famnen och klappar på axeln som nog, utan att överdriva, gjorde att mycket för Orvar kändes väldigt bra. Riktigt bra blev det också för den gamle mannen då Bengtsson då och då gjorde ett besök och de kunde dricka kaffe och prata om gamla tider och sådant som varit förr, precis som äldre människor ofta gör. Den upphittade ringen hade Orvar också polerat upp så att den sken som renaste guld och även om det nu inte var någon stor och märkvärdig sak så hade den ett särskilt värde för honom, i synnerhet som han visste vem han skulle ge den till bara tiden blev den rätta.

Varje gång hon såg på honom och hennes mörka djupa ögon mötte hans så gjorde det honom svag i kroppen. Som om knäna ville vika sig. Som då hjärtat började slå fortare vid en stor ansträngning och som om hjärnan plötsligt inte kunde tänka klart. Och då hon blinkade åt honom och svängde med huvudet så att hennes uppsatta hår svängde som svansen på en häst fick han nästan yrsel. Det var en känsla som obemärkt hade vuxit sig allt starkare. Var han inte där så ville han dit, var han där så ville han vara nära henne vad helst han nu gjorde där i butiken. Det var en lite barnslig känsla som inte gick att ta miste på, som då en person fått sin första kyss och det bubblade som kolsyra i hela kroppen. Sådant som gjorde att en person kunde sitta i timmar i telefonen utan att komma fram till något överhuvudtaget eller skriva hennes namn med kaviaren på frukostsmörgåsen utan att han egentligen tänkte på det och vad som var värre var att han ändå inte kunde förmå sig till att säga henne som det var. Varje gång han ville eller hade möjligheten så stockade det sig i halsen och han kunde inte få fram ett ljud som i någon mening påminde om vanligt tal. Men nu fick det vara slut på väntan och så fort han bara hade möjligheten så skulle det ske. Han skulle ta henne med på midsommarfirande, med eller utan Bengtsson fast helst utan (om han själv fick välja) och det var nog inget som Bengtsson hade några större svårigheter att förstå, han och pappan kunde väl dricka kaffe någonstans för sig själva om de ville. Orvar skulle ta tag i det som i någon mening tyngde honom, även om det ibland kändes som om han skulle kunna flyga iväg, upp bland molnen och trädkronorna som en yster fjäril. Orvars lite barnsliga kärleksyttringar skiljde sig i den meningen inte så väldigt från de allra flesta lite "vanligare" människors. Han kände en stor vilja att bara rusa fram och omfamna henne och samtidigt blev han likafullt som handlingsförlamad då något skulle sägas, som om världen skulle kunna rämna under honom om fel ord blev sagda. Som om de rätta orden inte gick att hitta. Och varje gång blev han stumt stående som ett fån då hon tilltalade honom, nickade och hummade men utan att kunna låta bli att se på henne i smyg bakom butikens tomma hyllor och inkomna lådor fyllda av varor som skulle packas upp. Hon hade verkligen en magisk dragningskraft som verkade på honom. Magisk som den svenska midsommaren, mörk och mystiskt hemlighetsfull som en skog i månsken men samtidigt vacker och strålande som den svenska soluppgången en midsommarnatt. Inte konstigt att Orvar tappade andan varje gång han såg henne, det hade många andra också gjort om de varit i hans kläder.

I den lilla kvartersbutiken hade det mesta som behövdes; hyllor, kassaapparat, ställ för tidningar och vykort och olika korgar, sådana för varor som skulle säljas och sådana som kunderna lägger varorna som skulle köpas i, börjat komma i ordning och mycket tydde på att butiken kunde komma att öppna inom en ganska snar framtid. Orvars hjälp hade varit avgörande för att det hade gått så snabbt som det gjorde och om de hade tur så kunde allt vara klart innan horden av turister hade lämnat staden och de skulle kunna få ett rejält försprång på stormarknaden som höll på att byggas i stadens utkant. På det viset skulle de kunna dra fördel av att vara ensamma i sitt slag och få en ordentlig start på verksamheten innan den verkliga konkurrensen satte igång. Det var med andra ord lite bråttom för butiksinnehavarinnan att få allt i ordning och kunna slå upp portarna för konsumerande turister innan den vanliga lite sömniga ordningen var tillbaka i den lilla staden. Med sitt utbud av svenska och utländska varor trodde hon ändå att det skulle bära sig hjälpligt, om inte annat så fanns det numera en större kundkrets i den lilla staden som inte ursprungligen kom från Sverige och de ville med stor säkerhet hellre handla av någon som hade lite allt möjligt som de kunde känna igen än i en megabutik för företrädesvis svenska produkter. Det var alldeles tydligt så att hon och hennes gladlynte pappa hade näsa för affärer, åtminstone visste de vad de själva saknade i de svenska affärerna och om det mesta som var nytt var konstigt för Orvar så gjorde han inte så

150

stor sak av det den här gången. korvpelles kiosk stod ju lyckligtvis kvar där den gjorde, åtminstone ännu ett tag.

Det var uppenbart för dem alla att de skulle tjäna på att öppna den nya lilla butiken när kundkretsen var som störst och även om de alla också gjorde allt vad de kunde för att det skulle bli så måste det helt enkelt finnas tid till lite annat i livet också. Hur bråttom det än var med öppnandet av butiken så tyckte åtminstone Orvar att de alla förtjänade en dag ledigt. En dag för andra förlustelser än att bära hyllor och varor och ombesörja skyltningen i fönstret på den snart nyöppnade kvartersbutiken. En ledig dag i mitten av den svenska sommaren då de alla kunde få en rejäl dos av något så unikt som ett genuint svenskt midsommarfirande. Det kunde helt enkelt inte vänta längre utan det som skulle sägas måste helt enkelt sägas någon gång. Och med den nyputsade och nyligen upphittade ringen tyngande i sin ficka tog Orvar till slut äntligen mod till sig och frågade henne rakt ut vad han faktiskt kände att han måste.

– Kan det inte vara dags för en paus tycker du?

– Vadå? svarade hon genast som om hon inte riktigt förstod vad han menade. Vill du ha kaffe?

– Nej, en längre paus, en dag ledigt så vi kan gå och se på midsommarfirandet. Du och jag menar jag, vi kan göra en picknick.

– Det kan vi väl, svarade hon utan någon längre betänketid.

Först visste han inte om han hade hört rätt, som om han hade slängt ur sig frågan utan att egentligen vänta

på svaret. Men då han fått tänka över det en stund var
det som om han inte riktigt kunde fatta. Det som hela
tiden verkat så svårt blev istället riktigt enkelt och han
förstod inte varför han inte gått igenom hela den
proceduren långt tidigare. Bara slänga ur sig en fråga så
fick man ju svar och han hade visst kunnat få ett nej
också men nu blev det inte så och då var det ju inte
hela världen längre. Hon ville gå med honom på en
picknick, en fantastisk picknick där han skulle ge henne
ringen och säga henne allt det där han inte riktigt haft
modet till. Det var inte dåligt. Världen stod numera
öppen för Orvar, i hans bröst sjöng små fåglar om kär-
leken och ur hans mun kvittrade små fniss av förlägen-
het men också lycklig förvissning om att hans känslor
kanske var besvarade, åtminstone skulle han snart nog
få veta.

Som det också bestämts ordnade Orvar med picknick-
korgen och allt annat som kunde behövas. Som ett
skott cyklade han ivrig som en hundvalp på lånad cykel
mellan sin lägenhet, korvpelles och butiken. Och utan
att egentligen ha tänkt igenom det särskilt noga hade
han packat en gammal tygväska med det han i hastig-
heten kunde tänka sig att man kunde behöva till en så-
dan tillställning. Med det bästa han kunde hitta i sin
garderob, ett par klart lysande röda skor, en tunn mössa
som han tryckte ned på snedden över huvudet som en
gammal sotare och en lite sliten jeansjacka som han
haft kvar sedan ungdomsåren utan att den blivit särskilt
mycket använd, tyckte han att han klätt sig i bästa stil
för att göra ett särskilt gott intryck. Och med tygväskan
packad med en liten filt han kunnat hitta i en låda i sitt

överbelamrade vardagsrum, en flaska hemgjord hallonsaft han fått av sin omtänksamma mor, två glas, servetter av den typ man får på en korvkiosk och fyra kokta korvar med bröd och senap färdiga i en påse från Korvpelles, begav han sig målmedvetet av på den lånade röda cykeln emot kvartersbutiken för ett stilenligt upphämtande av sitt hjärtas dam, hans Dulcinea som fick hjärtat att bulta lite extra hårt i bröstet på honom. Det var otvetydigt så att han ville ge henne det bästa han kunde komma på och det mesta i den vägen talade för att det nog skulle bli en minnesvärd dag för många som kunde råka vara där han också skulle befinna sig. Med andra ord kunde mycket gå bra, men mycket kunde bli tokigt också om man känner Orvar.

Med picknickpåsen med alla de saker Orvar packat ner och en citronkaka, som Milla i butiken för säkerhets skull lagt dit, på pakethållaren gick så de båda sakta, med cykeln emellan sig, genom stadens vindlande små gator mot det större grönområde där hela midsommarfirandet skulle äga rum. Genom parken där han kunde berätta för henne om deras tidigare äventyr med både hundar och motorcyklar, som man visst kunde bada med om man inte hade bättre vett än att köra fram som en dåre. Med ett konstlat intresse visade han henne också alla de gamla trähusen som han visste att Bengtsson var så förtjust i, röda och gula och så gamla att människor troligen hade bott där så länge staden hade funnits. Väl framme satte de sig sedan på varsin sten så att de på ett behörigt avstånd kunde se hela galenskapen utan att direkt medverka själva.

Mitt på en stor gräsyta kantad av några mindre trähus av eventuellt kulturhistoriskt intresse hade man rest stången. En majestätisk pjäs så reslig att den borde ha upptagit hela gräsmattan medan den ännu låg ner. Klädd i blommor och löv hela vägen från botten och upp och prydd med kransar som sig bör, som kulor i grenen på en midsommarjulgran. Runt om på gräsmattan sprang det barn i vackra sommarkläder och efter dem sprang det oroliga föräldrar som försökte reda ut vilket barn som var vilket i det som tycktes vara en riktig röra, men säkert bara var som det brukar innan det verkliga firandet skulle ta vid. För Orvar var det inget konstigt med det men för en som inte varit i Sverige särskilt länge fördeöll det mesta som en mycket märklig verklighet. Det är klart att hon satt där med stora ögon utan att riktigt kunna reda ut vad som var vad i hela den märkliga sammanslutningen. Frågorna var också många. Om det var religiöst, varför man hade stången och om varför man plötsligt började dansa runt densamma i ring medan man sjöng konstiga sånger om grodor och bagare och annat som inte gick att urskilja. För Milla var det med andra ord väldigt exotiskt och om Orvar bara hade kunnat svaren på hälften av hennes frågor så hade hon förstås fått en hel utläggning, men nu fick hon nöja sig med att det var så man gjorde, precis som om det var det vanligaste man kunde göra i en svensk småstad om sommaren.

– Titta! De hoppar som grodor allihopa. Det var lustigt.

– Ja de är lustiga att se.

Hennes förvåning var som sagt stor över det mesta hon inte visste att hon borde ha sett vid det här laget. Och Orvar som bara lakoniskt svarade på hennes frågor förstod inte heller hur komiska hans egna inlägg egentligen var. Det enda han i huvudsak kunde tänka på var hur det här med överlämningen av ringen skulle göras för att det inte skulle bli helt fel och hon bara skulle missförstå alltsamman. Han var ju som vi känner till på det hela taget en ganska känslig person. Ungefär som en behållare med nitroglycerin kunde han när som helst brisera om det skakade lite för mycket och vid det laget var det inte mycket som behövdes för att det mesta skulle kunna gå tokigt. Det hade egentligen räckt med att någon lite överförfriskad yngling kommit förbi och sagt något hånfullt och nedsättande om huruvida Orvar funnit några borttappade barn eller liknande för att det hela skulle ta fart. Nu hände det emellertid inte, ännu, så de hade tid till att servera sig av matsäcken där de satt medan skådespelet med de dansande barnen alltjämt fortgick inte så långt därifrån. Orvars vana trogen och hans lite begränsade smak till trots var det korv med bröd, en kall sådan med senapen utsmetad över hela skapelsen, som serverades. En inte så märkvärdig måltid, men fullt accepterad av både Orvar och hans sällskap. Den därtill medtagna kakan däremot var något som öppnade alla sinnen hos Orvar. Sällan hade han smakat något så gott. Syrligt och sött på samma gång, som om den både pirrigt och bestämt satte avtryck i alla hans smakregister. Hade han fått välja där och då hade det blivit citronkaka resten av livet och det var också i det sinnelaget av lyrisk uppspelthet som han lite oväntat knäckte det här med ringen.

– Jag tänkte att du kunde få den här, sa han med munnen fortfarande full av citronkaka samtidigt som han plockade upp ringen ur fickan och räckte den till henne.

– Ska jag, sa hon förvånat samtidigt som hon höll ringen mellan fingrarna. Varför då?

– För du är den jag vill ge den till, den har legat så länge i min ficka men nu är den din, eller vill du inte ha den?

– Jo visst, tack…

Sedan hände det som Orvar inte riktigt hade tänkt sig, eller rättare sagt, han hade inte varit så noga med att titta i ringen för att se att det faktiskt stod något skrivet där.

Till min älskade...

Så löd inskriptionen, med små men snirkliga bokstäver. Varken mer eller mindre. Till min älskade…, vilket var tur det för om det hade stått ett namn också så hade det nog inte blivit så lätt för Orvar att förklara. Desto bättre var det att ringen därmed talade för sig själv och i någon mening ändå sa det han själv hade för svårt för att uttrycka. Att hon sedan också rodnade lätt innan hon slängde sig med armarna om hans hals och gav honom en lätt kyss på kinden var lättare att faktiskt förutse. Inte många hade gett henne en sådan uppmärksamhet, och inte på många år, som den hon fått av

Orvar och för det kände hon en stor tacksamhet. Kanske att hon också förlät honom där och då för att hon blivit inlåst i butiken, men sant var i alla fall att det var något stort som växte av en så liten gest. Att det sedan inte var han som hade gjort inskriptionen eller hade köpt ringen heller utan bara råkat hitta den i en åker höll han för sig själv än så länge. Det var väl ändå tanken som var det viktigaste, att det var till henne den varit ämnad från den stund han tagit den upp ur jorden. Dessutom blev han så till sig av hennes reaktion att han alls inte tänkte på en sådan bagatell.

– Du är så snäll Orvar, sa hon sedan nästan med tårar i ögonen. Du hjälper mig med butiken som ingen annan skulle ha gjort, du tar mig med till roliga saker och pratar så roligt. Jag förstår inte hur jag ska kunna tacka dig tillräckligt.

– Äsch! sa han efter en stunds funderande. Du bakar ju kaka du, förresten är det banne mig den godaste kaka jag ätit tror jag och så verkar du inte ha så mycket emot korv heller, det passar ju mig det.

Efter det skrattade de båda två som om det var just ett skratt som behövdes för att lätta lite på allvaret.

– Annars har jag ju bara Bengtsson, fortsatte Orvar, ja och pannkaksmamman och Lisa och några till. Det blir inte så många att prata med, om du förstår.

– Ja, svarade hon tyst, jag har ju bara farsan och så dig och Bengtsson då.

– Ja det är inte så roligt när det blir så ensamt.

– Nej.

Sedan gav hon Orvar ännu en kram innan hon satte ringen på sitt finger, en sådan innerlig kram som bara kunde betyda mer än en vanlig sådan och en varm och mjuk klapp på kinden så att det kändes som att han nästan fick kolsyra i benen och heller inte kunde säga någonting mera på flera minuter, minst. En varm klapp som fick värmen att stiga och hela hans ansikte att färgas av förlägenhetens röda färg, ja, förutom det redan blåa kring ena ögat. I sitt sinne svävade Orvar som i tyngdlöshet och hans tankar var så rusigt tomma som om allt som gick att tänka hade farit all världens väg utan att han ens märkt det. Om så midsommarstången hade fattat eld där på stunden eller skjutit iväg som en raket så hade han inte märkt det, så uppfylld var han av den lyckligaste stunden i sitt liv och han önskade av hela sitt hjärta att den stunden aldrig skulle ta slut.

*

Nu finns det ju stunder i varje människas liv som man någon gång önskar kunde fortsätta för alltid, men också saker och händelser som inte riktigt går att motstå, det gällde i synnerhet Orvar korvar. Även om kärlekens kraft är stor så var vissa saker större och helt enkelt för oemotståndliga för att kunna hindras av kärleken. För

Orvar gällde det i synnerhet korv och somriga bad men också ett och annat äventyr. För om man, i likhet med alla de andra stora hjältarna, verkade i mänsklighetens tjänst, så var människor i nöd ett mycket större uppdrag än att uppvakta en dam. Eller för att vara krass så förväntar sig kanske hjälten att den uppvaktade damen tydligare ska se den hjältemodiges potentiella kraft, genom att han visar sig på styva linan. Nåväl, ingen i Orvars omedelbara närhet hade väl trott annat än att även ett kärleksmöte skulle kunna urarta och när man tänker sig in i Orvars situation är det lätt att förstå att han inte kunde tänka klart, än mindre utföra helt rationella och genomtänkta handlingar hela tiden. Det var helt enkelt för mycket begärt av en sådan natur som Orvar och även om man tänker sig att han borde kunna hålla sig i skinnet så var situationen sådan att med så många känslor i rörelse så kollapsade helt enkelt förmågan att hålla det ena från det andra om man så säger.

Det som hände var i korthet följande (och det var alltså redan innan Bengtsson och Millans pappa kom gående förbi deras lilla picknick, som om de hade haft samma tanke som Orvar och Milla, för att se på firandet). Människorna framför dem hade utfört sina danser och traditionellt obegripliga sånger, Orvar hade ätit av kakan och levererat ringen som det var tänkt men inte som han hade tänkt sig det med den påföljande kärleksgesten och därmed hade alla känslostormarna kommit över honom på en och samma gång. I samma stund som han satt där tom och uttryckslös (om man bortser från ett lite fånigt flin som liksom inte ville släppa) i väntan på att medvetandet skulle återvända, kom en liten pojke, också han traditionellt utstyrd i folkdräkt och en liten mössa, och ställde sig framför dem. Utan att någon av dem egentligen tog någon notis om honom stod han en lång stund och bara stirrade på de båda personerna som för honom tycktes ha haft en picknick eller något liknande. Varför han valde att stanna just där går inte riktigt att säga, men kanske verkade de båda se tillräckligt snälla och ofarliga ut i sammanhanget. Åtminstone borde Orvar ha sett tillräckligt vänlig ut där han satt med lite glansig blick, ett beskedligt flin och munnen full av kaka, för att ingen egentligen skulle behöva känna sig särskilt rädd för honom. Det var först när de verkligen upptäckte att han stod där som de också såg hur tårarna tillrade nerför kinderna på honom som på tavlorna av gråtande barn som man ibland ser reproduktioner av.

– Vilka är ni? frågade pojken efter att bara ha stått och sett på dem en stund.

– Jag är Orvar, jag är detektiv om du vill veta.

– Jaha, så pojken, vad gör man då?

– Man letar reda på försvunna saker till exempel. Hundar, cyklar, sådana saker.

– Jag har tappat bort min syster, kan du hitta henne tror du?

– Det tror jag säkert. Hur ser hon ut då?

– Som en lillasyster, inte så stor. Mamma sa att jag skulle passa henne och så är hon bara borta.

– Vad heter hon då? frågade Orvar samtidigt som han intresserat närmade sig pojken som nervöst stod och drog sig i byxorna medan tårarna ännu rann på hans kinder.

– Elli, svarade pojken nästan lite skamsen över att behöva be om hjälp med något han blivit ålagd att klara av och samtidigt förläget som om det ändå tog honom emot att fråga en helt främmande person om hjälp i ett så viktigt ärende. Möjligen hade han fått lära sig att inte prata med främmande människor, men liksom för Orvar var det viktigaste för pojken att något blev gjort och inte nödvändigtvis på det sätt som mamman ansåg vara rätt.

– Och vad heter du då om man får fråga?

– Abbe.

Som sagt så var det en del saker som stod över det mesta när det gällde superhjältar i allmänhet och kanske Orvar i synnerhet; människor i nöd och människor som behövde hjälp med viktiga saker i livet. Det var ju därför han valt detektivbanan från början, för att kunna göra nytta och ingen tid fick längre spillas, det måste tas itu med på en gång om allt skulle göras rätt.

– Stanna här Abbe, hos den här snälla tjejen, så ska jag leta rätt på din lilla syster. Hon kan nog inte ha hunnit så särskilt långt.

Sedan gick allt på instinkt som hos en katt som plötsligt glömmer allt annat för att lägga hela sin uppmärksamhet på en sak, jakten. Med största beslutsamhet kryssade sig Orvar ned genom folkhopen av åskådare samtidigt som han hela tiden såg sig omkring efter något som skulle kunna vara en syster och även om beskrivningen av henne hade varit tämligen vag så kunde han inte tänka sig annat än att en ensam flicka som tappat bort sin ledsagande bror skulle vara lätt att se, även i en relativt stor folkmassa. Som en arbetande spårhund for han fram och tillbaka mellan människorna som var där, till stor irritation hos några och viss nyfikenhet hos andra som inte hade den blekaste aning om varför i hela friden en vuxen man i tokroliga kläder betedde sig så konstigt bland en massa barnfamiljer. När sedan hans intuition om att hon skulle vara lätt att finna inte visade sig stämma och han redan varit nära att springa omkull åtminstone en barnvagn och ett par picknickkorgar av större mått insåg han att något större nog måste göras för att göra slut på våndan hos den stackars pojken och den borttappade flickan. Med den lilla vana han hade av estrader beslöt han sig så för att äntra scenen och därmed göra det tydligt för alla att ett sorgset barn nog måste finnas ibland dem och att ett annat sorgset barn hade vädjat om hans hjälp att hitta den förstnämnda. Vig som en ödla gav han sig så i kast med det, som kanske inte varje normalt funtad människa skulle ha gjort, men som för honom föreföll helt naturligt, festligheternas medelpunkt, Midsommarstången. Mitt i blickfånget för alla närvarande tog han ett par rejäla tag uppför stången så att han kom att synas mer och tydligare än vad som kanske varit nödvändigt. Ungefär halvvägs uppför den blomsterprydda skapelsen, där ingen längre hade undgått att lägga märke till honom lät han tydligt annonsera att Abbe saknade sin syster och att alla som eventuellt hade kännedom om någon sådan kunde vända sig till honom för en lycklig återförening av de båda barnen. Även om det nu verkade som en helt naturlig lösning för Orvar var det inte lika säkert så för alla övriga inblandade. Det som förefoll vara en alldeles nödvändig åtgärd ur Orvars sätt att se det visade sig efteråt inte alls vara så. Då han gjort det tydligt för alla vad han ville med sitt tilltag visade det sig redan vara löst. Flickan hade funnit sin borttappade familj och det var istället pojken som var borta. Vad som däremot gjorde det hela mer dramatiskt, var att stången som utgjort Orvars utkikspost i mysteriet med den försvunna flickan, var gjord enkom för att bära upp löv och blommor och inte alls för att hålla för en vuxen person av Orvars storlek. Det krävdes alltså ingen stor fantasi för alla som var närvarande att förutse att det hela skulle få lite större konsekvenser än Orvar hade räknat med. Innan han påbörjat nedstigningen ur föremålet för festen hade allt nämligen börjat svaja betänkligt och med några korta distinkta knak i bjälken, en publik som handlöst kastade sig, sina barn och sina picknickkorgar åt sidorna, ett ordentligt brak och en fallande lövad stång med Orvar hållande stadigt om dess mitt, gick det hela ett ganska snöpligt slut till mötes. I det ögonblick som följde sjöngs det inte några sånger om grodor och bagare eller något annat heller för den delen. Ögonblicket efter raset präglades istället av en bedövande tystnad och ett närmast oändligt antal blickar som allihop var riktade mot en sak, Orvar, som fortfarande hängde fast i stången som en apa i en trädgren. Tystnaden bröts först då ett barn började gråta i rena förskräckelsen, sedan följdes det av några skratt, ett par allvarligare hotelser om vad Orvar hade att vänta om vederbörande fick tag i honom och slutligen ett dragspel som återupptog midsommarsångerna, som för att få människorna att rikta sin uppmärksamhet mot något annat än själva undergången. Orvar själv förstod också ganska snart att det bästa för ögonblicket nog var att ta till flykten innan någon av de uppretade midsommarfirarna fått tag i honom och eventuellt gjort något av vad de utlovade i sina hotelser. Därför kom det sig att deras lite exotiska kärleksmöte fick ett ganska hastigt slut.

Även om det aldrig varit hans avsikt att förstöra festen för någon, allra minst den dam han hade sällskap med då de kom, så blev det ändå så till en del. För de som av gammal hävd hade kommit för att dansa in sommaren var ju det hela över i och med att hela stången nästan rasade över dem. För barnen, som skrämts av allt som Orvar så målmedvetet ville göra för den goda saken, stundade istället hemgång i sällskap av några synnerligen uppretade föräldrar och för Milla och den ledsna pojken hade det ju varit början till slutet så fort pojken hade kommit med sin önskan om hjälp av en, som han ju inte riktigt kunde veta då, dåraktig detektivgubbe. Trots det så verkade de båda sistnämnda ändå ha roats av hans lilla upptåg för då han kom, närmast springande, emot dem så kunde nästan ingen av dem hålla tillbaka skrattet.

– Vänta här! var det enda Orvar hann säga innan han dök in i ett snår i närheten för att förvilla alla eventuella förföljare.

Vad Orvar inte visste då var att en ganska glad mamma hade tagit upp jakten för att kunna återförenas med sin tappre pojke, som gjort vad han kunde för att hålla vad han lovat, att hålla reda på sin syster som i ett obevakat ögonblick hade lämnat honom då hon istället fått syn på sin mamma. Vad Abbe beträffade så hade ingen nöd gått på honom heller. Han hade fått så mycket citronkaka han orkat äta samtidigt som det just inte varit så stora fel på underhållningen. För om man nu bara en gång i livet får se en midsommarstång rasa så var nog det här just det ögonblicket som säkerligen aldrig heller skulle komma igen. För Milla var det också långt ifrån vad hon hade kunnat föreställa sig då de kom. Aldrig hade hon kunnat tro att det var så roligt med den svenska midsommaraftonen, inte hade hon väntat sig något av det som hände eller att det skulle sluta så och aldrig hade hon skrattat åt eller roats så av någon person tidigare, så vitt hon kunde minnas. Därför var det också en smått förvånad Orvar som slutligen kom fram ur sitt buskage. I stället för att möta människor som ville lyncha honom, bränna honom på bål eller något annat otrevligt som man inte gärna vill prata om, så såg han bara glada människor där. Mamman som ville tacka honom, pojken som log fast han hade munnen full av citronkaka och hans Milla som för honom var som ljuset i den oändliga tunneln av andra bedrövelser, en uppenbarelse av ljus där hon log emot honom med sina djupa mörka ögon och sitt mörka uppsatta hår. Det var nog verkligen och utan att överdriva ett prov på vad man skulle kunna kalla för: Konsten att vända ett nederlag till en triumf utan att sedan ha en aning om hur det gick till. I den konsten var Orvar i särklass en mästare, även om det lika ofta kunde resultera i det motsatta.

När de båda gick därifrån var det ändå en ganska nöjd Orvar som gick bredvid den som han numera tyckte mest om av alla de han kunde komma på. Inte nog med att han hade gett henne den ring som skavt ganska länge i hans ficka efter att få bli hennes, han hade utan att det egentligen var meningen, fått henne att skratta gott och han hade hittat en övergiven och borttappad lite skraltig cykel i ett buskage som en liten tid hade varit hans tillflykt då han ändå befarade det värsta av midsommarfirarnas plötsliga vredesmod. Cykeln hade legat där mitt i hans flyktväg så att han nära nog rasade över den, troligtvis ditslängd av någon som hade använt den en kortare stund och sedan inte hade någon användning av den längre. Möjligen var den stulen eller åtminstone saknad av någon men i alla händelser gjorde den sig nog bättre framme i dagens ljus än lite slarvigt inslängd i en tät buske där inte många hade en aning om att den kunde finnas. Bättre då att Orvar tog den med sig så att den som eventuellt ägde den kunde ge sig tillkänna och få en möjlighet att återförenas med sin cykel också. Ja, är man detektiv så är man och då kan inget lämnas åt slumpen, inte ens en så enkel sak. Kan man bara göra en människa glad så har man vunnit hela världen. Så tänkte Orvar om den saken och därför var det inte en cykel som följde dem på vägen tillbaka mot butiken utan två. Vem vet om det inte fanns en hittelön att hämta också.

Innan de ens hunnit halvvägs stötte de på en ganska överraskad Bengtsson och Millas pappa som också var på väg mot midsommarfirandet, som av en händelse i sällskap av pannkaksmamman och hennes dotter Lisa som de mött efter vägen.

– Är ni på väg hem redan? sa pappan lite förvånat då han såg dem.

– Det är redan slut, sa Milla och skrattade till lite för sig själv.

– Redan! utbrast pannkaksmamman nästan lite besviken över att komma försent till det som borde hålla på ännu ett bra tag.

– Ja det slutade lite tidigare i år, fyllde Orvar i utan att egentligen gå något närmare in på detaljerna.

– Jag har fått en ring av Orvar, sa plötsligt Milla och sken upp då hon visade den för pappan, visst är den fin!

– Det var väl den du hittade i utgrävningen, sa Bengtsson lite tyst för sig själv för att i någon mening hålla sig till sanningen men utan att vidare ha tänkt sig för även om det nog var tur för Orvar att ingen riktigt hörde vad han mumlade om.

Och mitt i glädjen över ringen och att inte ha behövt gå i onödan till något som redan hade slutat, slöt de allesammans upp och gick tillbaka till den snart nyöppnade butiken för att serveras kaffe med vilken smak man nu kunde önska, kanel, kardemumma, vanilj eller bara kaffe om man föredrog det och en nästan nybakad citronkaka som väntade på dem i butikens nyrustade kök.

Genom den lilla staden gick de alla som betydde något för Orvar och Bengtsson, pannkaksmamman och tuggummiflickan Lisa (som för stunden inte hade ett enda tuggummi att tugga), butiksföreståndarinnan Milla och hennes pappa som liksom Bengtsson hade ett särskilt förhållande till kaffe, samt två cyklar, en röd damcykel av äldre modell och en ganska skraltig och rätt så rostig sak i silvermetallic och utan sadel. De var alla glada och nöjda då de gick hemåt, glada för Orvars skull som de också förstod var särskilt nöjd med dagen som den ändå blivit och glada för att det var midsommar och kanske den bästa dagen under det svenska året, mystisk, romantisk och särskilt ljus till sent inpå natten. Särskilt glad var ändå Milla, för att ha funnit så fina vänner och för att ha fått en så innehållsrik och rolig paus tillsammans med Orvar från arbetet i butiken, för är det ändå inte så, att ingen är särskilt mycket till hjälte om man inte står på barnens sida, ser en kvinna i sin ensamhet och kan få henne att skratta. Och vad hon också önskade att hon kunde ge honom en särskild ring, en gåva för den glädje han skänkte, för allt han gjort för henne och allt hon förlåtit honom för. ”Till min hjälte, min älskade…”

Innan de gick in i butiken ställde Orvar den skamfilade och upphittade cykeln utanför och med spretiga stora bokstäver skrev han en stor skylt som han fäste i ramen med lite snöre han haft i fickan för eventuella behov.

Mer kunde han inte göra åt saken utan nu fick man vänta och se om någon gav sig till känna. I värsta fall fick väl polisen ta hand om ärendet även om det nu inte verkade vara något de prioriterade bland alla de allvarligare brott och bombväskor de förmodades ha att göra med hela dagarna i polishuset.

Detektivbyrån får ett uppdrag

En dag fick Bengtsson ett oväntat besök. En liten bit in i juli då den stora industrisemestern hade kommit igång på allvar, för de som hade förmånen och möjligheten att njuta av en sådan, ringde det plötsligt på dörren hemma i Bengtssons oansenliga lilla lägenhet. Det ringde strax före lunchtid då Bengtsson egentligen inte hade något särskilt för sig, annat än möjligen en kortare vila för att bättre komma i form för resten av dagen. Tre korta ringningar följt av en lång och ihållande, lite mer ilsken signal. Det var ingen som hade avtalat någon tid med honom eller i övrigt någon som han visste skulle komma den dagen och Orvar tillbringade ju de flesta dagar i butiken som skulle öppna sina portar för kunderna vilken dag som helst, så för Bengtsson var det helt oväntat att någon skulle komma, åtminstone just den dagen. Bengtsson som ju av olika skäl hade bestämt sig för att dra ner på tempot och trappa ned detektivarbetet hade ju legat lite lågt med uppdragen sedan han och Orvar lite oväntat och med viss hjälp löst mysteriet med de försvunna och upphittade cyklarna. Och då Orvar hade haft väldigt mycket att göra i butiken med sin nya vän kändes det helt naturligt att inget hade gjorts i detektivgenren för honom heller. Därför var det som sagt lite överraskande då det envist ringde på dörren en helt vanlig dag hemma hos Bengtsson. Ringde och ringde igen tills att han slutligen öppnade för att återse ett välbekant gammalt ansikte. Det var den slätstrukna och välkammade mannen med båtritningarna som stod utanför dörren. Mannen som detektivbyrån bara året innan hade hjälpt med att återfå några försvunna papper och en portfölj. Nu stod han där, utanför Bengtssons dörr och såg ut att vara i desperat behov av hjälp igen.

– Kan jag komma in? sa mannen med den välkammade frisyren då han såg hur Bengtsson först verkade lite osäker på om han sett rätt, det är väl detektivbyrån jag har kommit till?

– Javisst, jag hade bara inte väntat mig att någon skulle komma.

Bengtsson bjöd in mannen, bad honom sätta sig i klientfåtöljen och hämtade sedan två koppar lite ljummet kaffe han haft i en termos sedan morgonen, en till den slätstrukne båtmannen och en till sig själv för att inte verka oartig.

– Ja någon bulle har jag tyvärr inte till kaffet, sa Bengtsson och satte sig tyst ner i en stol mitt emot mannen som om han väntade sig att mannen då skulle berätta sitt ärende och varför han kommit dit.

– Jag var först till honom… ja, han den där…

– Orvar.

– Ja just det, där ni höll till tidigare, men han hade satt upp en lapp där det stod att ni hade flyttat, hit.

Orvar hade varit noga med detaljerna och inte bara flyttat de nödvändigaste sakerna som behövdes till detektivverksamheten till Bengtssons lägenhet där verksamheten numera bedrevs, utan också sett till att de eventuella kunderna skulle hitta genom att sätta upp ett anslag som inte bara beskrev vart de hade flyttat utan också gav en kortare beskrivning i form av en karta. Kartan hade han ritat själv och den hade väl inte alla de rätta proportionerna och var väl inte fullt så tydlig som man skulle kunna begära men uppenbarligen gav den tillräckliga anvisningar för att klienterna skulle hitta fram till detektivbyråns nya adress, hos uppochnedvända Bengtsson. Beviset för det satt ju faktiskt redan i klientfåtöljen.

– Och i vilket ärende har ni kommit hit då? frågade Bengtsson då det inte verkade som om mannen själv skulle komma på tanken att berätta om varför han var där. Det kan i vilket fall som helst inte ha varit för kaffet.

– Som du kanske minns så hade jag lite ritningar som ni återfann åt mig förra året, berättade mannen. Det var ritningar på en båt, en ensamseglare, fast utan segel eller motor, hur som helst en väldigt speciell båt. Jag fick hålla till i den oanvända delen av bilverkstaden. Då sidovagnsmotorcykeln flyttades så blev det ju lite plats över om man så säger och där har jag byggt själva prototypen. Ja den är ensam i sitt slag skulle man nog kunna säga. Men det har varit ett hårt jobb att få det hela färdigt.

Nu skruvade mannen lite på sig som för att försäkra sig om att verkligen ingen stod och lyssnade, sedan luktade han lite på kaffet som Bengtsson hade serverat varpå han genast ställde det ifrån sig igen. Bengtsson tog upp sin lilla anteckningsbok som han hade för vana att skriva små noteringar i och plitade hastigt ned orden, *båt* och *ovanlig* på en tom sida mitt i boken. Mest för att det hela skulle framstå som lite mer trovärdigt då han ännu inte fått reda på vare sig vad det var de skulle göra eller ens hur stor betalningen skulle vara för nämnda uppdrag.

– Laga bilar verkar i alla fall vara ett jobb som aldrig kommer att försvinna, fortsatte mannen lite mer uppgivet. Nu när verkstaden tvingats modernisera och använda resterande utrymmen för all den tekniska utrustning som behövs för dagens moderna bilar så blev jag förstås tvungen att flytta min båtverksamhet till en annan plats. Som du förstår är alltsammans fortfarande ganska hemligt. Ingen vill ju köpa en uppfinning innan den bevisligen fungerar, men om det skulle visa sig fungera så skulle det utmana hela idén om vad sjöfart skulle kunna vara. Tänk dig att kostnadsfritt kunna frakta varor och människor över haven och dessutom utan påverkan på miljön. Det är klart att det finns de som helst ser att det inte blev något av det överhuvudtaget, eller de som gärna skulle lägga händerna på en sådan idé innan någon annan fick nys om det.

Nu gick det alldeles runt i huvudet på Bengtsson. En sådan revolutionerande uppfinning kunde ju vara en världssensation om den läckte ut. Men varför i hela världen vände han sig till dem, vad kunde de göra åt en sådan sak? Vad skulle de kunna sätta emot om det kom stora organisationer och ville röva bort den? Varför vände han sig inte bara till militären eller någon som hade tillräckliga resurser att sätta in om det skulle behövas? En uppochnedvänd gubbe som inte orkade särskilt mycket och en halvfnoskig tokstolle som nog skulle vända uppochned på det mesta han tog i, det verkade helt obegripligt. För när det gällde Bengtsson så hade han en långt mer realistisk syn på dem själva än vad Orvar nog någonsin skulle kunna få. Men trots alla tveksamheter så var det ändå något i den slätstrukna uppfinnarmannens upplägg som lät väldigt lockande för Bengtsson. Det var stort och det var viktigt, på något underligt vis viktigare än något annat de tagit sig an så här långt. Berget hade kommit till profeten som parkpredikanten nog skulle ha uttryckt det, så om det bara fanns någon rimlighet i uppdraget skulle han göra vad han kunde för att genomföra det, med eller utan Orvar. Troligen med, eftersom Orvar sällan var så vidare svår att övertala. Även om Bengtsson nu hade tänkt trappa ned på detektivverksamheten så fanns det något väldigt tilltalande med hela uppdraget, i synnerhet som Bengtsson ju var särskilt intresserad av arkitektoniska mästerverk och tekniska innovationer. Och hur skulle man kunna värja sig emot något som hade en så påtaglig inverkan på utvecklingen och miljön. Det hade i alla fall gjort honom ordentligt nyfiken, inte minst på hur en sådan båt kunde se ut som hade alla de fördelar som uppfinnaren nu ville göra gällande.

– Vilka menar du skulle vara intresserade av att stjäla din uppfinning då? frågade Bengtsson samtidigt som han erbjöd honom mer av det ljumma kaffet som han ännu inte hunnit smaka på.

– Alla de som säljer bensin, fortsatte mannen medan han torkade sig lätt i ansiktet med en näsduk. Kanske de som säljer andra båtar, eller någon som skulle vilja sälja min båt innan någon annan får chansen. Det finns nog många fler än man tror som skulle vara intresserade och då finns det mycket pengar att förlora på en sådan sak. Ni kommer förstås att få ordentligt betalt för jobbet.

Nu undrade såklart Bengtsson, helt rimligt förstås, varför han valt ut dem om uppdraget skulle vara så viktigt. Varför inte någon annan och vad i hela världen ville han att de skulle göra för honom. Hur intresserad och nyfiken han än var så fanns det ju gränser för vad en person med hans speciella anatomi kunde utföra, om det rådde det ingen tvekan, så det kunde i alla händelser inte bli något maratonlopp i jagandet av skurkar eller onödigt handgemäng. Varken för honom eller Orvar. De drev ju en fredlig liten rörelse som inte nödvändigtvis tog till våld om det inte absolut krävdes för att ta sig ur besvärliga situationer eller stilla någon upprörd person som annars skulle kunna göra saker mycket värre för fler än sig själv. Mannen med den välkammade frisyren och den slätstrukna kostymen tvekade först på svaret en stund för att sedan harkla sig innan han fortsatte.

– Jag kunde inte ha prototypen kvar i verkstaden, där den stått trygg hela året, utan blev tvungen att flytta den till en plats vid ett gammalt båtvarv nere vid småbåtshamnen. Det är meningen att den ska sjösättas och göra sin första stora provtur i slutet av sommaren. Om det går vägen och sponsorerna vill betala så ska den få göra resan över till Storbritannien i vår. Då får den all publicitet som kan krävas för att ingen ska kunna stjäla idén innan den är sjösatt, eller såld om man så säger. Problemet nu är att jag ska åka bort och träffa lite intressenter kring ensamseglingsprojektet och då står hela båtprojektet obevakat nere i hamnen. Det är inget stort jobb ni ska göra. Bara hålla ett öga på båten där den står så att den inte får fötter eller vad man nu säger, och det vore nog bra om den som gjorde det var någon som normalt sett inte drog ögonen till sig, någon som ni.

Nu blev Bengtsson nästan full i skratt. Två tokstollar med ganska utmärkande kroppsform som inte skulle väcka någon nämnvärd uppmärksamhet. Det stämde dåligt med hans egen uppfattning om saken och det fick honom att tro att projektet nog inte var så hemligt och viktigt trots allt.

– Ja, fortsatte mannen då han såg hur road Bengtsson verkade över hans påstående. Jag kan ju inte gärna sätta in militära insatser för bevakningen, det skulle ju göra det helt uppenbart vad det hela var frågan om. Men er tror jag dessvärre att ingen skulle ta någon större notis om. Det skulle åtminstone inte sättas i samband med något stort industriellt miljöprojekt, om du ursäktar.

– Och hur blir det med betalningen, undrade Bengtsson som ju ändå var så praktiskt lagd att han inte i hastigheten glömde en så viktig detalj.

– Det kan nog bli fråga om en rejäl slant beroende på hur många som är villiga att satsa i projektet. Det är ju inget svårt jobb egentligen, huvudsaken är ju att någon är där bara och ser ut att vara en del av det som händer kring båtarna och inte borde det ta så lång tid heller, inte mycket längre än ett par dagar eller på sin höjd en vecka. Du kan ju sitta där och fiska eller vad som helst som kan verka normalt och samtidigt få betalt för det.

Nu började det hela låta som en mycket bra idé för Bengtsson. Han hade ju länge längtat efter att bara få ta det lite lugnt och ägna sig åt sådana saker som att fiska som det ju inte hade blivit så speciellt mycket tid över för. Samtidigt var han sådan att han inte ville förstöra något för Orvar eller ta bort glädjen i att göra saker tillsammans som ju hela den här detektivbyrågrejen hade blivit för dem båda. Så därför tog han sig an uppdraget mer eller mindre på stående fot. Det enda han egentligen behövde göra var väl att informera Orvar om deras nya fall så skulle de kunna möta båtuppfinnarmannen i hamnen redan nästa dag. Om han kände Orvar rätt så skulle inget kunna hindra honom från att utföra lite spaning, korv och kaffe kunde de ha med sig och var det vackert väder kunde ju Orvar bada också. Det mesta var därmed som upplagt för en ganska trevlig och intressant vecka för dem båda. Att sitta och snegla på båtar i ett par dagar kunde ju aldrig i livet vara särskilt arbetsamt, det skiljde sig väl inte mycket från att sitta i en lägenhet och titta ut genom ett fönster, åtminstone var det så Bengtsson såg på saken och så var det hela klart, handskakat och bestämt. Innan den slätstrukna uppfinnarmannen hade tackat för sig och deras överenskommelser, gällande vaktandet av hans dyrbara och världsomvälvande uppfinning, hade han inte kunnat låta bli att lägga märke till en tavla Bengtsson hade hängande på väggen. Det var för övrigt den enda, om man bortser ifrån kartan som Orvar hade satt upp åt honom. Ett ganska oansenligt porträtt av en väderbiten och skäggig sjöman, så som man gärna föreställer sig en sådan med sydväst och pipa och delar av en båt i bakgrunden. Det var väl just en sådan tavla som inte hade något särskilt stort värde, då man väl trodde att det var något nära nog alla hade, när det i själva verket var väldigt få som verkligen ägde en sådan. Man såg vad det föreställde helt enkelt och utöver det så fanns det väl inte mycket av konstnärens själ och inlevelse i tavlan, inte ens en signatur som talade om vem som var skyldig till denna konstnärliga skymf och hädelse. En sådan tavla som erkända konstnärer säkerligen skulle avfärda som skräp eller kludd men som ändå lite otippat gick hem hos vanligt folk. Sådana som Bengtsson som ville ha något på väggarna som för den skull inte behövde kosta skjortan om man så säger. Bengtsson hade lärt sig uppskatta den i alla fall, den lite sentimentala skildringen av en arbetare som med livet som insats bärgade hem det vanliga folkets mat utan att få så särskilt mycket för det. Och inte väckte den särskilt mycket uppseende där den hängde heller, åtminstone inte för att någon skulle behöva känna sig förnärmad över kvalitén i själva måleriet. Den slätstrukna båtuppfinnaren hade däremot lagt märke till den. Som hos en kännare av fin konst hade hans ögon ohjälpligt dragits till tavlan som om den hade en särskild dragningskraft på just honom och tvärtom emot vad Bengtsson kunde ana så var det något som uppfinnarmannen särskilt uppskattade. Även om han nu huvudsakligen sysslade med maritima uppfinningar och ingenjörskonst så var en svag sida hos honom också samlandet av föga uppskattade konstföremål såsom tavlor och prydnadsföremål med företrädesvis sjöfartsmotiv. Det var som en lite barnslig hängivenhet för samlandet av just nämnda föremål och varhelst han såg något, liknande den Bengtsson hade på sin vägg, ville han lägga vantarna på densamma.

– Vad ska du förresten ha för tavlan? Frågade han Bengtsson liksom i förbigående.

Bengtsson som redan vant sig vid att inte tänka så mycket på att tavlan hängde där den hängde fann inte någon större anledning till att inte sälja den till mannen. Om bara priset var det rätta så fick han köpa nära nog vad som helst därinne som han kunde känna något för. Bengtsson var i den meningen inte särskilt fäst vid saker överhuvudtaget, inte som Orvar som kunde samla på sig grejer så att det inte gick att ta sig fram mellan högarna. Det enda han skulle sakna med det gamla bistra och fårade ansiktet var väl att det påminde honom om en person som hade gjort rätt för sig, någon som inte låg på latsidan utan verkligen hade levt ett hårt och arbetsamt liv för att få maten på bordet. Sedan var det ju det olyckliga att konstverket efter så många år ofrånkomligen skulle lämna efter sig en mörkare fyrkant i tapeten på väggen, något som inte på långa vägar kunde ge honom samma associationer tavlan ändå hade gjort.

– Vad säger du om tusen kronor för tavlan?

Nu var ju tusen kronor långt mycket mer än Bengtsson trodde sig kunna sälja en tavla av en gammal sjöman för, i synnerhet som han själv nog inte betalat mycket mer än en femtiolapp då han en gång i tiden själv köpte den på en loppmarknad. Och även om det nu var väldigt frestande för honom så var han inte dummare än att han förstod att en person som utan vidare kunde punga fram tusen kronor för något så billigt, säkert kunde betala ännu mer om han begärde det. För är man samlare så är man och då har priset sällan någon avgörande betydelse, åtminstone om det är något man väldigt gärna vill ha.

– Ett och ett halvt tusen, drog Bengtsson slutligen till, så har du betalt ett litet förskott på arbetet kan man säga.

Med det så var affären avgjord. Bengtsson och Orvar skulle vakta uppfinnartypens båt och uppfinnaren själv fick en båtgubbe att pryda någon av sina väggar med. Alla var glada utom möjligen Orvar, som ännu inte visste eller rimligtvis kunde ha en aning om vad han gett sig in på, men som Bengtsson tänkte om den saken, fika och bada vid lite båtar det skulle Orvar kunna göra både med och utan betalning.

När tavlan var nedtagen från sin gamla plats och hamnat i uppfinnarens tacksamma vård med uppmaningen att tavlan kunde han väl hänga i båten och Bengtsson fått pengarna som de kommit överens om, så skiljdes de båda männen åt. Dagen efter skulle de ses vid objektet för deras uppdrag, den märkvärdiga båten och sedan skulle det bara löpa på tills allt var i hamn och båten var officiellt tillkännagiven. Ingen svår sak ens för sådana personer som Orvar och Bengtsson att klara av och när allt kom omkring så om man kunde betala så mycket för en gammal skräptavla så fanns det säkert en stor belöning att se fram emot för deras insats i fallet med den mystiska båten också. Bengtsson hade all anledning att känna glädje över det som hänt denna märkvärdiga dag och sitt gamla metspö skulle han genast leta reda på bland bråten på vinden, tillika den gamla och sällan använda fiskarhatten, som nog låg någonstans den med, omsorgsfullt prydd med alla möjliga drag och krokar.

*

Den stora dagen med öppnandet av den nya lilla närköpsbutiken var nu alldeles nära. Orvar hade inte haft mycket annat att göra sedan den ödesdigra midsommaraftonen, med hans oförberedda fall bakåt i en till hälften avbruten midsommarstång, än att springa alla möjliga ärenden åt Milla i butiken. Hämta varor, lasta in varor, packa upp och sortera. Allt måste vara i ordning. Snyggt och städat skulle det vara också samtidigt som det skulle delas ut flygblad i kvarteret om den stora begivenheten, då det skulle bjudas på rea och kokt korv med bröd (det sista var faktiskt Orvars idé) till alla nya kunder och de gamla, som valde att komma tillbaka. Livet lekte för Orvar. Efter varje avslutad uppgift fick han ett leende, en klapp på kinden och ibland någon liten kram av en fnittrande butiksägarinna och varje gång han på nytt gav sig iväg så hoppade han fram som ett barn som nyss fått sin veckopeng och var på väg mot godisaffären. Orvar var som i himlen, om det nu fanns någon sådan på jorden. Hemma hos honom själv var allt liksom tråkigt och stilla och det fick honom att oroligt ränna runt efter något att göra hela tiden så att han inte oupphörligt tänkte på Milla och butiken och på hennes leende och den där kyssen han fått på midsommaraftonen som förändrat hela hans värld på bara ett ögonblick. Så snart han inte var där hon var så ville han tillbaka dit. Det gick liksom inte att hålla tillbaka utan det svallade på något vis över för honom som en fördämning som plötsligt brister, hela tiden. Som om man kunde känna sorg så fort man lämnade någon för bara en minut. Men Orvar var som vi vet, som Orvar var, och i honom kunde alla känslor få väldiga proportioner, utan undantag.

När nu Bengtsson skulle presentera det nya uppdraget för Orvar förstod han ändå vilka svårigheter det skulle innebära att få honom med på tåget, åtminstone i det tillstånd Orvar för närvarande befann sig i. Det skulle säkerligen bli problematiskt att bara säga som det var, även om han visste att Orvar kunde få lust bara man nämnde bada. Det bästa och kanske säkraste sättet var utan tvekan att gå genom magen. Den Orvar han kände tackade aldrig nej till en korv och nu hade han ju oväntat fått en del pengar genom försäljningen av en som han tyckte ganska värdelös tavla. Närmare bestämt et--tusen fyrahundrafemtio kronor då omkostnaderna för inköpet av densamma dragits av. Därutöver kunde han ta det här med uppdraget genom pappan till butiksinnehaverskan, som han trodde skulle ha ett större inflytande över henne än vad Orvar verkade ha. Om hon skulle få bestämma så skulle antagligen inget gällande detektivbyrån ha någon högre prioritet, det var i alla fall vad han trodde. Allt var en fråga om planering, om att göra saker i rätt ordning och Bengtsson själv var allt för nyfiken på allt som hade med den här nya båten att göra för att överhuvudtaget kunna backa ur nu. Om allt gick som det skulle så borde de vara färdiga med hela båtäventyret tills öppnandet av butiken skulle äga rum, de skulle ha tjänat en rejäl slant på sin förhållandevis lätta insats och Bengtsson skulle ha stillat sin nyfikenhet kring denna nydanande tekniska innovation på båtfronten. Det fick helt enkelt bli en tur till Korvpelless kiosk, med både Orvar och Millans pappa. Så hade Bengtsson tänkt ut det hela. När metspöet och fiskarhatten var funna, en ordentlig och grundlig titt i hans stora litterära praktverk över 1900-talets viktigaste tekniska innovationer hade utförts och den nödvändiga utrustningen, vilken inte var så stor för ett så litet uppdrag, var iordning, tog Bengtsson sig gående, i ganska rask takt, till butiken där han var mer eller mindre säker på att finna Orvar numera.

Inne i butiken var det såklart ett väldigt stök, som det borde vara alldeles inför en invigning, men i stort sett allt hade redan gjorts så det var egentligen bara det sista, det där som ingen riktigt ser i en butik, som var kvar att göra. Så snart han övertygat Milla i butiken, med ganska stor hjälp av pappan i familjen, om vikten av att få ta med Orvar på lunch, utan vilken han antagligen inte skulle överleva och lyckats få både Orvar och pappan intresserade av en tur ner till korvpelles, så bar det därför utan vidare tjat iväg för de tre männen. Det var det enkla. Att sedan förmå Orvar, som annars var ganska lätt att övertala, att överge arbetet i butiken (och framförallt den som han för tillfället höll högre än något annat) någon dag för det som tidigare varit en så stor sak för honom, detektivbyrån, det kunde nog bli lite av en prövning. Men väl vid korvpelles kiosk, med doften av nykokt korv, sådan där skinnet spricker med ett litet snäpp då man biter i den och den varma, salta och bara lite köttiga saften rinner ur, kunde allt annat vara glömt, åtminstone för Orvar. Bengtsson som nyligen fått en relativt stor inkomst, åtminstone om man räknar den i antalet korvar, bjöd männen på precis vad de ville ha och det öppnade fler dörrar än man kunde tro. När Orvar fått sin första korv var han salig, när han fått två till började han bli både mätt och nöjd och därifrån var vägen till övertalning inte särskilt lång. Bengtsson beskrev uppdraget så gott han kunde utan att nämna särskilt hemliga detaljer för de båda männen, sedan kunde han inte komma ifrån att det var ovanligt lukrativt för dem båda, som ju i övrigt hade en ganska knaper ekonomi. Med det nöjde sig pappan, för det var ju inte så att Orvar ännu hade någon anställning, han var bara där ändå och de skulle nog klara av att utföra det lilla som nu var kvar att göra även om han nu inte var där. Fast det vore ju väldigt tråkigt om han inte kom på öppningen, när han nu gjort så mycket för att butiken skulle komma dit den till slut var. Orvar som väl egentligen var för förlägen för att säga emot pappan till den person som han höll av mest i hela världen just då, kunde inte säga så mycket överhuvudtaget utan nickade mest instämmande till allt som Bengtsson sa, så länge det verkade som om pappan var med på det. Så var det för Bengtsson numera, ordningen var ändrad och inget var riktigt som förut.

– Ska ni ha något mer innan jag stänger den här skiten? sa plötsligt korvgubben i kiosken som om han ville framhålla att snart, riktigt snart skulle det vara över med verksamheten i den lilla korvbutiken.

– Nä, nu har vi nog fått vad vi behöver, sa Bengtsson, eller kanske en kopp kaffe om du har något kvar i baljan.

När sedan korvgubben serverat kaffet, Orvar intygat att de verkligen gjorde vad de kunde för att korvverksamheten skulle kunna finnas kvar där den var, kaffet var urdrucket och korvkiosken stängd för dagen, var det också dags att återvända hem. Orvar och Bengtsson bestämde en tid för när de skulle vara vid båtarna, vad de eventuellt skulle behöva ha med sig och Millas pappa lovade att ta itu med allt som behövde tas itu med vid butiken, möjligen också komma med kaffe till båtarna och de båda båtvakterna om så skulle behövas.

Om det var korv de behövde så fanns det gott om det i korvkiosken, i alla fall än så länge enligt korvgubben (som nog inte hette Pelle egentligen), men det skulle nog inte ändras heller, även om han fick det att låta så när han sa det som han sa, inte de närmaste veckorna åtminstone.

Bengtsson var så nöjd en lite halvlång uppochnedvänd gubbe kunde vara. Han hade tidigare bestämt sig för att låta detektivbyrån vila ett tag, men nu hade han fått ett uppdrag som han tyckte passade honom perfekt. Det var vilsamt, men samtidigt spännande, han kunde göra lite som han ville (t.ex. fiska) och samtidigt få ordentligt betalt för det. Att alla verkade vara med på tåget underlättade förstås, särskilt som han praktiskt taget redan fått en del av betalningen i och med försäljningen av tavlan, men ändå var det nog nyfikenheten kring det tekniska undret som avgjorde det hela. För hur skulle han annars få veta något om vad det var som var så speciellt med en uppfinning att man till och med behövde vakter, om han inte fick en direkt förevisning av uppfinnaren själv och faktiskt kunde få en möjlighet att se skapelsen på nära håll. Det var faktiskt så nära man kunde komma det perfekta uppdraget, åtminstone enligt uppochnedvända Bengtsson.

Sommaren låg stilla, sval och fuktig, som om det väntade på det stora lyftet, då semestervärmen skulle komma och lägga sig som en varm filt över hela landet. Den typen av sommar som alla minns men sällan får vara med om. Då de tropiska vindarna sveper in över landet och omsluter det med en värme som gör det svårt att sova på nätterna men härligt att tillbringa sina lediga dagar i. Men då sommaren ännu var sval och värmen inte riktigt ville komma efter de ihållande regnen i juni, var det ännu en kall kväll de tre männen gick hemåt i. De var alla fyllda av iver och lust och nyfikenhet, både över den nya butikens öppnande och över det lite udda uppdraget de båda detektiverna nu fått att ta itu med. Alla de tre männen var glada och Milla borde vara glad hon med, tyckte pappan, för hon hade ju så mycket att glädjas åt hela tiden, så var det bara. Allt har sin tid, ibland gör man det andra vill och ibland måste man göra sitt eget, annars tappar man balansen och kan inte gå rakt. Sådana är vi, man måste bestämma vad man ska göra annars snubblar man bara runt bland en massa andra måsten och då blir livet skit. Ingen vill ha ett skitliv, så vi ger och tar. Sedan behövde pappan inte säga mer för allt efter det skulle bara bli konstigt.

På den vägen var det, de tre männen gick var och en till sitt i ett sommarsverige som klädde om till semestertid och medan semesterglada svenska familjer gjorde i ordning i sina trädgårdar, klippte gräs, rensade i rabatter, förbannade alla skator som plundrade dem på allt de hade i jordgubbsväg, vinbär eller körsbär och tände sina grillar, så funderade Orvar och Bengtsson över morgondagen och det som de såg som ett jobb men de flesta andra betraktade som ett lite barnsligt tidsfördriv. Något udda påhitt av några lite konstiga människor som trodde de var detektiver eller uppfinnare eller vadhelst som kunde roa dem som inte själva hade fantasi nog att hitta på något liknande för att få vardagen att verka meningsfull. Dessbättre hade de förstärkt sin duo med ännu en person, en kort lite knubbig och tunnhårig pappa till en affärsinnehavare helt i Orvars smak. Oavsett vad vanligt folk kunde tycka om saken så hade någonting med hela detektiväventyret ändå tilltalat honom. Om det sedan var utmaningen, spänningen och äventyret eller bara sällskapet som gjorde det, var svårt att säga, men han kunde bara inte låta bli att engagera sig i vad de båda männen egentligen hade för sig då de inte gick omkring i butiken eller åt korv och drack kaffe. För Orvar och Bengtsson gjorde det heller inget att han var en del i deras verksamhet för ju fler man var desto roligare kunde man ha det och så förde det ju det goda med sig att han kunde komma med förnödenheter och sådant de kunde behöva där de satt på sina vaktpass vid båtarna. Dessutom hade ju Bengtsson och pappan kommit att bli ganska goda vänner vid det här laget så de kunde mycket väl sitta där och fiska och titta på vågorna, för det trodde ju i alla fall Orvar att alla gamla gubbar tyckte om att göra. Det viktiga var väl ändå att man gjorde något under tiden för annars skulle det nog bli ett väldigt enahanda arbete, att bara sitta och titta på en båt. För egen del såg ju Orvar fram emot att få bada även om det nu inte var något man kunde göra hela tiden i flera dagar. Något mer måste han nog förse sig med om det hela skulle bli meningsfullt i någon längre utsträckning. Kanske några dagstidningar som han ändå hade tillräckligt av liggande hemma hos sig, en samling skruvar och muttrar som borde ordnas eller något att tälja på för att få tiden att gå. Det högst troliga var ändå att Orvars packning för ändamålet skulle komma att växa betydligt ju mer han fick tänka på saken och han hade ju många timmar på sig innan avfärden, eller rättare sagt mötet med den slätstrukna och välkammade uppfinnarmannen, skulle ske.

*

Morgonen då de avtalsenligt skulle ses nere vid båtarna i hamnen var både Bengtsson och Orvar redo. Bengtsson hade packat vad man skulle tro var en packning för en fisketur; metspö, fiskehatt och en liten ränsel innehållande det allra nödvändigaste. Där fanns lite extra kläder, både ifall det skulle bli varmt och om det skulle regna samt ett par smörgåsar med leverpastej och saltgurka i en unikabox av papp och en gammal skotskrutig plåttermos med termosglas innehållande det obligatoriska kaffet. Någonting att agna med hade han inte tagit med sig då det egentligen inte var så vidare nödvändigt att man faktiskt fick något på kroken utan viktigare att man såg ut som om man faktiskt ville att det skulle ske. Inte hade han vetat vad han skulle göra av fisken om han nu hade fått någon heller, så det var alldeles detsamma om det högg eller inte.

Orvar däremot hade sin vana trogen förberett sig ordentligt med allt möjligt som både kunde och troligen inte kunde komma till användning. Som alla väl redan vet så var det absolut nödvändigt med rep, för vem vet om och när det skulle behövas. Kläder, handdukar, spikar, hammare, kniv, tidningar, en gammal radio som han inte visste om den fungerade, en låda med pannkakor som han fått av pannkaksmamman, en sovsäck som inte blivit använd sedan han gick i skolan, solglasögon, kepsar och hattar av olika modell och storlek och en ordentlig ficklampa som kunde lysa så långt man nödvändigtvis behövde för att se, fyllde hans till bristningsgränsen packade ryggsäck. Man visste som sagt aldrig när något skulle komma till användning och då var det i alla händelser bättre att vara välfylld än ångerfull, åtminstone om man var som Orvar korvar.

Båten som de skulle se till så att den inte kom i orätta händer låg som de nog skulle ha kunnat tänka sig inte i vattnet utan på land, på en vagn övertäckt med en militärgrön presenning, som de flesta båtar gjorde fast då företrädesvis under vintern när vattnet inte gick att nyttja för sjöfart. På en båttrailer stod den och under en presenning, mindre för att skydda än för att dölja, men utan att för den skull vara omöjlig att flytta för den som hade tillräckliga skäl eller intressen för det, till vatten eller på land. I övrigt låg hamnverksamheten i huvudsak vid kaj eller bryggor den här tiden på året, i synnerhet som semestrarna precis hade börjat och de som önskade leva båtliv ville ha snabb tillgång till det som väl var båtens huvudsakliga element, vatten.

Båtklubben där uppfinnaren fått möjlighet att lägga till med sin lilla skapelse var som de flesta andra båtklubbar försedd med ett litet klubbhus. En liten stuga i falurött och vita knutar som inte inrymde mycket mer än ett allrum, ett pentry och en toalett för de som var uttalade medlemmar och därmed också hade skyldigheten att se över städningen någon gång per år. Det fanns förstås en hamnkapten som utsetts av medlemmarna att särskilt hålla på ordningen i klubben. Vilket var ett uppdrag som han gjorde stor sak av att verkställa också. Som den auktoritet han var såg han det också som sin naturliga plikt att så fort de båda männen uppenbarade sig tala om för dem båda med så myndig röst han kunde uppbåda att här var det minsann inte vad som helst som gällde. Med sin obligatoriska seglarmössa och snickarbyxor, bara till en del nedkletade med målarfärg, tjära och fernissa, såg han ganska omedelbart till att diktera vilka regler som gällde för de som var i båtklubben, om så bara på besök, lite hann han berätta om några som inte alls kunde sköta sig och ytterligare lite om vad som dessvärre väntade dem som inte gjorde det som reglerna föreskrev. Det blev med andra ord väldigt tydligt vad som gällde i den båtklubben så fort Orvar och Bengtsson hade anlänt och det innan de ens hade fått en möjlighet att se på båten de var där för att övervaka eller ens förtydliga för hamnkaptenen i seglarmössan av vilket skäl de var där från början. Det kan väl vara ganska lätt att räkna ut att en person som höll så strikt på det regelmässiga nog snart skulle få en hel del att göra, i synnerhet då han hade att göra med sådana personer som Orvar och Bengtsson och i någon mån pappan till den nya butiksinnehavaren som med sitt nya intresse för Bengtssons olika uppdrag nog också kunde bidra med både ett och annat som

skulle sätta käppar i regelhjulet för en så nitisk hamn-
kapten. Ja, det är väl inte långt ifrån att man kan säga
att blotta åsynen av de båda männen och deras närmast
enorma packning då de kom kunde räcka för att den
nästan självutnämnde båtklubbsfascisten närmast skulle
gå i taket av ordningsiver. Troligen tänkte han sig att de
båda männen hade fått för sig att slå läger där vid bå-
tarna och hade det nu inte varit för att uppfinnarman-
nen redan varit där och på ett trovärdigt sätt lyckats
avstyra det hela så hade de troligen inte ens fått tillträde
till området. Så enkelt var det. Så fort de var inne blev
det hela emellertid ganska lätt, båten var där och reg-
lerna var dessa och för en så impulsiv person som Or-
var gick det att känna sig ganska trygg i det lite fyrkan-
tiga och uppstrukturerade sätt som rådde kring områ-
det. Så snart uppfinnaren hade försäkrat den nitiske
hamnkaptenen om att de först så suspekta figurerna
inte var något att oroa sig för, utan att han istället borde
hålla ögonen öppna för om det skulle ske andra aktivi-
teter som inte hörde till vanligheterna, så lugnade han
ned sig och lät dem göra lite som de ville i och omkring
den båt de hörde ihop med. Så långt, så bra och så
länge inget oförutsett hände så fanns ingen anledning
till oro vare sig för uppfinnaren eller hamnkaptenen,
åtminstone så länge ingen slängde skräp där det inte
hörde hemma eller inte lade tillbaka nycklarna till båt-
klubbshuset på dess avsedda plats, i ett skåp i nära an-
slutning till ingången.

Med båten var det som Bengtsson hade föreställt sig
det, inget särskilt märkvärdigt. Åtminstone inte när man
först såg den. Det var en båt helt enkelt. Lite an-

norlunda skrov och utformning men i övrigt inte något någon som inte hade särskilda kunskaper om båtar skulle göra någon stor sak av. Den slätstrukna båtuppfinnaren hade däremot svårt för att låta det hemliga vara hemligt och driven av sin oemotståndliga iver att berätta om alla hemligheter han hållit inne med så länge, gav han Bengtsson en ordentlig genomgång av båtens alla dolda mysterier. De som skulle göra det hela till en stor industriell framgång, kanske till och med i konkurrens med upptäckten av oljan. Bengtssons ögon var stora som tefat där han försiktigt försökte se allt han kunde se under brättet på fiskarhatten när han förevisades båtens alla fördelar. Och hur svårt han än hade det så gjorde han allt han kunde, sin lite besvärande anatomi till trots, för att inte gå miste om något som borde vara för intressant för att missa.

Med ett skrov på drygt sju meter var det inte någon stor båt, mindre än en normal segelbåt, men det lustiga var att den var konstruerad på ett sätt som trots att den först såg ut som vilken båt som helst hade fördelar som först inte syntes för blotta ögat men ändå vida kunde konkurrera med vilken båt som helst. När uppfinnaren skulle ge en förevisning av båten var han först lite hemlighetsfull och verkade inte vilja att alla hemligheterna skulle fram i ljuset, men vartefter han berättade var det som om hans iver inte längre gick att tygla. Ganska snart sprang han fram och tillbaka som Orvar brukade göra när han blev ivrig över något och alla hemligheterna tycktes formligen forsa ur honom. Om bara Bengtsson kunde lova att hålla det hemligt, lova att inget säga till någon så…

Båtens skrov hade, som båtar ofta har, en köl och en båtlik kontur men med den skillnaden att han hade låtit gjuta utskjutande vingar som på en katamaran på vardera sidan, med ordentliga pontoner avsedda för last. Den hade en ganska låg tyngdpunkt med barlastköl, kondensfällor som transporterade bort fukten, dubbelt skrov, ett inre i glasfiber och ett yttre i moderna kompositmaterial, isolerad med cellplast och förstärkt med några få balkar av aluminium som gjorde den både hållbar, stadig och närmast osänkbar (vilket man förvisso hade sagt om Titanic också). Som en Humpty Dumpty skulle den kunna guppa runt i oväderssjöar utan att kunna rulla runt och ändå samtidigt hålla en stadig gång framåt, det var tanken. Botten och vingarna var dessutom barlasttankar för färskvatten vilket onekligen var en viktig tillgång för alla som var på havet. Viktiga saker förvisso, men de verkligt viktiga innovationerna fanns förstås ovanpå, osynliga för Bengtsson där han stod och gjorde så gott han kunde för att se allt som var ovanför och utom synhåll för en man med ett uppochnedvänt sätt att se och leva. Den verkliga innovationen låg förstås i driften, hur skulle det gå att köra en båt utan segel eller drivmedel? Så entusiastisk som uppfinnaren nu blivit så fanns det ingen anledning att spara på krutet, han skulle helt enkelt spricka om han inte fick berätta för någon (och det kan man ju förstå efter så lång tid som han hållit på och jobbat för att göra båten till det den blivit). Därför sprang han också runt som en ivrig hund och pekade och gestikulerade kring varje ny detalj som var mer och mer fantastisk ju längre han kom i sin berättelse om båtens alla egenskaper. För att komma till det verkligt speciella var de också tvungna att ta sig upp i båten på en stege, vilket inte var en särskilt lätt uppgift för Bengtsson. Men med lite hjälp av Orvar, vars huvud han då och då kunde vila sin ända mot, så kom de slutligen upp i det som var båtens innandöme. En liten kabyss, avsedd för en person med tillhörande persedlar. Längst fram i den låga hytten fanns en säng, en liten bänk för tillagning och förtäring av det som gick att laga ombord och längst bak i aktern fanns en stol och, hör och häpna, pedaler som på en cykel. Var det verkligen det här som uppfinnaren var så rädd för att andra skulle stjäla, tänkte Bengtsson, en cykelbåt.

– Tänkte du cykla till England! utbrast Bengtsson när han kommit över det han först trodde att han såg.

– Javisst, svarade uppfinnarmannen genast. En cykelbåt, men det fina ligger förstås i kraftöverföringen. På taket sitter det solceller som är själva kärnan i verksamheten, sedan har jag dubbla uppsättningar batterier och en särskild sorts dubbelverkande transformatorer som både alstrar energi när du cyklar och de turbiner som drivs av framfarten och därefter ger tillbaka till driften tillsammans med det som solen ger. På så vis kan du cykla på lite när du tycker du har tråkigt eller vill träna för att ge lite extra energi till det som solen eller turbinerna redan ger. Eller varför inte som en reservkraft om något skulle gå fel. Poängen är att det inte kommer att behövas några andra drivmedel och lösningen är transformatorerna som ger mycket mer energi än vad konventionella transformatorer ger. Absolut något som skulle betyda en revolution för hela energiutvinningen i världen. Kan jag bevisa att det räcker med turbiner och solenergi för att driva en båt med de här transformatorerna så skulle det kunna ge många flera watt till hela världens energibehov. Förstår ni nu vad det innebär?

Bengtsson och Orvar nickade.

– Mer än så kan jag inte säga, fortsatte mannen, för då skulle det ju inte vara någon hemlighet längre. Vem vet, ni kanske är dubbelagenter.

– Nej, det är bara vi två, svarade Bengtsson hastigt, ingen annan vet någonting om det här, inte vad jag vet.

För Orvar var det hela för mycket för att kunna ta in och därför satt han mest och gapade som en måsunge som väntade på mat, men för Bengtsson fick det hela plötsligt en mening det inte tidigare haft. Den uppfinning han först förstått var stor var, när han tänkte på det, långt mycket större än han kunde ta in. En uppfinning av sådana mått kunde i minsta fall skapa världskrig om det läckte ut. Om världens energiproducenter skulle få nys om detta så skulle nog inget mer bli sig likt, det var säkert, så att göra det i skepnad av en båt var nog det smartaste någon kunde göra. Klart att han kunde betala ett och ett halvt tusen för en värdelös tavla när han säkert kunde vänta sig miljarder i intäkter för en sådan uppfinning. Frågan var väl hur de skulle kunna försäkra sig om att inget på båten blev stulet under deras uppsikt. Det var ju när man tänkte på det, lite som att sitta och ruva på världens största diamant mitt i de sämsta kvarteren och plötsligt få känningar av sina hemorrojder. Ett oansenligt uppdrag kan man tycka men i deras värld det största som överhuvudtaget kunde dyka upp.

– Jag har förstås satt in GPS och all annan navigerings- och kommunikationsutrustning man kan behöva för en atlantfärd, fortsatte uppfinnarmannen, men det har jag bara inte hunnit installera än. Ni kan förstås sova i klubbhuset här intill, där finns det bänkar och allt man kan behöva.

Det var alldeles uppenbart att vad hamnkaptensfascisten än hade att säga om saken så var det här ett jobb som ingen av de båda detektivmännen skulle vika ifrån, nästan oavsett vad som hände. Båten var i säkra händer medan uppfinnaren skulle vara borta. Det försäkrades av både Bengtsson och Orvar och om något mot all förmodan ändå skulle hända så skulle de göra allt de kunde för att se till så att det inte hände igen, det var i alla fall säkert. Och med det kunde den både slätstrukne och välkammade uppfinnarmannen lämna de båda detektiverna vid den nydanande båten på båtklubben med den vakande hamnkaptenen som en bulldogg vid deras sida. Uppdraget var deras nu och det var långt större än de kunnat ana. Inte större än att de kunde göra det, bara viktigare, så därför fick heller inget göras slumpmässigt eller på ett sådant sätt att de kunde tappa kontakten med det de var där för att utföra. Bara fortsätta att bete sig normalt, men ändå ha ett öga på objektet, det var deras arbetssätt. Bada för all del, men inte så långt ifrån land så att det äventyrade uppdraget.

Fiska utan att få fisk var bättre än att låta sig hänföras av betets väg i vattnet och framförallt, ett öga på båten, båda två, hela tiden, ögonen på båten.

Nu var ju inte uppdraget svårare för någon av dem än att de ändå kunde hänge sig åt sina vanliga lustar då de ändå var i hamnen vid vattnet, som hamnar oftast är. Orvar kunde ta sin sedvanliga och länge efterlängtade simtur mellan sten och skräp, som var det mesta som omgav hamnområdet. Han kunde dyka efter snäckor och stenar, som han senare skulle ge till tuggummiflickan Lisa när han såg henne och han kunde guppa runt på rygg som en utter så länge han hade lust till det, så länge Bengtsson höll uppsikten över objektet. När Orvar var klar med sitt badande och höll uppsikt, medan han torkade i solen eller åt sina medhavda pannkakor, kunde Bengtsson slänga ut en rev för att låtsas få fisk och titta på vågorna som kluckade in emot stranden. Det var på det hela taget en ganska gemytlig tillvaro där i hamnen och ingen av dem kunde ens tänka tanken på att något skulle hända som skulle kunna äventyra den tillvaron. Om någon ändå skulle komma på tanken att röva bort en båt från den platsen så fanns det först och främst en helt galen hamnkapten man måste ta sig förbi för att kunna utföra dådet, därefter skulle de behöva köra ut båten därifrån och det utan att upptäckas av åtminstone två par ögon som hela tiden hade objektet under uppsikt. För tjuvarna skulle det vara ett mer eller mindre omöjligt uppdrag att stjäla någon båt där helt enkelt, så det fanns ändå möjlighet att faktiskt slappna av lite, bara lite, och till och med njuta av sommaren som till en del ändå valde att visa sitt rätta ansikte med spegelblänk i vattnet, vakande fiskar och måsar som skriande väntade på resterna från Bengtssons lite lönlösa fiskeäventyr. Men även om man nu kunde tycka att det hela var ett förhållandevis enkelt jobb, så gick det ju tids nog ändå som det ofta gör för Orvar och Bengtsson och deras så kallade uppdrag. Inte så bra som de kanske från början hade föreställt sig det hela. Och att det hela skulle vara som en promenad i parken är ju svårt att föreställa sig när man vet vilka situationer de båda männen hade för vana att hamna i. Till att börja med så skulle de ju tillräckligt övertygande övertyga den nog så ordningsamma hamnkaptenen om att de visst kunde sköta sig så länge de vistades på området, även om det skulle komma att bli mycket längre än han från början hade fått för sig. De skulle ju också ha någonstans att ta vägen när kvällen väl kom och för att inte förlora uppsikten över båten och samtidigt undvika hamnkaptenens egen lilla borg, klubbhuset och risken att i onödan skita ner på golven därinne, så enades de om att faktiskt sova i båten, eller vakta, i vilken ordning de nu valde att turas om.

Så förflöt också dagarna i all enkelhet den första, andra och faktiskt också den tredje dagen, med omväxlande bad, fiske och mat som Millas pappa hade vänligheten att förse dem med. Några tillsägelser ifrån hamnkaptenen (om huruvida det inte var tillåtet att skräpa ned i området utan att istället använda därtill avsedda kärl) och täljandet av något som skulle kunna vara en stekspade men som Orvar framhöll var ett verktyg med vilket man kunde klia sig på ryggen om man hade svårt att komma åt, förgyllde också deras dagar som väl annars kunde bli ganska enahanda. Bengtsson hade blivit avsevärt mycket bättre på att ta sig i och ur båten på den stege som i alla händelser inte var avsedd och konstruerad för en person med hans svårigheter och de hade planenligt och i största möjliga utsträckning undvikit att sova på sin post. Det föll sig därför också ganska naturligt att då kvällen kom, efter tre dagar som bjudit på både sol, spänning, bad och trivsam samvaro med matsäck, men i stort sett ingen sömn så var de båda männen med rätta ganska trötta. Orvar för att han, innan han tagit sig an uppdraget och den sömnbrist han därigenom genomled, faktiskt hade jobbat ganska hårt i flera dagar i butiken och plötsligt, då inget särskilt tycktes hända kring båten och hamnen, började slappna av på ett sätt han inte gjort på flera dagar innan dess. Bengtsson, helt enkelt för att åren hade börjat ta ut sin rätt och han därför och av ganska naturliga skäl inte var lika pigg som han annars alltid hade brukat vara. Annars var väl fördelen med att vara Bengtsson ändå att man inte behövde uppröras så väldigt över att åldern kroknade ihop kroppen på en. Var man sådan från början kunde ju inte mycket bli värre än det redan var, menade han och i den meningen var ju allt som det skulle, men sova det behövde varje människa, oavsett hur gammal och krokig man var. Det dröjde därför, som man nog kan förstå, inte särskilt länge efter att hamnkaptenen ännu en gång, lite motvilligt (och inte utan ett par extra råd om vad som skulle göras om båttjuvar skulle komma in genom den för övrigt låsta grinden till området), hade lämnat dem ensamma på platsen med alla båtarna innan de båda männen hade somnat på sin post i den besynnerliga båten på sin trailer under den militärgröna presenningen. Orvar som hade första vakten hade lämnat kojplatsen i båtens för till Bengtsson som han ansåg bättre kunde behöva den och istället själv tagit plats på en liten brits nära all den tekniska utrustningen, som ännu inte fungerade som den skulle. Men så snart Bengtsson börjat andas tyngre och långsammare och snart nog tyst snarkade sig igenom sömnen, började varje minut bli långsammare och tyngre också för Orvar. Inte helt oväntat drogs han efter bara en liten stund in i den lite sövande dvala, som taktfast och monotont ackompanjerades av Bengtssons nattliga konsert, för att ganska snart också han sova precis lika tungt och djupt som ett litet barn som först har fått bada hela dagen och sedan hade fått äta sig ordentligt mätt. Visserligen kan det inte ha gjort så väldigt mycket, för även om deras ögon inte riktigt hölls på båten så som de hade sagt, så var det mer eller mindre en omöjlighet att stjäla något dylikt utan att samtidigt få med sig ett par detektiver vars ögon ändå var där de skulle trots att de för närvarande var stängda. Dessutom hade ju hamnkaptenen i sin iver att hålla obehöriga utanför låst en stor grind genom vilken man inte kom in om man inte hade väldigt starka skäl och en hel del rejäla verktyg att tillgå. Men hur mycket man än förutsett alla möjligheter och gjort alla förberedelser så kan man ändå inte komma ifrån det faktum att om någon mot förmodan hade fått vetskap om och verkligen ville komma åt hemligheterna i båten så fanns det alltid vägar som inte ens den förutseende hade kommit att tänka på. Även om hamnområdet var stängt ifrån land så var det helt öppet ut emot vattnet och även om Orvar och Bengtsson sov lugnt i tron att inget skulle hända så var det just det som hände.

Ingen kunde väl tro att en båt skulle bli stulen med sina passagerare och allt, från en låst hamn med en rottweilerlik vaktkapten, allra minst Orvar och Bengtsson och i synnerhet inte den båt som de själva var ombord på. Men hur otroligt det än kan låta så var det precis vad som hände.

Så snart all aktivitet hade avtagit i hamnen och inga människor längre syntes till dök de upp. Ljusskygga personer med en jättelik båt som hade både vinschar och linor att dra alla möjliga saker med och utan att vare sig Bengtsson eller Orvar i sina drömmars länder märkte något av det som skedde så hade flera tyst smygande personer hunnit koppla båttrailern till en draganordning som drog hela ekipaget ner i sjön och därefter förtöjt uppfinnarens båt med en lina, som de sedan kunde dra hela härligheten med så långt ut i mörkret på vattnet att ingen skulle kunna fatta vart den tagit vägen. Plötsligt var bara platsen där den stått alldeles tom och de båda detektivmännen var, utan att de hade märkt det, mitt ute på öppet vatten, omgivna av bara mörker, kluckandet av vatten emot skrovet och det monotona ljudet från en båtmotor en bit längre bort.

Den som först märkte något var väl inte så överraskande Bengtsson, som ändå uppfattat förändringen genom sömnighetens dis. Plötsligt stod de inte still längre utan rullade på vågorna, som om de var i rörelse och den aktiviteten fick till slut Bengtsson att också hoppa upp ur sin dvala och handgripligen ruska liv i den nära nog dödligt frånvarande Orvar. Sömnen hade gripit de båda männen så till den grad att man säkert hade kunnat spränga en bomb utan att de nämnvärt skulle reagera. Och nu när de var i rörelse och hade blivit bortförda, som om ingen hade vetat att de ens var där de var, greps de båda av ett närmast panikliknande uppvaknande. Vad var det som hände? Hur kunde de inte märka någonting? Det mesta var helt obegripligt för de båda männen, åtminstone innan de hade vaknat så pass mycket att de ens kunde försöka tänka ut en enda vettig tanke kring vad som var på gång.

– Vad ska vi göra nu då Bengtsson? frågade Orvar samtidigt som han såg sig omkring i båten som om han där försökte hitta något som han kunde försvara sig med om det skulle komma att bli nödvändigt.

– Jag vet inte, svarade Bengtsson medan han eftertänksamt kliade sig i huvudet, som om han där skulle hitta något som kunde ge honom en idé om hur de skulle klara sig ur situationen.

Förvåningen och villfarelsen över det som skedde verkade till en början också handlingsförlamande på dem båda och medan Orvar i sin frustration kröp omkring i farkosten kunde Bengtsson till en början inte göra mycket mer än att fundera över deras lite ovanliga belägenhet. Hur kunde det komma sig att de hamnat där de var och varför hade ingen av dem märkt något av det i tid för att kunna förhindra detsamma? Då ingen av dem i någon egentlig mening var så vidare van vid sådant som hade med båtar och sjöfart att göra kunde de inte heller göra sig någon uppfattning om vart de var på väg eller hur de skulle kunna klara sig ur en sådan situation. Än mindre hur de möjligen skulle kunna ta sig ifrån platsen där de eventuellt råkade befinna sig.

– Du får krypa ut i fören under presenningen, sa Bengtsson, som om det faktiskt var den bästa lösningen han kunde komma på. Se efter vad som händer, så får vi se vad vi gör efter det.

Och precis som Bengtsson sa, så gjorde Orvar. Medan hans händer skakade och hjärtat slog dubbla slag i kroppen av upphetsningen ålade han sig sakta fram emot en öppning i fören för att möjligen kunna få en bild av vad det var som var i görningen. Möjligen kunna se vilka han hade att göra med och bara möjligen kunna utröna vad som sedan skulle kunna göras i bästa Orvarstil. Med all kraft han kunde uppbåda pressade han ut huvudet ur presenningen så att han med sina egna ögon kunde se hur det hela faktiskt gick till. Och mycket riktigt hade det helt osannolika skett. De hade

blivit stulna av båttjuvar och drogs sakta men säkert
iväg ut på öppet vatten.

Hur märkligt det än kan tyckas så hade de, utan att de
överhuvudtaget märkte det, blivit neddragna i vattnet
vid en plats avsedd för att lägga i båtar sommartid. All-
deles uppenbart av några skumma och illvilliga perso-
ner men som med all tydlighet ändå visste vad de
gjorde. Hade de bara varit ute efter en båt skulle de
förstås ha tagit något som redan låg i vattnet och inte
gjort sig allt besvär med att dessutom behöva dra ned
den ifrån land. Hade de bara varit ute efter att jäklas
med någon hade det ju legat närmare till hands att göra
något mot hamnkaptenen, då hade de ju verkligen fått
valuta för sina insatser. Nu var det troligen inte något
väldigt stort jobb eftersom båten stod på en anordning
med hjul och egentligen bara hade några rep som för-
band den med det som nu hade transporterat den ner
till vattnet. Men det var ändå ett tillräckligt stort företag
för att det i slutändan måste vara värt det, särskilt om
det nu inte var just den båten man hade anledning att
dra därifrån och i synnerhet också om man hade vetat
att man på köpet dessutom fick ett par detektiver att
dras med.

Efter att båten med Orvar och Bengtsson ombord hade
kommit i vattnet hade båtpiraterna bundit fast den med
ett ganska rejält rep med vilket de sedan bogserade bå-
ten därifrån. Det kunde Orvar ändå nyvaket konstatera
där han betraktade båten, bogserlinan och personerna
som sakta men säkert bogserade dem ut på öppet vat-
ten, och i sitt lite förbryllade tillstånd drog han hastigt

slutsatsen att de antagligen skulle dra dem till en strand inte så långt bort för att där antingen forsla bort hela rasket till en annan plats eller direkt tömma den på det mest väsentliga, som eventuellt gick att använda i någon kommersiell bemärkelse. Nu återstod bara frågorna: Vilka var det som hade sådant intresse i båten att de var benägna att stjäla den, vad skulle hända då de upptäckte att båten inte var tom och hur skulle Orvar och Bengtsson göra för att få stopp på tjuvarna och rädda båten åt uppfinnaren, vilket ju ändå och onekligen var kärnan i vad hela deras uppdrag från början handlat om.

Ibland handlade Orvar snabbt och ibland gick det betydligt långsammare när det gällde att komma på lösningar på smått galna fall och som det verkade i det här läget, infall. Den här gången tycktes det dessbättre gå både fortare och smidigare att få fram en lösning. Redan under sin väg tillbaka under presenningen för att rapportera till Bengtsson om deras nuvarande läge, hade han kommit på vad som oundvikligen måste göras. Det var helt enkelt otänkbart att de skulle låta sig ertappas i båten av hänsynslösa båttjuvar. Ingen av dem kunde ju ha en aning om ifall de var beväpnade eller inte. Bättre då att förekomma än att omkomma, det var i alla fall och i huvudsak Orvars slutsats. Repet måste kapas innan de nådde land och innan det blev ljust nog för att de skulle låta sig upptäckas på det mörka vattnet.

Med stor beslutsamhet rev Orvar också fram kniven han hade med sig i sin närmast enorma packning medan Bengtsson rev sig i huvudet efter något att säga för att underlätta situationen. Sedan famlade han sig återigen framåt på båten samtidigt som han lösgjorde presenningen som täckte hela ovansidan. Väl framme vid båtens för, där de båda båtarna var förbundna med varandra, skar han också i det väl så spända repet med sin relativt slöa kniv, om och om igen som om inget annat gällde än att hålla sig vid liv, tills det slutligen brast och ålade sig iväg över vattnet som en jagad orm. Mitt i all uppståndelse kring presenningen och repet och Orvar som for fram och åter som en dåre över det lilla båtdäcket hade också Bengtsson tittat upp ur kajutan med Orvars släckta ficklampa i högsta hugg som för att göra sig en egen uppfattning över det rådande läget. Och i den tystnad som plötsligt uppstod då vågskvalpet upphörde och motorljudet sakta avtog kunde de båda bara se på varandra, som om båda förväntade sig att den andre skulle säga de förlösande orden om att de nog var illa ute eller att motorljudet plötsligt och illavarslande skulle bli starkare igen.

– Vad gör vi nu då? sa Bengtsson till slut, vad gör vi när de upptäcker att båten inte är kvar och vänder om och kommer tillbaka hit?

– Vi får väl försvara oss.

– Med vadå? Ska jag lysa på dem med ficklampan?

Bengtsson delade inte riktigt Orvars syn på vad som var nödvändiga åtgärder just då, även om han kunde hålla med om att de nog inte kunde ha följt med hela vägen heller för trots att han inte visste vad de faktiskt skulle göra så hade han nog genom ödets försyn hoppats att det skulle lösa sig av sig själv, att någon annan som sett vad som skett skulle undsätta dem eller att skurkarna helt enkelt skulle ångra sitt tilltag och låta båten gå. Men nu var det inte så och precis som de hade befarat så hörde de snart hur ljudet från motorbåten kom allt närmare i mörkret på vattnet. Om det bara hade varit Orvar där på båten och han hade haft en klar uppfattning om var han var någonstans så hade inget varit lättare. Han hade hoppat i och simmat. Men Bengtsson hade inte riktigt samma fallenhet för det här med vatten som Orvar och ingen av dem kunde egentligen beskyllas för att vara särskilt sjövana då det gällde båtar, en oförmåga som genom ödets omistliga försorg faktisk även verkade gälla de motordrivna båttjuvarna. Det går inte att komma ifrån att en sak som man borde känna till när man ger sig ut i en båt och som den väl så bestämda hamnkaptenen definitivt skulle instämma i, är hur man läser sjökort. För om man är noga med sådana detaljer får man faktiskt värdefull information om var farlederna går och kanske framförallt om var man inte bör åka med en båt. Detta visste inte båttjuvarna och därför slutade resan för deras del i en ganska osannolik och samtidigt överraskande grundstötning.

När allt hopp verkade vara ute för Orvar och Bengtsson kom lösningen istället som en skänk från ovan. Båttjuvarna hade så snart de upptäckt att de tappat sin last, gjort en stor gir och med så hög fart de kunnat uppnå närmat sig genom mörkret som om de varit helt förvissade om var de skulle hitta sitt försvunna båtsläp och det var också alldeles i närheten som det hela tog en helt annan vändning än någon av de inblandade hade kunnat föreställa sig. Bara ett femtiotal meter ifrån uppfinnarens båt tog farten hastigt och lustigt slut för motorbåten som istället för att susa fram över vattnet i hög fart plötsligt blev stående på några stenhällar som bara den som vet hade kunnat se och knappast ens då i det minst sagt dåliga ljuset över sjön. Med ett gnissel, som en plåt som dras emot sten och ett ljudligt brak, som om allt som funnits på båten hade släppts i en enda hög samtidigt, rullande över sjön, stannade ekipaget med allt vad det hade ombord och allt som sedan återstod av tjuvarnas uppsåtliga verksamhet var några minst sagt förvånade båttjuvar som överrumplat yra såg sig omkring utan att egentligen kunna få fram ett ord om vad som precis hade hänt. Orvar och Bengtsson såg, ömsom på varandra och ömsom på den havererade tjuvbåten bara ett stenkast ifrån där de själva befann sig. En ganska lång stund var ord överflödiga och de kunde inte riktigt tro på vad de såg men de förstod ändå båda att de i sista stund hade blivit räddade av naturens egen kraft. När allt hopp verkade vara ute för dem hade naturen själv klivit in och gett dem en hjälpande hand. Kalla det vad man vill, parkpredikanten hade nog sagt att det var Gud, men varken Orvar eller Bengtsson ville gå riktigt så långt i sina spekulationer, mera i så fall att de för en gångs skull faktiskt hade haft turen på sin sida. Trots allt såg det på det hela taget ganska komiskt ut. På ena sidan en stor motorbåt som envist satt fast i det som borde vara en ö men som inte syntes ovanför ytan. På den andra sidan Orvar och Bengtsson i en lite udda hemgjord båtuppfinning som stilla guppade i vattnets krusningar. Och mitt emellan

dem flöt ett stort sjok av militärgrön presenning som
en gång hade täckt båtuppfinningen men nu mer såg ut
som ett lager av alger och tång där det guppande flöt på
ytan. När de nu kunde se båttjuvarna på andra sidan
om presenningsgränsen, så nära men ändå så långt ifrån
att de inte kunde nå varandra, som om de vore på var-
dera sidan i ett skyttegravskrig, så kunde de båda män-
nen inte heller låta bli att le lite muntert åt det som just
hänt. För det brukade ju faktiskt vara Orvar och
Bengtsson som råkade ut för sådana missöden och säll-
an några andra i deras närhet, eller som Bengtssons
gamla mor skulle ha sagt om den saken, "somliga straf-
far Gud med detsamma". Den här gången befann de
sig bara inte i den skottlinjen, vilket de annars vanligtvis
brukade. Åtminstone om man skulle tro de som bru-
kade vara där och se det med egna ögon.

– Jaha! Vad gör vi nu då? frågade Bengtsson igen som
om han inte hade mycket annat att säga om hela saken
där han satt och såg på hur det rörde sig i den havere-
rade tjuvbåten.

– Jag vet inte riktigt, svarade Orvar medan han sökte
igenom hytten i uppfinnarbåten efter något som kunde
hjälpa dem att ta sig därifrån. Vet du hur man får igång
en sådan här båt? Det finns ju skitmycket teknik här
inne men jag har inte en aning om hur det fungerar.

– Och det frågar du mig som inte ens kan få igång en
mobiltelefon.

– Ja, sa Orvar samtidigt som han tittade upp på Bengtsson som lite moloken hängde med huvudet, den hade varit bra att ha nu, det kommer man inte ifrån.

Sedan kom Orvar upp ur hytten med en stor bok och satte sig bredvid Bengtsson i mörkret på båten, mitt på sjön, stilla guppande i den ganska korta sommarnatten som också ganska precis hade börjat ljusna. Vad de hade börjat se var siluetterna av personer som rörde sig upp och ned i den andra båten, gestikulerade och ropade något ohörbart och obestämt, men som borde ha varit okvädingsord, till varandra. De var båda ganska, eller ganska mycket, ovana vid allt som hade med båtar och sjöfart att göra och därför var det just det enda de kunde göra också. Sitta där de satt och se ut över sjön och de strandsatta sjörövarna som kom upp och ned ur båten och tycktes hälla ur spannar med vatten, som om de utsiktslöst försökte tömma sjön genom att hälla det tillbaka i sjön igen, allt ackompanjerat av den ena ramsan efter den andra av mindre lämpliga ord och fraser. Det var också då, när de inte kunde göra mycket mer än sitta där de satt som Bengtsson tyckte det var lämpligt att göra handling av det han lovat sig själv, nämligen att säga som det var, säga sanningen om hur han tyckte och kände och det som tyngt honom en ganska lång tid redan. Det var tungt och svårt att få det sagt, men det skulle i alla fall inte bli bättre av att han lät det vänta.

– Jag har funderat på en sak, sa han först lite tvekande, jag har funderat över om det inte vore dags att pensionera sig.

– Vadå! utbrast Orvar förvånat, man kan väl inte pensionera sig från att vara pensionär, hur skulle det gå till?

– Nej, från detektivbyrån. Har vi inte gjort tillräckligt nu? Man blir ju inte precis yngre med åren och jag känner att jag inte riktigt orkar med det här tempot längre.

– Hur ska det då gå med korvkiosken? Vi har ju lovat att vi ska ordna upp det på något sätt, det går ju inte om du inte tänker vara med längre.

– Äh! Det ordnar sig nog med den saken, det brukar ju reda upp sig med det mesta.

Nu blev ju hela situationen lite obekväm för de båda männen, som båda två faktiskt kände att de hade lite för mycket annat som trängde sig på och ändå inte riktigt visste hur de skulle göra slut på något som ändå varit så givande för dem båda. Ingen ville ju gå miste om vänskapen eller gemenskapen de känt i varandras sällskap och som gjort allting i livet så mycket uthärdligare den senaste tiden. Men allt har väl en ände och korven den har två som en och annan lustigkurre skulle ha sagt om den saken.

– Ja du vet ju hur det är med hjärtat, fortsatte Bengtsson, att jag inte skulle anstränga mig så och det här med detektivbyrån verkar ju bara bli värre och värre ju längre det går.

– Värre! utbrast Orvar. Vi har varit på utgrävning, jagat cykeltjuvar och hamnat i tumult. Vi har blivit sjanghajade av vildsinta sjörövare och förlist med en helt unik båt mitt ute på öppet vatten med risk för att bli angripna i vilken stund som helst då de plötsligt inser att det enda de kan göra är att simma hit och ta vår båt ifrån oss. Hur kan något överhuvudtaget bli värre än det? Det värsta måste ju vara gjort redan, så tänker jag.

– De kan ju komma hit och då kan vi råka riktigt illa ut, kommer vi ur det här med livet i behåll så måste det bli ett slut på tokigheterna, eller lite färre tokigheter, åtminstone för mig. Vad står det i boken? Går det att få någon fart på båten?

– Inte så mycket om det, det verkar vara en handbok för sjöfolk, väder och vind, navigering, överlevnad. Visste du att man kan dö av törst om man hamnar i sjönöd mitt på havet? Otroligt va? Helt omgiven av vatten och ingenting att dricka.

– Ja, det låter inte så roligt, mumlade Bengtsson som om han ännu inte riktigt hade lämnat sina tankar på pensionen helt och hållet.

Plötsligt var det som om diskussionen de haft lade sig som en tung filt över hela konversationen. Ingen av dem kunde säga någonting som verkade förståndigt eller kunde göra att deras situation blev något bättre där de satt och bara väntade på att något skulle hända i den andra båten, som ytterligare skulle förvärra situationen. Bengtsson kände sig lite ångerfull som hade sagt det han hela tiden känt att han behövde säga och Orvar visste inte riktigt hur han skulle reagera på det Bengtsson nyss hade sagt. Visserligen hade han som Bengtsson också hade antytt en hel del annat för sig, som kanske upptog hans tankar mer än de borde, men att de skulle äventyra hela deras verksamhet, den som de så nogsamt hade byggt upp under det senaste året, detektivbyrån, det kunde han inte riktig tro. Om Bengtsson verkligen var så dålig som han antydde var det hela ännu värre. Hans lilla hjärtproblem förra året hade ju nära nog tagit knäcken på Orvar och om han nu hade att välja mellan Bengtsson och detektivbyrån var ju valet enkelt. En vän som Bengtsson var kanske mer än han förtjänade, men en bättre vän kunde ingen heller önska sig, så han var i den meningen lyckligt lottad. Lyckligare än många och han kunde absolut finna sig i att leva ett liv utan detektivuppdrag så länge de fortfarande var så goda vänner som de blivit med sin detektivbyrå och hans nya liv i butiksbranschen och med kärleken utvecklades i den riktning han så innerligt hoppades.

– Tänk om vi blir sittande här då, sa Bengtsson som om han hade gett upp tanken på att någonsin komma tillrätta. Ska vi sitta här tills vi törstar ihjäl eller något liknande.

– Det har jag svårt att tro, svarade Orvar, för med så mycket grund och grynnor kan vi inte vara så väldigt långt ifrån land ändå.

– Men om de simmar hit och har ihjäl oss här på båten.

– Det skulle jag vilja se, det ligger i alla fall en stor presenning i vägen så det kommer inte att bli så lätt som de kanske tror, det är säkert det.

Det var som om Bengtsson mitt i bedrövelsen över att ha behövt berätta för Orvar hur han kände det också hade tappat lite av hoppet om det mesta som hade att göra med att komma hem helskinnad. Som om allt hopp som hade att göra med att överleva var över och det bekymrade Orvar att Bengtsson, som alltid hade varit den mest klarsynte av dem och den som snabbt kom på alla lösningar på deras problem, nu och den senaste tiden varit så frånvarande och verkade ha tappat en hel del av sin tidigare så ovärderliga förmåga. Och ju mer han tänkte på det desto mer framgick det för honom att det Bengtsson hade sagt nog ändå hade verkat sant och vettigt och att detektivbyrån antagligen hade gjort sitt i mänsklighetens tjänst. Att det förmodligen var över för deras detektivbyrå och att han skulle komma att bli tvungen att ta ner skylten, kanske för gott. Och det vore inte sant att säga att det inte gjorde lite ont i honom där han satt, bredvid sin kanske bästa vän, mitt ute i vattnet, på en helt unik båtuppfinning som nyligen blivit kapad, och samtidigt såg på sjörövarna som utan att någonsin verka tröttna tömde sin ständigt läckande båt på vatten.

*

I takt med att det blev allt ljusare fram emot morgonen blev stämningen ombord på Orvars och Bengtssons båt också allt dystrare och allvarligare. Och trots att piraterna hade gett upp sitt skopande av vatten ur båten och insett att det inte går att tömma havet på vatten, åtminstone inte så länge man hela tiden häller det tillbaka där det kom ifrån, för att till slut somna där de satt, så hade Orvar och Bengtsson hela tiden också suttit där de satt, blickande ut över vattnet, i väntan på att något skulle hända som på något sätt skulle förändra deras situation till det bättre. Ett ljud, en plötslig rörelse eller vad som helst som bröt det enformigt monotona skvalpandet av små vågor, som var det enda de tittat på de senaste timmarna.

– Vem kan det vara tror du? utbrast Bengtsson, som om det var något han tänkt på en lång stund och helt plötsligt fick för sig att fråga.

– Vadå vem kan det vara?

– Som har stulit båten. Vem är det som har stulit båten tror du?

– Det är väl de där borta, svarade Orvar frågande, i båten, sjörövarna… eller vad menar du?

Bengtsson var tyst en ganska lång stund innan han sa något igen. Som om han hade tänkt och plötsligt kommit på något genialiskt. En lång och samtidigt triumferande tystnad som fick alla närvarande åskådare (det vill säga Orvar) att tappa luften. Så drog han efter andan, kort och distinkt som om det här var särskilt viktigt innan han slutligen släppte det lös som då man slår hål på en ballong.

– Det är uppfinnaren.

– Uppfinnaren? Utbrast Orvar, varför skulle han stjäla sin egen båt?

Nu var Bengtsson plötsligt triumferande tydlig igen, som om hans lilla bekännelse ändå hade haft en sorts renande effekt på hans samvete och det återigen gick att vara normal. Åtminstone så normal som Orvar kunde uppfatta honom då han skarpsinnigt kom med lösningar på problem som Orvar inte riktigt kunde se.

– Jamen, fortsatte Bengtsson, tycker du inte att det är något skumt med hela historien. Han anlitar oss för att vakta en båt som om han förväntar sig att den ska bli stulen, varför oss? Jo, för att han inte tror att vi ska klara av det. Båten står uppställd på en vagn bara att köra iväg, som gjord för att bli bortförd, eller hur? Ingenting fungerar ju som det ska i den jäkla båten så det är väl ingen som kommer att sakna den ändå. Och när vi nu, åtminstone vad han tror, sover i det där klubbhuset i båthamnen kommer vi inte att märka att den försvinner från platsen där den stått, men han hade väl aldrig räknat med att vi skulle följa med båten och så sitter vi här.

– Men varför skulle han stjäla sin egen båt?

– Han har ju dragit en jättelång historia för oss om hur himla värdefull den är och han måste såklart ha dragit samma vals inför sina försäkringsagenter också, eller vad tror du? Hur tror du man ska kunna tjäna hundratals miljoner på en båt när det redan finns hundratals miljoner båtar i våra vatten? Vi måste ha varit ovanligt korkade som inte har fattat bättre än så redan innan.

Han har förstås iscensatt det hela för att det inte skulle verka misstänkt och så kan han lägga hela skulden på oss som inte lyckats rädda hans dyrbara uppfinning. Vem skulle annars ha vetat om något om båten då det var en sådan stor hemlighet. Han kommer förstås att tjäna massor av pengar på försäkringar om båten kommer bort på riktigt.

– Men nu är den ju inte borta på riktigt.

– Nä, och det kommer att bli ganska svårt för honom att förklara varför inte den saknade båten är borta, bara vi kommer iland på något sätt.

Med det var den forna detektiven i Bengtsson i någon mån tillbaka, även om de båda visste att han tids nog skulle sluta som det och bara bli den vanliga Bengtsson igen. Och just precis som solen och gryningsljuset så sakteliga pressade sig upp för att påbörja ännu en sommardag i juli hörde de på avstånd ljudet av en motor. Ett ljud som närmade sig, kanske passerade, ljudet av en båt och lika plötsligt som sjörövarna gått på grund fick Orvar en idé, igen.

– Ficklampan Bengtsson, lys med ficklampan emot ljudet. Det kanske är någon fiskare som är ute och då kan han hjälpa oss härifrån.

Han hade bläddrat lite förstrött i sjöfartsboken och bara händelsevis hade han bläddrat över en sida med Morse-kod, och så snart han bläddrat fram sidan igen började han diktera för Bengtsson hur han skulle blinka fram rätt meddelande till den passerande båten.

··· _ _ _ ···   ··· · _ ·· · _ · _ · ··· · _ _ _

_ _ _ _ · _ _ _ _ ·· ··· _ · _ ·· _ · _ ·

_ · _ · _ ···· · _ _ _ · _ · _ ·· · _ _ · _ ···

_ _ _ ···· _ · _ · _ · · _ _ · · _ _ _ · · _ ·

·· _ _ · _ ··

(S O S VI AR SJONOD SKICKA HJALP BOVAR
PA GRUND)

Så gott det nu gick blinkade Bengtsson med hjälp av
ficklampan fram det morsemeddelande som Orvar tre-
vande och lite handfallet dikterade åt honom utifrån en
lathund han funnit i den stora boken. Det var som om
han på något vis inbillade sig att just morse var något
som alla som hade något med sjön att göra skulle förstå
och som också skulle kunna hjälpa dem i deras lite ut-
lämnade och kritiska situation. Därmed var deras båt-
äventyr på väg att få ett lyckligt slut trots allt. Orvar
hade rådigt löst situationen och Bengtsson hade på sitt
sätt utfört sitt uppdrag. Han hade hållit sig till sanning-
en som han sagt att han skulle och han hade fått lätta
sitt hjärta för Orvar. Nu tycktes räddningen vara inom
synhåll och den skyldige skulle antagligen få vad han
förtjänade, även om det därefter var ett ärende som
mer skulle passa polisen än de båda detektiverna.

Den lilla stålbåten som Orvar och Bengtsson hade både
sett och hört klucka fram i gryningen på sjön hade pre-
cis som de hoppats också sett dem, eller åtminstone
deras infernaliska blinkande, som inte liknade något
som sjömannen ombord hade sett tidigare. Precis som
de nog hade anat så var det också en fiskare som gett

sig ut i den tidiga morgonen för att lägga ut sina nät och kunna få del av de fiskar som var morgonpigga nog att ge sig ut på jakt efter föda innan ljuset blev för starkt. Och precis som andra fiskare ville han förstås vara först med att dra upp fångsten så att den redan på morgonen kunde levereras till stadens butiker och restauranger. Nu var han ändå så beskaffad att han inte kunde låta bli att undra över blinkandet och därför för ett ögonblick övervägde att låta fisket vänta och istället se vad det var som försiggick i de till synes ankrade båtarna. Han ville egentligen inte tränga sig på då det vanligtvis rörde sig om sommarturister som fått i sig lite för mycket av det goda i dryckesväg och fått för sig att leka lite med ficklampan. Men då blinkandet inte tycktes följa något riktigt mönster och uppenbarligen var riktat till honom och hans båt gick det inte att låta det hela vara. Han hade ju aldrig räddat någon i sjönöd förut, så därför var det hela lite av ett äventyr trots allt, även om det nog skulle innebära att han inte kunde lägga sina nät på det vanliga stället utan skulle få lov att gå längre ut än han brukade.

Då fiskaren kom närmare båten, som nu hade drivit en bit längre ifrån de grundstötta banditerna, såg han lite förbryllat på de båda detektiverna som satt på sin lilla båt som två strandsatta. Sedan såg han bort emot sjörövarbåten som låg fast förankrad i det som inte gick att se, som för att bilda sig en övergripande uppfattning om vad det var som hände där bland båtarna på den annars så tomma sjön.

– Jaha ja, sa han sedan lakoniskt konstaterande (kanske var det den inställningen alla fiskare hade till saker och ting), ni har gått på grundet ser jag, som om det var något alla kände till och därför höll sig långt ifrån för att inte drabbas av det som bovarna just fått känna av. En ordentlig grundstötning det…

Till en början kunde de inte riktigt se honom där han stod vid relingen på sin fiskebåt och det var först då fiskaren kom riktigt nära och de tydligare kunde se hur han såg ut som det gick upp för Bengtsson att det mycket väl hade kunnat vara fiskargubben på tavlan som stod och pratade med dem och han hade för ett ögonblick svårt att hålla sig för skratt. På pricken likt med skägg och sydväst och allt. Det enda som saknades var väl pipan, men det passade sig väl förstås inte att köra fiskarbåt och röka pipa på samma gång. Svårt, tänkte han, att dra upp näten med röken vällande upp i ansiktet hela tiden. Men då Bengtsson hade vant sig vid att bilden av en tavla stod och talade till dem och de hade fått berätta sin historia om hur de hamnat i den situation de nu råkade befinna sig i, vad de andra personerna på båten intill gjorde där de var och att de nog kunde ha nytta av lite hjälp att ta sig tillbaka till land och dit de kom ifrån, bestämdes det till slut att fiskargubben skulle bogsera dem tillbaka till båthamnen. Beträffande de andra personerna, så kunde de få vara kvar där de var så fick sjöräddningen ta hand om dem senare. Eller som fiskargubben sa, de sitter där de sitter och kommer knappast någonstans såvida de inte är väldigt duktiga på att simma. Sedan gjorde de som de sagt och fiskaren fick lämna sitt fiske den dagen för att istället dra den, som han tyckte, lite konstiga båten tillsammans med två ganska medtagna men förhållandevis nöjda detektiver, tillbaka till båtuppfinningens ursprungsplats i båthamnen. När allt kom omkring så var det till slut ändå en behaglig tillvaro för de båda äventyrarna. Att få sitta på första parkett på båtens däck, då solen gick upp över sjön och speglingarna i vattnets krusningar hälsade morgonen välkommen, bakom en rytmiskt dunkande fiskebåt på väg in emot land.

Tillbaka i hamnen i den tidiga morgontimmen möttes Orvar, Bengtsson och den bildlika fiskargubben av den alltid så tidigt uppstigna och tillika ordningsamma hamnkaptenen, som allvarsamt och funderande stod och kliade sig i huvudet över den saknade båten (och de båda männen som antagligen hade gått upp i rök tillsammans med den). Och även om de båda männens närvaro bland båtarna i hamnen hade varit lite som en obekväm sten i skon för den pedantiske översynsgeneralen i båtklubben, kunde han ändå med en viss glädje se att de kom tillbaka med den underliga båten dit där den faktiskt hörde hemma.

Så snart de med förenade krafter från både Orvar, Bengtsson, fiskargubben och hamnkaptenen, fått upp båten på sin trailervagn och sedan dragit den tillbaka upp på land igen så hände också sakerna i en väldig fart. Uppfinnarmannens lite udda flytande sjöfartsrevolution kedjades först fast ordentligt i ett orubbligt underlag, låstes sedan med ett närmast ointagligt lås ur båtklubbens eget förråd och täcktes till sist över med en ny båtpresenning av miljötålig och tjock PVC-plast.

Inte militärgrön som den förra, som nu låg och flöt som en konstgjord fyrkantig ö mitt ute i vattnet, utan vit och glänsande och av samma sort som de flesta uppställda båtar i hamnen täcktes av vintertid. Sjöpolisen kontaktades för omgående omhändertagande av vissa sjörövare från ett lömskt grund längre ut i farleden. Några ovanligt uppretade personer som polisen nog ganska lätt kunde känna igen och lokalisera för att det i närheten flöt en militärgrön presenning av oklar anledning. Därefter serverades det nybryggt varmt kaffe till de trötta sjönödsresenärerna i båtklubbens lilla stuga, till Bengtssons stora glädje, medan de tänkte ut hur de skulle göra med kontaktandet av uppfinnarmannen. Båtens uppfinnare och ägare måste ju på något vis underrättas om händelsen, båtens plötsliga försvinnande och återkomst, alldeles oavsett om det var han som var den skyldige till båtkapningen eller inte. Sedan fick väl polisen ta itu med själva skuldfrågan. De som utförde brottet hade ju i någon mening redan straffats då deras egen båt nog inte var så mycket att hurra för längre och i vilket fall som helst hade inget riktigt blivit stulet utan bara nästan. Den udda båten stod ju ändå kvar där den hela tiden stått, bara inte helt oanvänd längre och kunde alldeles säkert ta en mycket längre tur än den redan gjort, bara allt var i lite mera ordning och den fungerade som den borde vara tänkt att göra. I den meningen var Bengtson och Orvars uppdrag slutfört. Ingen skulle väl komma på tanken att stjäla den igen, i alla fall inte med den redan havererade båten på grundet.

Med det rigorösa säkerhetsarbete som gjorts kring båten, med fastlåsning och löften om utökade vaktronder i och kring hamnen så kunde de båda detektiverna äntligen lämna sin post för att komma hem till sig och få äta och sova ut i sina alldeles egna sängar. Ingen begärde heller så vidare mycket mer av de båda männen. Uppfinnarmannen hade genast begett sig hemåt igen, polisen tog över jakten på skyldiga, både kidnappare och båtkapare och i hamnen höll den kontrollerande hamnkaptenen och några särskilt inkallade gelikar ställningarna så att inga mera båtar skulle få fötter, om man så säger. I alla fall inte där.

*

Man kan nog inte säga annat än att det var två ganska trötta och medtagna män som sakta lufsade hemåt tidigt på morgonen efter att båtäventyret äntligen kommit till ett slut för dem. De hade båda mycket att tänka på och ändå tycktes de inte kunna tänka en enda klar tanke. De hade kanske löst ett mysterium med en båtkapning och de hade fått tala ut om detektivbyrån på ett sätt som de inte tidigare hade kunnat. De hade båda saker som de ville göra vid sidan av och som nu tycktes ta allt mer av deras tid tillsammans och de hade hela resten av sommaren som de inte riktigt visste vad det skulle bli av och ändå förmådde de inte grubbla eller tänka på något av det just då. Det var därför två ganska tomma och urlakade män som möttes av den nya butiksföreståndarinnan Millas lite korpulente pappa på vägen från hamnen och in emot stadens hyreshuskvarter.

Precis som han gjort de senaste dagarna, var pappan på väg emot hamnen och de båda männen med en påse frukostbröd, en termos med kaffe och några kalla korvar som Orvar kunde äta som de var, för att titta in, prata en stund och låtsasfiska med Bengtsson. Han hade inte förväntat sig att möta dem på vägen och i vilket fall som helst inte i det skick de nu verkade vara i, som om de varken sovit eller ätit på flera dagar. Bengtsson som åtminstone lite gladdes åt återseendet kunde kosta på sig ett leende, även om det inte riktigt syntes på honom, men pappan som blev så förtjust av att se dem där på gatan kunde inte hejda sig utan tog dem genast med sig till närmaste bänk där de kunde vila, ta för sig av matsäcken han haft med sig och berätta det senaste, som antagligen var det som gjorde att de redan var på väg hem, eller något. Han ville förstås veta allt så fort han fick höra att de blivit bortförda. Hur det hade gått till, vart de hade förts, av vem och hur de hade löst alltsammans, om de hade varit rädda och hur båten faktiskt hade fungerat. Och lite besviken fick han också lov att bli då varken Orvar eller Bengtsson riktigt orkade gå in på alla detaljer. Klart var i alla fall att pappan var väldigt entusiastisk över att återse de båda männen, inte minst för att det var dagen för butikens högtidliga öppnande, något som borde glädja dem alla och i synnerhet Orvar.

– Jag har förstått att du är ganska förtjust i min lilla Milla, sa pappan sedan till Orvar, om du vill vara tillsammans med henne så är det okej för mig.

– Jaha. Tack, sa Orvar och såg ner i gatan som om han inte riktigt verka förstå vad pappan egentligen pratade om.

– Hon har ju visat mig ringen, vet du, fortsatte pappan. Om du vill så har jag ett jobb åt dig i butiken. Då får du riktig lön också. Det är bra, så att du kan försörja henne.

– Henne behöver väl ingen försörja, svarade Orvar nästan lite upprörd över vad han hört. Millan vill väl inte försörjas, hon vill väl för sjutton klara sig själv som alla andra människor.

– Såklart, sa pappan plötsligt, pinsamt påkommen med hur gammaldags han lät, Milla är Milla, hon är inte som sina föräldrar hon.

Sedan sa de inte mer om den saken, men de var ändå lite gladare, över att ha träffat pappan, över att ha fått vila en stund, över matsäcken som egentligen var precis vad de behövde och över den glada nyheten om att butiken var redo att öppna. Orvar var särskilt glad över att pappan, men i synnerhet också Millan i butiken hade accepterat honom och pappan var glad över att äntligen ha fört det han gått och dragit på ett tag på tal, även om det blev lite tokigt framfört. Bengtsson gladde sig åt att Orvar äntligen tycktes ha fått ett riktigt jobb, vilket ju i en mening gjorde det här med detektivbyrån så mycket enklare för dem båda och alla var i huvudsak nöjda med att det dramatiska äventyret med båten fått en sådan lycklig upplösning. Och även om Orvar oroade sig lite över om han hade trampat pappan på tårna med sitt lilla utspel om moderna kvinnors självständighet och jämställdhet med män (som dem) blev han snart förvissad om att så inte var fallet. Den gladlynte pappan log alltjämt åt deras berättelser och så snart de ätit upp det som fanns i pappans påse och inget mer fanns att säga där på bänken följdes de alla åt den sista biten mot Orvar och Bengtssons lägenheter, och i ett ögonblick av manlig svaghet lade pappan armen om Orvar och klappade honom på axeln som om de varit vänner, eller åtminstone väldigt kära bekanta, kanske sedan urminnes tider och som om inget längre kunde skilja dem åt. Det var en glad dag i alla avseenden och det dröjde också länge innan Orvar på allvar kunde somna, för så många tankar hade han som rullade i hans huvud och så mycket kände han att han måste sova en stund om han nu skulle orka upp och vara med om den stora begivenheten med butiken och korvserveringen och allt han hade lovat att hjälpa till med. Det skulle inte bli många timmars sömn, men det gjorde heller inte så mycket då det man skulle vakna till var något man verkligen såg fram emot och då fick också detektivbyråns ”vara eller inte” helt enkelt vänta till ett senare och bättre valt tillfälle.

Tiden för invigningen var väl vald i den meningen att den låg långt tidigare än vad den gjorde för det stora köpcentret, för precis som man hade förutsett så fanns det ett behov av en butik som kunde tillhandahålla allt det som man saknat sedan den gamla butiken gett upp och lagt sin verksamhet på hyllan i väntan på att en mycket större butik skulle slå upp sina portar. Orvars insats var också avgörande för att så blev fallet. Vore det inte för honom hade de inte på några villkor hunnit och då det äntligen blev dags för öppning var det därför helt naturligt att han också var med och fick hälsa både de nya likaväl som de gamla kunderna välkomna med varm korv med bröd, precis som det skulle vara på en invigning. Inte mycket saknades så länge man fick en ballong och en korv med bröd, så var det bara och det gjorde onekligen sitt till för att kunderna skulle känna sig som hemma igen. De flesta de kände igen sedan tidigare kom tillbaka till butiken, kanske tack vare Orvars flygblad eller för att de alltid råkade gå förbi butiken på sin väg hem eller bort och därför sett att något var på gång men ändå tacksamma och glada att äntligen kunna köpa det nödvändigaste och ibland lite onödigt i närheten av där de bodde och inte så väldigt långt borta. För nya kunder fanns det ett utbud som väl i stora delar skiljde sig från alla de andra butikernas i den meningen att både Milla och hennes pappa tycktes ha en känsla för vad som kunde efterfrågas av personer som inte alltid bott i landet men numera var en stor del av det nya Sverige.

Första dagen var det kö längs hela gatan för att få komma in och ta del av vad butiken hade att erbjuda, både i fråga om det vanliga inhemska som ingen kunde klara sig utan och om varor av det mer exotiska slaget, eller för den delen, för många människor från andra länder, mer än vanligt vanliga varor, sådana som många länge hade saknat i det nya landet. Sådant som knöt samman alla olika kulturer, smaker och traditioner till en. Och det var också då som Orvar kände att han hade lyckats. Han hade lyckats komma i tid till invigningen trots att sömnen nästan varit obefintlig, han hade numera ett jobb att gå till som han kände lyckan över att vara på och Milla var lycklig över att saker och ting höll på att ordna sig för henne i det nya landet trots att det faktiskt krävde en del uppoffringar och en hel del arbete med att få saker och ting att fungera. Orvar fick koka korv, kunderna kom precis som de hade hoppats och mitt i alltihop kom också Bengtsson, uppklädd i grå kavaj och en gul slips som mer eller mindre släpade i marken då han gick, tuggummiflickan (Lisa) i sin röda lite urväxta jacka och sist men inte minst hennes omtänksamma och alltid så strålande pannkaksmamma. Orvar var i himlen. Alla han kände och tyckte om var där. De var där och såg honom göra det bästa han för närvarande visste och det var för en gångs skull skönt för honom att se att de inte tyckte det var så konstigt att han inte hela tiden jagade bovar, utan också kunde nöja sig med det han just då gjorde, koka korv på en invigning. I ett ögonblick var alla tankar på båtar, försvunna cyklar eller korvkiosker som borta och bara stunden levde i honom, som om det var det han varit ämnad att göra från första början. Och ingen kunde väl ha summerat det hela lika väl som Lisa.

– Du passar ganska bra där Orvar, fast du inte trodde att du kunde jobba i någon affär.

– Det kommer att bli superbra med mig i affären Lisa, sa Orvar så tyst så bara hon kunde höra och blinkade till tuggummiflickan så att hon nästan började skratta. Det trodde jag inte förr men alla kan väl ändra sig, fortsatte han och harklade sig som om han sagt något olämpligt, vill du ha en korv? Man måste inte ha senap om man inte vill.

– Jag hoppas man kan köpa tuggummi i affären.

– Du kan nog köpa mer tuggummi här än du kan äta under ett helt liv, det tror jag säkert.

Då skrattade både pannkaksmamman och Bengtsson medan Orvar så gott han kunde gjorde i ordning varsin korv med bröd åt dem alla ur sina medhavda kastruller och byttor, några med och någon utan senap, för säkerhets skull. Sedan gav han Lisa en ballong och några mynt han haft i fickan så hon kunde köpa tuggummi om hon ville eller spara till ett bättre tillfälle. I alla händelser var livet en fröjd när saker var på väg att ordna upp sig och allra helst om man fick tillfälle att dela sina goda stunder med människor man tyckte om. Så var det för Orvar och för Bengtsson och alldeles säkert för de allra flesta både vanliga och ovanliga människor. För hur tokigt det hela kan verka på ytan så njuter de flesta tveklöst av att få känna både vänskap och gemenskap, alldeles oavsett om man sitter strandad på ett grund mitt ute på havet eller mitt i strömmen av kunder till en precis nyöppnad butik. Och så var det för de båda männen vi lärt känna också. För trots att de, i likhet med de flesta andra, ibland kunde vilja göra saker på egen hand så trivdes de faktiskt i varandras närhet och gemenskap också.

*

Bara dagar efter nyöppnandet av butiken och den dramatiska räddningen i båten på vattnet hörde polisen av sig till Bengtsson. De lät meddela att de imponerats av Orvar och Bengtssons rådiga ingripande i ärendet trots att det egentligen borde vara polisens sak att ge sig in i sådana farligheter. Att de tagit dem som de trodde var de skyldiga (fast de inte på något möjligt vis skulle kunna komma någonvart där de satt fast på grundet med en läckande båt) och att de hade haft viss nytta av Bengtssons uppgifter gällande hans misstankar om huruvida uppfinnaren skulle vara inblandad i båtkapningen eller inte. Nu visade det sig turligt nog ändå att uppfinnaren själv varit helt ovetande om att något sådant varit i görningen då han själv befunnit sig utomlands och inte i någon nämnvärd utsträckning hade kunnat vara i närheten av platsen för båtens försvinnande (vilket ju i egentlig mening inte var frågan om något försvinnande, utan mer en oplanerad frånvaro, som med Orvar och Bengtssons hjälp istället och lyckligtvis kom att bli en överraskande återkomst). Vad polisen däremot var ganska säkra på var att uppfinnarens yngre bror och tillika hjärnan i tilltaget, som dessutom visade sig befinna sig ombord på den numera havererade men inte sjunkande båten, hade något med saken att göra. Att det hela hade sin upprinnelse i en tvist om ett arv behövde polisen bara läsa sig till, men att det hela skulle drabba någon annan än den intet ont anande uppfinnarmannen var väl olyckligt, även om det kanske ändå var saker man fick räkna med om man gav sig in i detektivbranschen. Beträffande deras inlämnande av ett antal upphittade cyklar av oklart ursprung och härkomst så hade ett fåtal ägare faktiskt hört av sig och bekräftats vara cyklarnas ägare, varför en mindre summa i hittelön också skulle finnas att utkvittera i detektivernas namn vid informationsdisken i polishusets entré. Med det var det mesta av detektivbyråns arbete avklarat och det var väl egentligen bara några småsaker som återstod innan de definitivt kunde lägga det hela på hyllan för särskilt minnesvärda händelser i deras liv. Att sedan båtuppfinnarmannen plötsligt dök upp hos Bengtsson med betalningen för uppdraget, ett kuvert med en rejäl bunt med sedlar i olika valörer, satte en ordentlig guldkant kring tillvaron. Hans ångerfullhet, tacksamhet och bestämda uppfattning om värdet av detektivernas arbete gav dem inte mindre än fem tusen i släta sedlar. Mer än de någonsin tjänat på ett tredagarsarbete och även om uppfinnarmannen nog ansåg att det bara var korvpengar så var det mycket mer än så i fickan på en fattig man. Med de pengarna, de från försäljningen av tavlan och runt fyrahundra kronor från cykelåterfinningen kunde han för första gången på länge känna sig rik på riktigt. Pengarna skulle räcka till

mer än han behövde och även om han skulle dela dem
med Orvar så skulle det bli tillräckligt mycket över för
att kunna göra något riktigt roligt eller unna sig något,
bara lite bättre, under ett ganska långt tag. Det var med
andra ord en lycklig och bra tid för nästan alla inblan-
dade. Sommaren och solen som hade kommit tillbaka
om så bara för några dagar, sken ljus och varm på en
klarblå svensk sommarhimmel och gav dem alla till-
räckliga skäl att känna somrig glädje igen. Kunderna
och turisterna strömmade till den nyöppnade butiken
och korv och kaffe fanns det i massor för dem som var
lagda åt det hållet. De enda som kanske inte kände
medvind just då var väl korvgubben, vars verksamhet
inte riktig bar sig, då kundunderlaget hela tiden avtog
och inte minst den gamla skrikhalsen från butiken som
naturligt nog ville komma igång med sin nya stor-
marknadsverksamhet så fort som möjligt, helst innan
alla kunder hade valt andra vägar och möjligheter att
göra av med sina slantar på.

Kungens Korvar

Hur bra det för stunden än kunde vara för Orvar, Milla och hennes pappa i butiken med alla nya och gamla kunder som såg till så att verksamheten flöt på och gick runt, så närmade de sig ohjälpligt den stunden då allt skulle förändras. Den stora butikens inflytande på den lilla bygden var obeveklig och hade länge varit något som alla i den lilla staden pratade om. Invigningen av köpcentret. Hela förra året, vintern och sommaren hade byggnationerna varit igång. Man hade rivit upp mark som tidigare varit svampmarker för några och strövområden för andra. Det var också ett känt tillhåll för ett oräkneligt antal fåglar och andra djur, som bara några få verkligen ömmade för då det slutligen kom till den nytta ett köpcenter kunde göra för ett samhälles tillväxt. Stora maskiner och byggkranar hade förvandlat området till oigenkännlighet och istället för skog och åkrar hade stora rektangulära huskroppar vuxit upp som svampar ur marken, som en häxring av byggnader kring ett hav av parkeringsplatser. Som de flesta små städer i tiden ville Orvar och Bengtssons stad växa. Man ville fånga in de förbipasserande och ge dem en anledning att stanna i den anspråkslösa lilla staden som de annars aldrig skulle ha gjort och man ville erbjuda arbete åt den förhoppningsvis växande befolkningen. Helt enkelt en rad politiska beslut som bidrog till att man odlade upp ödemark till stora kommersiella jippon och byggde in avfartsleder till stadens utkanter. Om det sedan skulle leda till att människor faktiskt stannade längre tid än det tog att handla det viktigaste gick inte att säga, men förutsättningarna skulle finnas. Sedan fanns det alltid de, som Bengtsson, som inte riktigt gladde sig åt utvecklingen utan tyckte att det inte nämnvärt bidrog till försköningen utan snarare drog en ridå över allt det gamla och vackra som gav staden både själ och hjärta. Inte ville Bengtsson promenera bland moderna fyrkantiga huskroppar som inte andades något av den kultur och historia ett hus borde bära på. Han kände inte någon som helst lust att trängas med jättemycket folk på en parkering där man knappt kunde hitta tillbaka till bilen man kommit dit med. Och inte kände han att det fanns något behov av att gå omkring i milsvida varuhus för att leta efter de saker man mycket lättare skulle hitta i sin egen lilla butik, på den egna gatan med människor man kände igen och kunde hälsa på som man alltid hade gjort. I den meningen var Bengtsson lite väl gammalmodig och traditionell. Det var bättre förr helt enkelt och det tog en väldig tid för honom att acceptera det nya. Orvar däremot var ju, som vi kanske lärt oss vid det här laget, mera nyfiken och impulsiv av sig och trots att han numera hade egna intressen att värna om i den lilla butiken på hörnet i kvarteret där han bodde, så kunde han inte dölja det faktum att han bra gärna ville se det nya affärskomplexet med egna ögon. Något måste de ju ha gjort rätt om det nu skulle gå att få dit så mycket kunder som de antagligen räknade med. Men kanske skulle många också vända tillbaka till stadens gemyt och närhet bara nyhetens behag hade fått lägga sig lite. Intressant var det ändå onekligen och väl värt ett besök, åtminstone för Orvar som trots allt kände ett styng av obehag över att det hela skulle kunna drabba dem själva mer än de faktiskt kunde tro mitt i den kundtillströmning som det hade varit den första tiden i den nya lilla butikens ganska korta historia.

Orvar hade för första gången på mycket länge fått ett riktigt jobb att gå till. Ett jobb han näppeligen hade trott att han skulle kunna ha, som biträde i en butik. Hans erfarenheter av butiker var annars att det var ordningsamt och tillknäppt och alldeles för lätt att ställa till det i. Man kunde väldigt lätt gå emot saker så att de välte utan att det var ens avsikt och fast man i all välmening ville göra en samhällsinsats, där butiken också händelsevis råkade stå i vägen, så hade man genast någon arg butiksinnehavare efter sig, viftande och skrikande som om man var en säkerhetsrisk som genast borde avlägsna sig. Därför var det svårt att till en början se Orvar i rollen som butiksbiträde, men så var det ju det här med kärleken. Små saker som kan förändra allt, som en söt mörkögd butiksägarinna som på ett ganska enkelt sätt kunde få allt i Orvars värld att ändra riktning. Någonting som helt enkelt inte gick att motstå och som onekligen hade den inverkan på honom att han efter det kunde jobba med nära nog vad som helst så länge det var i hennes absoluta närhet. För hennes del hade han gjort ett sådant intryck på henne att hon helt enkelt inte kunde motstå hans försök att komma in i hennes värld, butiken. Och så kom det sig att det fullständigt osannolika hände, Orvar jobbade plötsligt i en butik, något han aldrig hade trott skulle hända vare sig då eller sedan. Ett arbete som han under så lång tid hade vant sig vid att vara utan blev plötsligt något han fick vänja sig vid att ha även om det samtidigt innebar att han fick göra vissa uppoffringar såsom vänner och bekanta och den detektivbyrå som betytt så mycket för honom den senaste tiden. Det var också märkligt, kunde han tycka, hur fort han vande sig vid att ha arbetet i butiken som sin främsta prioritet, hur fort han vande sig vid hur allt skulle skötas och hur fort han blev så mån om sitt arbete att inget fick komma emellan, inte ens ett köpcenter även om det i sig var en intressant företeelse. Varje dag jobbade han så gott och länge han kunde och varje dag oroade han sig lite över om allt det här nya i stormarknadsvärlden också skulle innebära början till slutet på hans ganska korta karriär inom affärsbranschen. Det var alltså med någon sorts skräckblandad förtjusning som Orvar tänkte på hur det nya livet utanför staden skulle kunna påverka livet i den lilla staden och i synnerhet dess affärsliv. Det hade ju varit nära till hands att tro att en sådan person som Orvar som varit utan arbete så länge skulle ha väldigt svårt för att motivera sig. Att arbetslösheten förtär och drabbar människan med en sådan olust och apati att det till slut blir närmast omöjligt att få ett arbete, men sådan var ändå inte Orvar och hade aldrig varit heller, utan alltid hade han funnit något meningsfullt att sysselsätta sig med. Ingenting blir ju bättre av att man ger upp, tänkte Orvar om den saken och med Bengtsson hade han ändå funnit en mening med allt och i den meningen låg också att se hur det gick med nybygget och vilken inverkan det eventuellt kunde ha på hans nuvarande liv och tanke.

Den stora invigningen och det högtidliga öppnandet av köpcentret skulle äga rum alldeles i början av augusti, som den sommarens stora höjdpunkt innan semestrarna var över för denna gång och vardagens stilla lunk åter skulle ta över. Vädret kring tiden för öppnandet var förhållandevis kallt för årstiden fastän solen sken och det bara blåste lätta brisar ifrån norr. Som om sommaren aldrig riktigt orkade ta sig efter den kalla och regniga inledningen. Ingenting i invigningen hade det sparats på. Det skulle klippas band och hållas tal och en stor orkester från den kommunala musikskolan skulle spela passande filmmusik från en liten scen i anslutning till parkeringsplatsen. Alla som man från den lilla stadens ledning tyckte var något hade särskilt inbjudits och någon extra driftig person i kommunledningen hade dessutom genom hovkansliet låtits meddela att kungen själv skulle kunna närvara och därmed klippa det sedvanliga bandet, då han ändå visade sig vara på genomresa. Nu hörde det inte till vanligheterna att de svenska kungligheterna gjorde sig besvär med sådana småsaker som att inviga köpcenter, men då man från stadens håll tydligt och bestämt hade hävdat att det var en viktig del i formandet av det nya Sverige och en synnerligen viktig del i en tillväxtkommun av den lilla stadens mått så hade man ändå från hovets sida sett det som en befrämjansvärd handling att närvara med lite kunglig ståt och fägring. Att det sedan råkade sammanfalla med kungens årliga besök i ett jaktvårdsområde och den lilla staden också råkade ligga efter vägen var väl ett rent sammanträffande. Det faktum att så prominenta gäster skulle komma att närvara, om än för ett kort ögonblick, skulle troligtvis också innebära att väldigt mycket folk kunde komma för att möjligen få en glimt av kungligheterna. Och med väldigt mycket folk ville man förstås undvika att oförutsedda händelser kunde inträffa, vilket ju i någon mån betydde att personer som Orvar och Bengtsson kunde komma att räknas som riskpersoner, åtminstone om man fick tro den före detta ägaren av kvartersbutiken och numera stormarknadschefen vid köpcentret. Allt var rigoröst planerat, in i minsta detalj. Affischer hade satts upp som informerade om den stora dagen. Annonser i lokalpressen berättade i detalj om begivenheterna och i en lång följetong hade man kunnat läsa om varje steg i bildandet av det som skulle komma att bli stadens nya centrum, åtminstone om vissa av de folkvalda fick som de ville. Det skulle bjudas på kaffe till de vuxna och glass och ballonger till barnen (som om någon hade sett hur invigningen av den lilla butiken hade gått till och känt att det var ett vinnande koncept som absolut måste tillämpas också i större sammanhang), precis som om det var så man alltid gjorde vid invigningar. Säkerheten var också stor med både avspärrningar och parkeringsvakter då man väntade sig en stor anstormning av både bilar och barn. Kungens gata genom folkhavet var väl avgränsad, så att alla på bästa sätt skulle ha möjlighet att se kungligheterna medan kungen själv skulle slippa trängas på sin väg till charkdisken eller vart han nu kunde tänka sig att gå i en så stor butik.

Orvar hade förstås hunnit bli, om inte eld och lågor, så åtminstone distanserat intresserad av hela begivenheten och trots att han hade sina egna intressen inne i staden snarare än utanför så ville han som sagt väldigt gärna se vad det var som var på gång. Det hade heller inte undgått någon annan av dem att de skulle få storfrämmande till staden och därför var både Lisa, pannkaksmamman och Millans pappa lika intresserade av begivenheten som Orvar. Bengtsson kunde pappan alltid övertala med att det faktiskt fanns kaffe gratis, eller ballonger om han nu föredrog det, och att det i alla händelser skulle kunna bli en trevlig utflykt tillsammans till något de inte sett förut. Och kungen kunde ju alltid vara intressant att se på, på riktigt, i verkligheten och inte bara på teve även om nog skillnaden inte skulle vara så stor för så särskilt många.

Det krävdes heller inte så särskilt stora förberedelser för att besöka nämnda invigning. Någon var förstås tvungen att ha hand om butiken och då Orvar i akt och mening ändå tycktes vara den som var mest intresserad av att bevittna tillställningen tätt följd av Lisa, pannkaksmamman och Millas pappa så kom driften av butiken att ligga på Milla. För övrigt skulle rusningen till butiken antagligen inte vara så särskilt stor, åtminstone inte så länge kungligheterna uppehöll sig i staden. För Milla var kungliga besök inte något som hon gjorde sådan stor sak av heller. Köpcenter kan man väl åka till när som helst, menade hon, och den där kungen ser man förresten varje dag när man tar emot mynt i kassan. Saken var därmed klar, Milla skötte butiken och resten fick åka och ta emot kungen med allt vad det innebar av eventuella klädbyten och cykelturer. En stor del av den dagen då begivenheterna skulle äga rum fick butiken därför se sig vara utan assistenten som plockade fram varor och bistod kunderna i deras val och kval beträffande olika inköp. Istället ägnade sig Orvar åt sedvanliga men inte så omfattande förberedelser ifråga om val av kläder som både skulle vara propra nog för den typen av tillställning och samtidigt inte sticka ut för mycket i mängden.

För Orvar var det här med kläder inte någon särskilt lätt sak, för ingenting han hade tycktes egentligen passa till någon tillställning överhuvudtaget. Var det inte för bjärt och kulört så var det bara för grått och tråkigt i allmänhet. Och inte kunde han räkna ut vad som skulle passa sig heller. Skulle man ha hatt? Vad tyckte kungen om det? Själv brukade kungen väl gå i jägarhatt, men någon sådan hade inte Orvar och det närmaste han trodde han kunde komma var en badmössa vilket han, realistiskt nog, omedelbart insåg inte skulle vara ett passande plagg för hans huvud, åtminstone inte då.

I frustrationen över att inte komma på vilket som skulle vara det bästa, eller snarare det minst dåliga, hade Orvar nära nog tömt garderoben i en stor hög mitt på vardagsrumsgolvet så att det svårligen gick att ta sig fram där inne. Det gick nämligen inte att underskatta betydelsen av rätt kläder för rätt tillfälle, åtminstone om man var som Orvar. För Bengtsson spelade det mycket mindre roll då han ändå alltid gick i samma kläder, i stort sett. Men för Orvar var det en hederssak att göra sig lite till, åtminstone om det gällde större officiella sammanhang som invigningar och liknande. Nu hade han förvisso inte någon stor erfarenhet av sådana stora officiella sammanhang utom möjligen den lilla invigningen av butiken han själv arbetade i, men han ville ändå göra sitt bästa och därför letade han till slut fram en lite gräll skjorta, i blått och gult, som han någon gång hade fått men aldrig riktigt fått tillfälle att använda. Det skulle väl synas att man var i Sverige, tänkte han om den saken. De knallröda midsommarskorna fick duga att ha då de ändå knappt skulle synas för de väldigt utsvängda jeansen han hade sparat men som var av sådan sort som ingen hade velat använda, åtminstone inte sedan sjuttiotalet på riktigt hade tagit slut. Och på det viset kom han också, lite otidsenlig, men på avtalad tid till Millas butik varifrån de alla skulle utgå. Bengtsson hade av allt att döma skippat slipsen då de skulle promenera den närmare fyra kilometer långa sträckan till köpcentret och den nog mest skulle hänga i vägen då han gick.

– Vilken fin skjorta du har Orvar! sa Lisa så fort hon såg dem komma. Som svenska flaggan fast annorlunda.

– Ja, sa Orvar, man måste väl göra sig till när man ska träffa kungen.

Nu visste ju alla att risken att Orvar skulle få träffa kungen var ganska liten, åtminstone var det vad några av dem ändå hoppades. För hur det än var med den saken så skulle den enda möjligheten att så skulle ske, vara om Orvar på riktigt ställde till det för sig och det hade ju faktiskt hänt några gånger. Pannkaksmamman och Millans pappa skrattade dock gott åt Orvar och tyckte att det inte hade så stor betydelse hur han såg ut eller klädde sig så länge de hade det trevligt tillsammans. Ingen kunde ju ens tänka tanken att något så

tokigt, som att Orvar skulle kunna ställa till det vid ett
kungligt besök, skulle kunna ske. Därför gick de också,
både förväntansfulla och fulla av iver att få se det nya
som skulle komma att profilera staden, hela den långa
vägen emot köpcentret. Men även om de som kände
honom väl inte riktigt trodde att något skulle kunna ske
så vet ju alla som redan lärt känna Orvar att risken att
något skulle kunna hända under en liknande begivenhet
faktiskt var överhängande. För var det något som ändå
utmärkte Orvar så var det hans lite barnsliga oförmåga
att hantera spända och lite allvarliga situationer och vad
kunde väl vara mer allvarligt än att både Orvar, kung-
ligheter och stadens hela elit skulle komma att befinna
sig på en och samma plats samtidigt. Det var i alla fall
den föreställning man lätt kunde ha om vad som even-
tuellt skulle kunna hända.

*

När de hade gått hela den långa vägen mellan staden
och den plats där köpcentret hade byggts upp efter
konstens alla regler, var de både trötta och lyckliga efter
att äntligen ha kommit fram. Orvar hade sin vana tro-
gen banat väg och ilat fram som en hungrig varg i täten
av klungan. Längst bak gick som vanligt Bengtsson och
pappan, båda flåsande av den ansträngning det faktiskt

innebar för äldre män med lite sämre kondition att ta sig fram och i mitten gick pannkaksmamman och Lisa som gjorde sitt allra bästa för att hålla ihop klungan för att inte tappa bort vare sig Orvar eller Bengtsson.

Väl framme var det, som de nog hade föreställt sig, alldeles packat med folk från i huvudsak när men också fjärran, som alla ville få en glimt av kungen och hela uppståndelsen innan de kunde få tillträde till kommersialismens högborg och en nervöst men ivrigt väntande stormarknadschef äntligen kunde få börja gnugga sina händer i drivor av pengar. Ännu hade inga andra än de som ganska nyligen fått sin anställning där tillträde till butikerna. Allt var städat, ombonat och iordningställt i och omkring handelsområdet, så som man gärna ville ha det men som det förmodligen aldrig mera skulle bli så snart alla sorters kunder fått tillträde till lokalerna, åtminstone såvida kungen inte skulle få för sig att ännu en gång besöka platsen. Spröda och unga plantor och träd hade satts ut för att återinföra och kanske också ursäkta naturen som hade fått ge rum för hela projektet. Stora futuristiska monoliter i sten avgränsade och ramade in hela parkeringsområdet på ett sådant sätt att det var helt omöjligt att köra vårdslöst med bilar på området utan att riskera att krascha. Och stora upplysta skyltar hade satts upp för att med all upptänklig tydlighet locka in förbipasserande i köpmansfördärvet, som Bengtsson nog skulle välja att kalla det, men så hade han ju också sin alldeles bestämda åsikt om hela den saken. De stora varuhusen som kantade området erbjöd världens alla möjliga och tänkbara saker och ting för både vardag och fest. Där fanns bu-

tiker för både kläder och skor, färgaffärer och elektro-
nikbutiker, möbelvaruhus och allt man nödvändigtvis
kunde behöva till både sina trädgårdar och kök. Den
stora matvarubutiken som ensam i sitt slag utgjorde ett
veritabelt tempel stort nog att kunna inrymma alla sta-
dens butiker i två plan hade därtill också stadens första
och dittills enda rulltrappa. En hel våning för mat och
fest och en våning helt inredd för fritid; cykel-, cam-
ping-, sport- och fiskeutrustning i aldrig tidigare skådad
omfattning. På parkeringen delades det ut gratis
pinnglass och gula och blå ballonger till barnen och det
kokades korv som det aldrig gjorts förr och som sedan
såldes i bröd till småsugna vuxna för bara tio kronor
styck. Det som gavs bort i glassändan skulle nämligen
tas tillbaka på korven hur väl man än ville att det skulle
kännas som en fest som människorna i staden faktiskt
hade bjudits till och för att vara en så liten och förhål-
landevis anspråkslös stad så var uppslutningen av dess
invånare närmast total. Det var med andra ord lätt att
se att det inte skulle bli alldeles enkelt för en liten butik
i innerstaden som inte ens hade rulltrappa att konkur-
rera med denna närmast gigantiska köpstad, åtminstone
så länge inte kunderna själva valde den lilla butiken för
att de faktiskt föredrog det lilla formatet och möjligen
också den trivsamma stämningen i butiken. Att stor-
marknaden inte var något som riktigt föll Bengtsson i
smaken var alldeles uppenbart. Grymtande och mutt-
rande gick han runt bland människorna på parkeringen
och kunde inte riktigt begripa vad det var som var så
märkvärdigt så att alla plötsligt ville till just den platsen.
Förvisso skulle kungen dit, men det var ju inte för

250

någon särskilt lång stund och om man nu ville få syn på honom där så gällde det nog att vara med då det hände, inte minst behövde man vara av ganska reslig natur. Lite som en jättebonde på en traktor. Vad beträffade alla nya hus och butiker så hade Bengtsson inte mycket till övers för dem heller och fula var de också. Hade de velat göra något bestående så hade de väl kunnat anstränga sig lite för att det skulle se något ut också, var hans alldeles uppriktiga uppfattning om den saken. Orvar däremot hade en helt annan syn på saken även om han till en början hade en försiktigt återhållsam inställning till hela evenemanget, av flera skäl. I en mening hade han personliga intressen i en annan butik som stod i direkt kontrast till det överdåd av butiker som köpcentret faktiskt framstod som. Å andra sidan hade ju Bengtsson redan gett honom en förutfattad föreställning om att det i grunden inte var någonting som man skulle vara odelat positiv till. Ändå kunde han när allt kom till kritan inte riktigt hålla tillbaka sina lite mer barnsliga sidor. Så snart han hade sett den stora folksamlingen, ballongerna och de för dagen ditställda korvstånden gick hans intuitiva sidor inte riktigt att hålla tillbaka och istället kröp entusiasmen över honom precis som den ofta gjorde vid större begivenheter. Orvar kunde helt enkelt inte hålla tillbaka sin nyfikenhet utan gav sig, genast och så snart de anlänt, ut på egna upptäcktsfärder kring hela det nybyggda området. Då de andra i sällskapet trodde att Orvar ilat iväg till korvförsäljningen och blivit stående där hade han i själva verket redan sett det och kilat vidare till nästa och nästa igen av alla de saker som han bara måste ta sig en närmare titt på.

Det var ju ingen slump att de hade spärrat av den stora glasentrén till den gamla butiksgaphalsens nya handelspalats. Det var där den stora bandklippningsceremonin skulle ske, det var dit kungen skulle lotsas och det var först då det högtidliga öppnandet hade ägt rum som avspärrningarna till slut kunde hävas och alla kunde få tillträde till den stora butiken. Nu var Orvar inte som alla andra, åtminstone såg han inte mänskligt utsatta avspärrningar och hinder som något begränsande utan snarare något som satte igång hans fantasi och handlingskraft. Så medan skolorkestern så gott de kunde men med både lust och vilja spelade sig igenom Star wars-temat, Strauss tema ur 2001-ett rymdäventyr och flera andra svulstiga melodier som fick människor att tänka på rymden och framtiden och folksamlingens blickar alla var vända mot platsen där kungen förväntades göra entré, så gjorde Orvar det man troligtvis inte fick. Han korsade den osynliga men ändå för alla utom honom ganska tydligt utmärkta gränsen mellan kunderna och köpmännen, mellan det gamla och det nya som tydligt klampade in i den lilla stadens handelsliv. Han smög sig obemärkt förbi det blågula bandet, som kungen skulle få göra sig besväret med att klippa av innan han fortsatte sin resa dit han egentligen var på väg och det första som slog Orvar och som var för otroligt för att motstå var att butiken hade en livs levande rulltrappa. En rulltrappa som rullade och gick fastän butiken i övrigt var alldeles tom på människor. Som om stadens spöken hade sin alldeles egna stund i trappan innan den skulle fyllas med annat folk som ivrigt skulle tränga sig fram för att få vara först med att se det alla ändå tids nog skulle få möjlighet att se.

Precis på utsatt tid, som om de stått och väntat i buskarna intill på att klockan skulle slå, och då orkestern passande nog hade kommit till det välkända temat ur Indiana Jones, dök de upp, Kungen och hela hans kortege. Tre svarta bilar med mörkt tonade sidorutor och små svenska flaggor i fronten så att det tydligt skulle framgå vilka det var som kom utan att man behövde se dem genom bilens rutor. Flaggorna hade nog inte suttit där hela vägen från slottet i Stockholm utan troligen satts dit efter vägen (möjligen medan de kurade i buskarna i väntan på att få göra sin spektakulära entré i precis rätt tid). Ur de tre bilarna klev det först ur folk ur hovets personal för att säkerställa att allt var i sin ordning inför det som skulle invigas, sedan säkerhetsfolk för att se till att allt var i sin ordning med folket runtomkring innan slutligen kungligheten i egen hög person och till folkets spridda jubel kunde kliva ur den svarta Volvo som av säkerhetsskäl hade placerat sig i mitten av kortegen. Innan någon hade hunnit fråga sig var Orvar var eller vad han eventuellt kunde ha för sig hade kungen äntrat den röda mattan som ledde fram till butikens stora entré. Den gamle kvartersbutiksägaren och numera storbutikschefen hade påkallat en viss tystnad genom att banka med handen två gånger hårt på en mikrofon som ställts upp för att hållandet av vissa tal tydligt skulle framgå till alla som var där och orkestern avslutade för säkerhets skull mitt i en komposition, men utan att för den skull ge de musikaliskt sinnade mardrömmar, någonstans där de händelsevis råkade landa i tonartens grundton. Det var alldeles tydligt att den normalt sett ganska nervöst lagde butikschefen var märkt av situationen, hans ansikte var rött av anspänningen och han flackade hela tiden med blicken som om han när som helst skulle kunna råka svimma där han stod. Det här var hans stund på jorden och ingenting, verkligen ingenting, fick hända som skulle få detta att misslyckas. Om en person bara skulle få möjligheten att träffa kungen en gång i sitt liv (två om man levde tills man blev hundra – då kunde man få brev från majestätet), så skulle det åtminstone bli en bra och minnesvärd stund. Att få vara den som tog kungen i hand och välkomnade honom till den lilla staden var ett hedervärt uppdrag som kanske skulle stå i historieböckerna och butikschefen tog sitt uppdrag på stort allvar, ja alldeles för stort om man skulle fråga många som var där. Så stort var allvaret att hans händer redan skakade där han väntade på att få skaka hand med den som för närvarande råkade vara Sveriges mest kända person, om man inte räknade Zlatan. Det var verkligen inte mycket som krävdes för att han skulle få ett sammanbrott där han stod i kulmen av alla ansträngningar med att få det hela att bli som det blivit. Att det sedan råkat bli butikschefen som fick uppdraget att ta emot kungen vid ingången till sin butik var väl ett resultat av slumpen i kombination med att många ansåg att han som hade jobbat i butik större delen av sitt liv nog hade stor vana av att ta emot människor. Det var med andra ord upplagt för stor dramatik då han stod i sorlet från människor och väntade på att det stora skulle ske och kungen till sist skulle ta honom i hand och säga några ord, som man brukar se på teve att han gör och äntligen kunna få vara en av dem som faktiskt får höra vad som sägs. När kungen sedan äntligen kom gående emot honom var han nära att spricka av spänningen och önskade tyst för sig själv att han hade gått på toaletten en gång till, bara för säkerhets skull. Trots det hade allt verkat fungera och det mesta tycktes flyta på som det skulle ända till finalen då butiken officiellt skulle öppna. Men vid det laget hade Orvar hunnit åka flera gånger både upp och ned i rulltrappan i den folktomma butiken.

Orvar hade hunnit ta sig en ordentlig titt på den lika tomma övervåning som inrymde avdelningen för alla möjliga fritidsaktiviteter. Han hade i lugn och ro kunnat gå igenom och titta på allt som hade med camping, cykling och sport att göra. Där fanns tält och ryggsäckar, campingkök och sovsäckar och i stort sett allt man kunde behöva för en militärmanöver i fält. Han hade hunnit prova campingstolar och motionscyklar och han hade också hunnit häpna över det fullständigt enorma utbudet av fiskeutrustning som fanns där. Långa rader av olika sorters metspön, rullar, drag och krokar. Han hade aldrig kunnat ana att det fanns så många sätt att ta upp en fisk på och det gick plötsligt upp för honom att fiske inte bara handlade om att meta, vare sig man hade bete på kroken eller inte. Om det nu var en sådan vetenskap att bara ha rätt spö och håv, så kunde han plötsligt också förstå vad det var som Bengtsson tyckte var så roligt med det. Det rörde sig förstås om massor med saker man måste ha, kunna och känna till och det var nog en sysselsättning som Orvar definitivt kunde känna sig hemma i om det nu inte skulle bli så mycket mer detektivgöra för dem framöver. Bara att hålla ordning på alla saker som hörde ihop med fisket skulle uppehålla honom på hans fritid, det var säkert det. Men säkert var också att det här var något som Bengtsson bara måste få se och när Orvar väl fått en sådan idé så måste det också göras omgående.

Så hände det sig alltså att precis i samma stund som kungen rutinmässigt äntrat den lilla, för ändamålet uppbyggda scenen med bara en mikrofon och den till bristningsgränsen nervösa och spänt återhållsamma butikschefen fått skaka kungens hand inför hela ansamlingen av förväntansfulla kunder, gjorde Orvar sitt överraskande intåg i sammanhanget. Just då hälsningsceremonin mellan kungen och butikschefen var över och kungen skulle säga sina sedvanliga ord i invigningssammanhang, innan bandet äntligen skulle klippas, dök Orvar oväntat upp. I sin blågulspräckliga skjorta kom han glidande nerför rulltrappan som en uppenbarelse från himlen, eller åtminstone från en tecknad film. Halvt hoppande och ivrigt gestikulerande kom han rusande mot öppningen samtidigt som han samlade all kraft han hade till att slutligen upphäva sin både klara och gälla stämma. Sedan ropade han så högt att hans röst ekade i den för tillfället tomma butikslokalen och nådde ända ut till mikrofonanläggningen så att ingen däromkring med någorlunda normal hörsel kunde undgå att höra.

– BENGTSSON! HÄR FINNS DET SAKER KAN JAG SÄGA, SKITMYCKET FISKEGREJER…

Mer än så behövdes heller inte för att det skulle utlösa en våg av reaktioner. Bengtsson som hade krånglat sig så långt fram som möjligt för att överhuvudtaget ha en möjlighet att se något reagerade som väntat på det ekande meddelandet från den nedstigande Orvar och skruvade lite på sig som om han först var osäker på om det var till honom det var riktat. Detta var något som också omedelbart uppfattades av den redan till sprickningsgränsen nervöse butikschefen på stormarknaden som uppenbarligen inte hade tid med något liknande i den situation han precis befann sig i. Då han också såg vem denne Bengtsson antagligen var och han dessutom ganska tydligt kände igen honom från flera tidigare händelser med butiksanknytning steg temperaturen ännu mer i hans redan överhettade ansikte. Någon mer rodnande och lättstressad än så hade kungen nog aldrig sett på en scen i ett så, för honom, vardagligt sammanhang. Då det äntligen gick upp för Bengtsson att det mycket riktigt var Orvar han hört och han instinktivt började röra sig mot scenen och ingången till butiken, som Orvar hade tagit sig in igenom när ingen riktigt såg men som nu var helt blockerad av kungligheter och publik, så var det som om det utlöste en hel våg av reaktioner. Butikschefen började hyperventilera och tala osammanhängande och otydligt om både dårar, knäppskallar, sabotörer och detektiver så att kungen inte riktigt visste hur han skulle lägga orden till invigningstalet för att inget skulle missuppfattas. Nu var det ju egentligen inte så värst svårt. Härmed invigs köpcentret... så var det klart. Men innan han hunnit så långt i sitt lilla anförande om köpcentrets invigande så hade Orvar hunnit både ner för rulltrappan, ut genom dörrarna till butiken och dessutom likt en fyratusenmeterslöpare forcerat det högtidliga blågula bandet som egentligen kungen skulle klippa av för att inviga det hela. I glömskans iver och tanklöshetens språng hade han sedan rusat fram till och ut på det podium där kungen fortfarande stod och stakade sig innan han verkligen skulle komma igång med talandet. Så fort Orvar såg vem han faktiskt hade framför sig tog han, med ett lite nonchalant "tjenare kungen", ovant men bestämt kungen i hand och bugade sig så djupt att det i hastigheten och från publikt håll ett tag såg ut som om han faktiskt kysste honom på handen. Vem som helst som inte visste bättre hade kunnat tro att det hela var en del i showen, men butikschefen som redan tidigare hade sett alldeles för mycket av både Bengtsson och Orvar fick omedelbart sin gamla känsla tillbaka, känslan av att katastrofen var nära.

Vid åsynen av först Bengtsson och sedan Orvar blev det helt enkelt för mycket för butikschefen, för en person med hans nervösa läggning var det nämligen lätt att föreställa sig att det värsta hela tiden skulle hända. Att Orvar och Bengtsson skulle rasera hela butiken och dra skam och vanära över hela hans person, han som lagt ner så mycket möda och arbete för detta enda ögonblick. Så, när det minst av allt borde hända så hände det, han svimmade. Sakta och som om det varit regisserat segnade han ner mitt på scenen inför den övervägande delen av stadens befolkning och några till. Alla fick de se hans till bristning högröda ansikte sloka och falla ihop som en utblommad tulpan.

Under några få sekunder stod allting still, ingen visste riktigt vad man skulle göra. Inte publiken, inte Orvar eller Bengtsson och inte kungen där han stod och oförstående höll Orvar i hand medan han övervägde vad han skulle säga i den enda mikrofonen på det lilla podiet som var ditställt för ändamålet. Men när övervägandets sekunder var över och oron över situationen började märkas bland människorna som kommit dit kom det plötsligt över alla inblandade att det nog inte var den bästa platsen att vara på under rådande omständigheter. Kungen kände att han nog hellre skulle åka därifrån innan något värre hände och Orvar liksom Bengtsson tänkte, säkert med rätta, att det nog var bäst att fly innan de behövde fäkta.

Medan den väl så medtagna storbutikschefen försökte samla sig gjorde de övriga vad de kunde för att undkomma ett eventuellt tumult. Kungen såg det säkraste i att ta sig tillbaka samma väg som han kommit, men med den skillnaden att den nu hade flockats igen av nyfikna och angelägna människor som nog inte ville något annat än väl, men ändå i sin kollektiva sammanslutning avsevärt försvårade kungens reträtt, då de hela tiden tycktes stå i vägen för både kung och säkerhetsmän. Orvar däremot tänkte som Bengtsson, att då de flesta ändå valde att dra sig in emot mitten så borde den bästa reträttvägen vara utefter flankerna och därför hann de båda också runt och undan långt före kungen. Vad som sedan hände var väl ganska överraskande måste man säga, för både Orvar, Bengtsson, kungen och alla andra inblandade med för den delen.

Innan någon närmare hade hunnit reagera på att det var just Orvar som varit upphovet till hela tumultet, att det var han som tvingat kungen på flykt, hade han liksom Bengtsson hunnit i säkerhet bakom kungens konvoj av mörka bilar och liksom genom en ödets ingivelse, när inga andra alternativ återstod, kom lösningen till dem som en blixt från himlen. Plötsligt och oväntat fick de båda idén samtidigt. Berget hade kommit till dem och det var bara att kliva in. In i den svarta Volvon med tonade rutor så kunde de andra springa runt och leta så mycket de ville efter de som hade startat hela uppståndelsen och därigenom också förstört folkets stora fest vid det nya köpcentret. Vad de båda männen däremot inte visste, eller omöjligt kunde veta, var att bilen de satt sig i inte var tom. Där satt en livs levande drottning och bara väntade på att det hela skulle vara över så att de kunde fara vidare. Och lika överrumplade som de blev över att se henne, blev hon då det plötsligt klev in två vilt främmande män som inte såg ut att ha så särskilt mycket med kungahuset att göra. Då det inte riktigt passade sig att en drottning på uppdrag tog sig ton och skrek rakt ut, som borde ha varit den naturliga reaktionen, eller började vifta och gestikulera inne i den insynsskyddade bilen fann hon det för gott att de satt där de gjorde. Trots allt framstod de inte som något större hot för vare sig henne eller bilen och utan att hon egentligen gjorde någon min av det så roades hon lite av de båda männen som hon antog inte hade bättre vett än att de helt enkelt klev in i fel bil vid fel tillfälle. Vid en första anblick av dem hade för övrigt vem som helst tänkt samma tanke. De var bara två helt vanligt klädda män, i alla fall nästan, utan någon som helst antydan till farligheter och så snart hennes kungliga man kommit tillbaka från vad det nu var han gjorde så skulle allt reda upp sig och de skulle troligen självmant lämna henne och bilen. Nu blev det inte riktigt så, utan i det tumult och den uppståndelse som blivit bland både publik och personal hade kungen, ovetande om sin egen fara, lotsats till bilen av sina säkerhetsmän som hastigt och lustigt, utan att notera hur det låg till i kungens bil, föst in honom i baksätet och snabbt stängt bildörren för att själva sätta sig i säkerhet och kunna ta sig och hela den kungliga konvojen därifrån. Hastigt och lustigt kom det sig alltså att Orvar och Bengtsson också fann sig sittande tätt ihop emellan både kungen och drottningen i en mörktonad Volvo som ganska omgående satte av därifrån utan någon rimlig möjlighet för någon av dem att ta sig ut med annat än att de skulle riskera rikets och i minsta fall sin egen säkerhet. Kungen som fortfarande, tagen av situationen, famlade efter de rätta orden att säga kunde, när han nu befann sig sittande i en bil med de som man nog lätt kunde ta för ett par dårar på permission, inte få fram ett ord. Då var det ganska skönt för dem alla när drottningen äntligen bröt tystnaden.

– Vi har gäster i bilen, sa hon som om hon ville göra kungen uppmärksam på det faktum alla uppenbarligen redan kände till.

– Jag… eh… ser det, mumlade kungen fram som ett föga uttömmande svar.

Och medan bilen krängde fram genom folkmassan och stenstoderna på den enorma parkeringen och ut på en mer allmän väg betraktade kungen de båda liftarna som om han ville att de självmant skulle komma med svaret på vad i hela friden de gjorde i kungens kortege och dessutom i hans egen bil. Kungen som inte bara besvärades av att den planerade invigningen inte blivit som den var tänkt utan också av att hela schemat för dagen hade spruckit som en följd av att tiderna nu inte kunde hållas, satt nu tyst grubblande för sig själv. Vad var bäst att hoppa över och stryka ur planeringen, den planerade middagen med alla högdjur i kommunen eller ännu ett officiellt besök i en djurpark i närheten. Det var nämligen ingen lätt uppgift att vara kung då alla förväntade sig att besök och invigningar skulle ske på utsatta tider och det inte fanns så mycket att spela med då det gällde att följa sina åtaganden. Kungen hade ju som bekant mycket att stå i. Barnen skulle gifta sig lite då och då och sedan kom ju barnbarnen som på ett pärlband. Schemat var fullt, så var det bara och besvikelsen skulle bli stor varhelst han inte skulle dyka upp.

– Jag tror vi får lov att missa middagen, sa han sedan till drottningen, de har i alla fall redan sett oss.

– Det var lika bra det, svarade drottningen, jag är ändå så trött på gösfilé med pepparotsspray eller vad i hela världen de kan komma på att laga till igen.

Det var också då som den lite oväntade ingivelsen kom till både Orvar och Bengtsson. Som en blixt från en klar himmel eller som om berget plötsligt hade landat alldeles framför dem igen och de behövde bara se på varandra för att allt skulle bli helt tydligt. Det var där och då som de hade möjligheten att förändra historien, att göra nytta och samtidigt få både kungen och drottningen på bättre humör än de verkade vara för tillfället.

– Jag vet ett bra ställe där ni kan få äta, sa Orvar, det är inte så märkvärdigt som ni är vana vid men det är nästan inga människor där och äter längre.

– Så ni får alldeles säkert vara ifred i alla fall, fyllde Bengtsson i.

Nu visade sig kungen inte vara så märkvärdig som många kanske kunde tro utan tyckte efter lite funderande att de båda männen nog ändå inte var så tokiga. Inget hade ju hänt mer än att de hade föreslagit något att äta och hungriga blev väl alla människor oavsett om man var kung eller bara en helt vanlig person som Orvar och Bengtsson.

– Vad säger du om det, frågade han drottningen som också satt och funderade över om det inte var en bra idé ändå.

– Gör som du vill, sa hon sedan med en viss tysk brytning som ändå inte dolde en förväntan över vad som skulle kunna hända.

Och så hände det sig att kungen fick bilen och hela kortegen att vända om och, istället för att ta riksvägen förbi den lilla staden, som de flesta gjorde, ta en ny riktning in igenom staden och ner emot hamnen som Orvar hade uppgett som adressen för det ställe där man snabbt och enkelt och i lugn och ro kunde få sig en måltid som var både god och närande (i alla fall om man fick tro Orvar). Inte helt utan att väcka uppmärksamhet hos de få, som trots den stora invigningen var kvar i staden, susade hela kortegen av svarta bilar med blågula vimplar nerför stadens gator. Genom kungens tonade bilrutor kunde Orvar och Bengtsson se den ena platsen efter den andra passera utanför fastän nu i en lite mer gulbrun nyans och även om det var välkända platser för dem båda så kändes allting konstigt och annorlunda. Villakvarteren och bilverkstaden, torget och stadshuset passerades. Färden gick till och med förbi Millas butik, där Orvar vinkade så gott han kunde utan att egentligen synas genom de mörka rutorna och sedan förbi parken där så mycket hade hänt för de båda männen att de inte kunde låta bli att berätta hela historien för både kungen och drottningen, som båda kunde skratta gott åt deras detektivdårskaper. Inget var så roligt som då man mötte nya intressanta och lättroade människor som uppskattade det man gjorde för dem och för Orvar var hela resan en högtidsstund av goda skratt då han hela tiden kom in på nya och mer osannolika händelser ur deras ganska korta detektivliv. Berättelser som innehöll olika fordon tycktes i huvudsak roa kungen medan drottningen mera roades av berättelser som handlade om barn och hundar. Men i alla händelser så förkortade deras galna historier den redan korta resan för både kungligheterna och männen så att de innan de ens visste ordet av faktiskt befann sig stående utanför det inte så fashionabla matstället Orvar hade föreslagit. Nämligen korvpelles kiosk. Ett helsvenskt matställe som inte gjorde någon skillnad på om man var herrskap eller tjänstefolk och där alla fick vad de behövde och var beredda att betala för i korvväg. Och trots att Bengtsson ändå hade haft sina tveksamheter då det gällde kungligheterna så verkade det som om de båda trots allt var ganska nöjda med valet av mat.

*

I lugnet kring korvkiosken fann kungen sig ganska väl tillrätta. Bara måsarnas skriande och någon enstaka bil på håll var det som till en början störde friden för det högättade sällskapet då de först kom till korvkiosken i hamnen. Men även om man till en början kunde tro att de var alldeles ensamma vid platsen så hade det ändå genom något underligt sammanträffande kommit till en lokal tidningsreporters kännedom. Någon liten tanke om att det var stora saker på gång hade slagit honom så fort han sett kortegen med svarta bilar susa genom staden, och i samma stund som det hade slagit honom hade han också satt av efter bilarna för att om möjligt få ett scoop och en nyhet som kanske skulle slå allt annat i den tidningens historia. Att det var kungen kunde han bara ana, men att det också råkade vara så, var mer än han faktiskt hade förväntat sig.

Tillsammans med Orvar beställde kungen tre kokta korvar med bröd, sofistikerat och stilenligt, toppat med räksallad, precis som man brukar, i luckan där den annars lite uppgivne korvgubben för det mesta stod redo att ta upp beställningar. Till drottningen, en mosbricka med välgrillad tysk bratwurst, utan senap, men ordentligt med ketchup att omgående levereras till bilens nedhissade fönster. Lokalreporterns scoop var ett faktum. Redan dagen efter skulle alla kunna läsa om hur kungen valde bort kommunens galamiddag för en korvmiddag från den anrika men nedläggningshotade korvkiosken vid hamnen. Man skulle få en ingående beskrivning av drottningens val av måltid och Orvar och Bengtsson skulle få en ganska framstående plats i beskrivningen av hur det hela hade gått till. En ganska stor rapportering som med all sannolikhet skulle få hela invigningen av köpcentret att, till stormarknadschefens stora förtret, obevekligt halka ner till en mindre iögonenfallande artikel över vad som hänt i staden den senaste veckan.

Så snart kungen hade avslutat sitt korvmål tillsammans med Orvar och Bengtsson lämnade han, drottningen och hela kortegen korvkiosken och staden för att bli en parentes i deras liv. En lite ovanlig och exklusiv händelse som nog aldrig skulle komma igen. Men för korvpelles kiosk skulle det hela komma att ta en helt oväntad vändning.

Både Orvar och Bengtsson var i stillheten, långt ifrån alla människor som varit vid invigningen, ganska nöjda med hur det hela hade slutat. Kungen hade visat sig vara en rätt trevlig person när allt kom omkring, tyckte om korv gjorde han också, och ingen tänkte närmare på det faktum att de lämnat sina vänner pannkaksmamman, Lisa och Millans pappa kvar i tumultet vid invigningen. Men trots allt skulle de av allt att döma mötas igen och då få möjlighet att bättre och mer ingående förklara vad som hade hänt och som gjort att de så plötsligt blivit tvingade att försvinna från platsen.

– Vi säger väl inget om det här, sa Orvar till Bengtsson då de till slut börjat gå hela vägen hem.

– Det är väl ändå inget som någon kommer att tro på om vi skulle berätta, eller vad tror du?

– Nej, det skulle låta alldeles för otroligt.

Föga anande vad som var på gång och att de ovetandes skulle komma att bli föremål för ett ganska stort medialt pådrag gick så de båda männen som tidigare varit detektiver men numera bara var helt vanliga män hela den långa vägen hem för att vila och samla sina tankar inför kommande äventyr och livets vardagliga vedermödor. Ingen av dem såg för sitt innersta att de hade gjort någon större insats än att de händelsevis hade råkat träffa kungen, ätit korv med bröd på det gamla vanliga sättet och i förväg fått en inblick i hur ett stort köpcenter kunde vara uppbyggt. Men i bakgrunden och utan deras vetskap pågick något som skulle förändra en hel del och som till stor del hade dem att tacka för att det gick vägen.

Så fort det uppdagats vad som hänt, genom först lokaltidningen, sedan genom riksmedia och teve så tog sig korvgubben friheten att ändra namnet på kiosken till KUNGENS KORVAR (efter en kunglig trafikincident som lite skämtsamt gett namnet till kungens kurva utanför huvudstaden) och lite självsvådligt sätta upp en liten skylt där det stod "kunglig hovleverantör av korv och mosbricka." För de som verkligen ville njuta av kunglig spis så framgick det senare också tydligt av menyn vad som var kungens respektive drottningens favorit och där också den lite lyxigare räksalladen hade en framträdande roll. Kundunderlaget till korvkiosken hade på bara några timmar efter att tidningen kommit ut mångdubblats och ju längre tiden gick desto längre blev också köerna till nämnda kiosk där alla tycktes vilja bli bekanta med det som hade varit kungens val i matväg.

Orvar som inte hade tänkt så värst mycket på uppståndelsen eller sin egen betydelse gick som vanligt till butiken dagen efter. För hur det var så var han upplagd för att arbeta igen och i synnerhet för att träffa Milla som han inte sett sedan dagen innan, saker som kan vara tillräckligt smärtsamma om man befinner sig i ett sådant kärleksrus som Orvar gjorde. Föga hade han kunnat ana att det här med det kungliga besöket skulle föra med sig några större framgångar för vare sig honom själv eller någon annan. Men som rykten också sprider sig så hade snart var och en i den lilla staden klart för sig var och när man säkrast kunde stöta på kungens senaste bekantskap, Orvar, och eventuellt byta några ord så att man sedan kunde säga att man inte bara sett kungen vid invigningen utan också talat med en av hans närmaste. På det viset kom det sig att den lilla butiken, där Orvar råkade ha ett arbete, den första tiden efter händelserna hade mer eller åtminstone lika mycket kunder som det stora skrytbygget utanför staden. Det blev med andra ord en formidabel succé för både korvkiosken och butiken. Så pass stor var kundtillströmningen till de båda inrättningarna att de hade svårt att få tillräckligt med varor för att möta efterfrågan på både korvmål och livsmedel. Men det tycktes också med all tydlighet som om människorna ville visa att de faktiskt föredrog en levande innerstad framför enorma varuhuskomplex, dit man omöjligtvis kunde promenera för att bara köpa det nödvändigaste. För Bengtsson var det en triumf att människor inte ville åka så långt för att handla, för han hade ju egentligen aldrig varit så mycket för idén med ett köpcenter utan föredrog att staden skulle leva. Så som den alltid hade gjort, eller åtminstone gjort tills några politiker fått för sig att man borde tömma staden på liv och rörelse och att allt skulle bli bättre av att det flyttades så långt bort ifrån människorna som möjligt och dessutom in i byggnader utan något som helst estetiskt värde.

*

För Milla och hennes pappa var Orvars insatser betydande. Det innebar att de ganska omgående kunde stå på god ekonomisk fot, att deras egna insatser och lån ganska snabbt kunde hinnas ikapp och att det nu mer var en fråga om att behålla merparten av kundunderlaget. Reklamvärdet av att butiken i stadsinnevånarnas ögon hade någon sorts kungliga relationer gick inte att underskatta och om Orvar ville så skulle han med all säkerhet ha jobb där resten av livet, vilket väl egentligen ändå hade varit meningen från början. Millas kärlek till Orvar hade börjat växa, allt mer ju tokigare saker han företog sig och hon som ingen annan såg i honom den ömsinta och välmenande person han alltigenom var. Visserligen inte så karaktärsfast som hon skulle önska, men det skulle hon nog ändra på med tiden och när allt kom omkring så var det ju den lite prillige och impulsive Orvar hon faktiskt fastnat för från första början, han som gjorde allt det ingen annan skulle göra för henne, utan att tveka.

Orvar hade inom sig utan att tveka tackat ja till pappans erbjudande om att få vara Millas kavaljer. Ett mer formellt erbjudande som ändå i slutändan stod sig slätt mot det han själv hade bestämt. Varje gång hon klappade honom på kinden eller slängde åt honom en kyss i förbigående sjönk hans detektivbyrås stjärna något till förmån för kärlekens ljuvliga rus och även om det var ett val han hade haft svårt att göra (att avstå från detektivverksamheter) så kan man inte säga annat än att hans prioriteringar i alla fall blev helt andra än äventyr, fall och mysterier därefter. Jobbet i butiken blev, även om han aldrig hade kunnat tro att han skulle göra något sådant någon gång, med tiden något han trivdes allt mer med att göra. Vartefter han blev säkrare på vad han skulle göra i butiken ökade också hans självförtroende och med tiden kom han att betrakta sig själv som vem som helst som hade ett jobb att gå till.

Händelserna hade också gjort Bengtsson till ett spännande och lite exotiskt inslag i mångas liv, inte minst tuggummiflickan Lisa och hennes pannkaksmamma som han gång efter gång fick berätta den häpnadsväckande historien för. Historien om hur de lyckades rädda kungen från uppståndelserna vid köpcentret och en närmast sprickfärdig butikschef och hur de sedan kom att bli intervjuade av alla möjliga journalister kring frågan om vad kungen åt i den numera välkända korvkiosken. Bengtsson hade också börjat sitt verkliga pensionärsliv med att göra pensionärssaker tillsammans med Millas pappa och han kände inte någon omedelbar saknad efter den spänning och äventyrlighet som detektivbyrån ändå hade inneburit för de båda männen även om det fortfarande fanns vissa saker som lite grann gnagde i honom ännu. Saker som inte riktigt blev uppklarade. Saker som varför han inte kunde hitta något som hade med vikingar att göra trots att han varit så säker på att det var det han skulle hitta vid sin lilla utgrävning. Varför de inte hade märkt att båten de skulle vakta blev stulen, mitt framför ögonen på dem, fast de fanns med ombord och hur uppfinnaren inte heller kunde räkna ut att någon så nära honom kunde ha sådana avsikter. Vad i hela friden det var som hände den där gången då han fått sitt lilla problem med hjärtat kunde han inte heller riktigt bli klok över, men det var heller inte något som han så mycket kunde göra något åt utan det hela fick bero och glömdes ändå ofta bort då han satt och fiskade med Millas pappa, drack kaffe eller tittade på änderna och förbipasserande människor med barnvagnar eller hundar i parken. Trots allt var det ett gott liv och han hade minsann ändå gjort vad han kunnat för att få lite spänning i tillvaron. Men allt måste någon gång få ett slut och det var inget han sörjde. Alla vännerna fanns ju kvar och om han nu skulle känna för lite detektivverksamhet igen så var det väl ingen omöjlighet att ännu en gång få göra det. Skylten som Orvar gjort och satt upp i Bengtssons fönster hade han däremot tagit ner för att inte i onödan skylta med något som kanske ändå inte skulle bli av och för att inte alldeles glömma deras händelserika år tillsammans lät han hänga upp den på den plats där den gamla fiskargubben tidigare hade hängt, på väggen i hans vardagsrum, över den lite mörkare fyrkant som den gamla tavlan hade lämnat efter sig.

Med det skulle den här historien om Orvar och Bengtssons detektivliv tillsammans kunna vara över. För om man ska sluta en berättelse om helt vanliga och ändå ganska ovanliga människor så ska man bestämt göra det då det går som allra bäst. För trots deras vedermödor och lite brokiga liv hade de lyckats ganska väl i det de företagit sig. Det hade varit en både kall och regnig men ändå ganska bra sommar för dem båda. De hade löst ett cykelmysterium, överlevt en båtkapning på djupt vatten, lite överraskande träffat både kungen och drottningen och samtidigt räddat korvpelles verksamhet från konkurs. De hade varit på både skolavslutning och midsommarfirande och Orvar hade blivit kär, på riktigt. De hade träffat många nya människor, fått nya vänner och gamla vänner och Orvar hade fått ett jobb som han nog skulle kunna trivas bra med, åtminstone var han inte så spänd över uppgiften som den gamla butiksinnehavaren hade varit och Bengtsson fann sig väl i att faktiskt inte göra så särskilt mycket mer än det han hade lust till och kände att han orkade. Med andra ord hade det gått precis så bra som det kan för att en historia som den här ska kunna ta slut. Men precis som med livet så slutar inte allting där det borde och även den här historien har ett men. En del tråkiga nyheter och ett ouppklarat fall, nämligen mysteriet kring ett manuskript som hade råkat bli liggande, bortglömt i en låda.

Mysteriet med det försvunna manuskriptet

Ibland bara händer det saker man kanske inte alls har räknat med. Ibland är man beredd på att något ska hända utan att det gör det, och ibland händer det som bara inte får hända, saker som får verkligheten att krypa inpå så att den blir närmast obegriplig och som lägger en tung sordin över hela stämningen. För Orvar och Bengtssons nya vänner i butiken hände det i slutet av augusti det året då allting bara verkade gå åt rätt håll.

Mitt under sensommarens sista dagar då den svenska grillhögtiden gick emot sitt slut med både kallare och mörkare nätter slog nyheten bokstavligt talat ned som en bomb i trivsamheten i den lilla butiken. Precis lagom lång tid efter att den värsta uppståndelsen med kungen och köpcentret hade lagt sig, då livet hade återgått lite mer till det normala och allt var så bra det kunde vara, var det som om livet själv valde en annan väg. För mitt i allt det roliga kom också det tråkiga och det som skulle förändra den annars så fryntlige och gladlynte, lite knubbige och tunnhårige mannen som de lärt känna under sommaren som den alltid lika positiva och leende pappan till Milla i butiken. Och bara genom en enda galen handling skulle han komma att bli en skugga av sitt forna jag, en blek person utan vare sig lust eller vilja att forma ett leende eller brista ut i skratt.

Han hade kommit gående över gränsen med Milla den där gången för bara några år sedan, för att undkomma kriget, fasorna och sorgen över att se sitt forna paradis förvandlas till ruiner och allmän misär. Han hade inte en dag ångrat att han valde livet för dem båda även om hans längtan hem ibland också var stor. Han var trots allt en glad man, glad över livet, glad över att få träffa nya människor och glädjen hade också varit stor över att de kunde få börja bygga en ny framtid i det nya landet där de träffat så trevliga och hjälpsamma människor. Men alla hade inte samma tur. Resten av familjen hade de lämnat bakom sig. Hans bror och brorsbarn och alla de redan döda som inte fick vila i den jord de blivit lagda i. Hans bror som valde att stanna då hoppet för honom aldrig var ute, om en dag då kriget skulle vara över, då bomberna skulle sluta falla och gräset kunde börja gro igen. En dag då gatorna åter skulle fyllas av liv och rörelse och skriken av skräck och smärta skulle tystna. En dag då luften åter skulle fyllas av matos och fågelkvitter istället för damm och rök. En dag då kärleken på nytt skulle frodas i parker och på torg och alla gamla släktingar och vänner åter kunde träffas, glädjas och minnas dem som saknades dem.

Men den dagen skulle inte komma. För precis när allt verkade som allra bäst nåddes de av nyheten om nya bombräder mot staden som varit deras hem, deras uppväxttid och alla deras goda minnen från en svunnen tid. Precis när allt såg så bra ut och allt det tråkiga hade börjat blekna bort fick de nyheten om att pappans bror och brorsbarn, de sista överlevande av hans nära släkt, hade omkommit under ruinerna av ett kollapsat hus. På nyheterna var de bara några få av ett tusental omkomna, men de var ändå det enda han hade kvar där hemma och med det så rasade hans värld med ens samman, som husen i hans hemstad hade rasat och lämnade honom sittande som ett tomt skal, ett grått ansikte som inte kunde förmå sig till att le.

Då Orvar kom till butiken den dagen var stämningen tyst och som försjunken i ett sorts eftertänksamhetens vemod. Pappan och Milla satt utan att säga något på varsin stol i köket och det var bara Milla som tittade upp då han klev in genom dörren.

– Det har hänt något hemskt, var det enda hon lyckades säga då hon såg Orvar, men han tycktes på något underligt sätt förstå henne där och lämnade dem båda för att istället gå ut till sina göromål i butikens lilla varulager.

Ja, ibland behöver allt inte sägas med ord och då Orvar faktiskt tycktes förstå att de behövde lite extra tid för något som tyngde dem, lämnade han dem för andra sysslor som också kunde behöva göras innan butiken skulle öppna för dagen. Tids nog kommer de själva och berättar, tänkte han och om det nu var något han kunde hjälpa dem med så fanns han ju alltid där, nära till hands. För övrigt skulle ju allt annat i deras lilla butiksliv rulla på som det brukade. Varor skulle tas emot och packas upp, golven skulle göras rena, varupaketen skulle ställas i ordning på hyllorna så att det såg ordningsamt och nytt ut och sådant hade Orvar blivit riktigt bra på. Det kändes helt enkelt roligare och trevligare att handla i en butik där varorna stod i ordning och inte huller om buller som det ibland kunde göra hemma hos Orvar. Sedan skulle ju dörrarna till butiken öppnas så att alla kunder kunde komma in, men då borde väl Millan ha blivit färdig med vad de nu hade för sig i tystnaden i köket, tänkte Orvar. De hade inte gott om tid, men de hade tillräckligt, så därför lät han dem vara för att på egen hand sortera ut sina tankar innan all den stress och jäkt, som kunde finnas i en affärsverksamhet, skulle ta över för dagen. Men det var ändå något sorgligt över tystnaden, något han inte riktigt kunde greppa, som om en stor tung klump av smolk täckte deras glädjes stora bägare. Orvar hade intet ont anande gått till butiken den morgonen, som alla andra morgnar, glad och uppåt över att få jobba där, träffa kunderna och Millan. Inte kunde han veta att kriget, som var så långt borta, plötsligt hade drabbat dem alla. Att pappan hade suttit uppe hela natten och sett alla nyhetsrapporteringar han kunde för att till slut ha förvissat sig om att det var deras stad och deras hus, där hans bror bodde med sin familj som hade bombats. Inte kunde han veta att pappan till slut hade tappat allt hopp om mänskligheten. Att inga tecken fanns på att hans bror och familj hade klarat sig och att han gav sig själv skulden för att ha flytt kriget, för att han fick leva när så många andra måste dö.

Orvar visste till slut inte riktigt vad han skulle göra. Varken Millan eller hennes pappa tycktes vilja komma ut ifrån köket och fastän Orvar redan varit där en lång stund och tidpunkten för deras öppnande närmade sig så tycktes han ändå inte vilja gå in till dem. Inte störa det allvarliga som verkade försiggå där inne. Och precis då känslan av hopplöshet sånär hade gripit också honom, kom äntligen Bengtsson. Som en hoppets ängel, fast såklart mer hasande och snörvlande som en engelsk Bulldogg.

Utan att egentligen ha en aning om vad som var på gång i butikens innersta hörn hade Bengtsson gjort sin dagliga rutin. Han hade klivit upp på morgonen och nästan genast begett sig av emot butiken för att hinna med en stund av prat och kaffe i god tid innan de skulle slå upp portarna för dagens kunder. Som han brukade stod han också där och knackade försynt på dörren för att Orvar skulle öppna och släppa in honom. Något kaffebröd hade han inte med sig, det tänkte han köpa i affären och då gjorde det heller inget att det var från dagen innan när det ändå var tänkt att doppas.

När Bengtsson klev in i butiken var det som om han direkt kände att stämningen inte var som den brukade. Det var tyst och instängt och på Orvar såg han direkt att något inte var bra. Orvar stod tyst och beskedlig som om det var något han inte ville störa, men ändå med en sådan där lite bekymrad och orolig min som Bengtsson aldrig riktigt hade sett hos honom.

– Det verkar som om du får hjälpa till lite i butiken Bengtsson, sa Orvar så tyst han kunde för att inte störa tystnaden där inne.

– Vadå, är det något som har hänt?

– Jag vet inte, fortsatte Orvar. Jag tror det. De har stängt in sig i köket och jag känner att jag inte vill störa. Millan sa att det var något hemskt också. Jag hoppas verkligen inte att de är tvungna att stänga butiken för då vet jag inte vad jag ska göra.

Utan att tänka på det hade Orvar ganska omgående blottlagt sina värsta farhågor. Så fort något inte var som det skulle så oroades han över om det kunde förändra det liv han redan lärt sig uppskatta och av allt i världen ville han inte att allt skulle ta en ny vändning för honom igen. Att han på nytt skulle bli arbetslös eller kanske ännu värre, ensam igen som han varit så länge, åtminstone tills han träffade Bengtsson och saker började ordna upp sig för honom med både vänner och göromål. Ja, var det något Bengtsson hade gjort för Orvar som var särskilt ovärderligt så var det att han, oavsett vad, hade varit en riktig vän, i vått och torrt, någon som han kunde vara sig själv med och gjorde att han kunde få känna sig både viktig och behövd, precis som vem som helst, fastän ingen av dem ändå var riktigt som alla andra.

– Vad ska vi göra åt dem där inne då, nästan viskade Bengtsson.

– Vi låter dem vara så kommer de kanske ut av sig själv.

– Men om de inte gör det då.

– Då vet jag faktiskt inte.

I samma stund som Orvar hade sagt det där sista så åkte dörren till köket också upp med en sådan smäll att de båda hoppade till där de stod. Ut genom dörren rusade i samma stund Milla vilt förtvivlad och slängde sig om halsen på Orvar, som inte riktigt visste vad han skulle göra annat än att hålla om henne där hon hängde om halsen på honom.

– Vi måste göra något, sa hon sedan med gråten i halsen, han rör sig inte, det verkar som om han har svimmat.

– Har han inte fått något kaffe? frågade Bengtsson som om det var det enda han kunde komma på att säga då han ju egentligen inte hade en aning om vad det faktiskt var frågan om.

– Nej, svarade Milla, han har inte druckit något eller ätit något heller utan bara suttit där han sitter utan att säga så mycket. Han kommer väl inte dö nu?

Även om det sista Milla sa, inte direkt rätade ut några frågetecken för Bengtsson, så var det som en väldigt tydlig signal om att något verkligen inte stod rätt till med Millas pappa i butikens lilla kök. Var det något som Bengtsson verkligen kunde relatera till så var det hur plötsligt det kunde ta stopp i livet för en äldre människa som honom själv. För inte så länge sedan hade han ju själv varit där, dagen då han plötsligt föll ihop utanför butiken och han kände också en stor tacksamhet för att människor så snabbt hade fått honom till sjukhus så att allt kunde bli bättre. Och även om han inte visste bättre, om vilka sorters sjukdomar som personer kunde få och så, så tänkte han ändå snabbare än någon av de andra i butiken just då. Ganska omgående stolpade han därför iväg emot köket på sitt alldeles egna sätt och genast då han såg den ihopsjunkna mannen, som det inte gick att få kontakt med, tog han beslutet att de inte kunde göra något på egen hand och att de för säkerhets skull borde ta honom till sjukhus för professionell vård och omtanke.

Därför hände det sig också att det ännu en gång fick tillkallas en ambulans till den lilla kvartersbutiken i stadens hyreshuskvarter för transport av en misstänkt hjärtsjuk patient av äldre mått. Milla fick åka med sin pappa i ambulansen och Orvar fick ännu en gång göra det han gjort ganska många gånger redan, skriva en skylt.

Stängt p.g.a. sjukdom

När sedan skylten tydligt hade satts upp på butikens dörr och allt hade släckts och låsts ordentligt kunde också Orvar och Bengtsson ta sig till sjukhuset, på det bästa de kunde komma på, Millas cykel, som stått säkert i butikens kök för att inte riskera att bli stulen eller använd i onödan.

Ja, så är det väl med livet, att ena dagen kan allt vara så roligt och lätt och nästa dag skulle allt kunna vara över. Den ena dagen kunde gubben le och skratta och nästa hade han mist hoppet om allt och även om inte Bengtsson personligen hade drabbats av det Millas familj hade gjort, så gjorde det ont i honom att se sin nyvunne vän försvinna bort i ambulansen. Som om en stor del av honom själv hade ryckts bort ifrån honom. Alla skratt och samtal som han inte visste om de kunde ha igen och kaffet i butikens lilla kök som aldrig skulle smaka lika gott om inte den annars alltid så glade lille farbrorn fanns att dela det med honom. Ja, i Bengtsson och Orvars lilla värld hade ingen behövt oroa sig över kriget. I deras värld var det tillräckligt bara att få vara annorlunda, men allt kan förändras och även i den tryggaste av världar så kan man plötsligt bli en del av de hemskheter och den förtvivlan som kan färga tillvaron för många andra människor som vi känner eller inte känner.

*

Efter en rätt så knölig resa med Millas cykel, där Bengtsson hade ganska stort besvär att sitta kvar på pakethållaren då Orvar energiskt men osäkert styrde sig fram över både backar och krön, kom de äntligen fram till sjukhuset. Även om ingen av dem var så väldigt vana besökare på ett sjukhus så hade de varit där förut och visste relativt väl vart de skulle bland det stora husets alla rum. Orvar var helt övertygad om att det inte skulle tjäna något till att sitta i något väntrum om man ville ha snabb betjäning och Bengtsson trodde sig redan på förhand veta var man eventuellt skulle lägga äldre män som kanske led av något hjärtligt fel. Ja, i alla händelser skulle ingen bli särskilt mycket bättre av att de väntade bort en massa tid i receptionen, tänkte Orvar då han drog med sig Bengtsson förbi disken med den alltid så upptagna mottagningssköterskan och bort emot sjukhusets alla vindlande korridorer helt på eget beväg. Så säker och fylld av självförtroende var han då han drog Bengtsson med sig genom den ena korridoren efter den andra, upp och ned för trappor och in i olika rum som han trodde kunde vara rätt och som alla såg mer eller mindre likadana ut, att Bengtsson inte hade någon direkt anledning att misstro honom. Bengtsson hade däremot inget särskilt stort minne av var han egentligen hade varit då han senast besökte sjukhuset och Orvar som först tycktes så väldigt säker hade snart tappat bort sig han också i labyrinten av korridorer, trappor och rum som i sökandets stund tycktes närmast oändliga i antal. Och även om Bengtsson då och då tycktes känna igen sig eller med säkerhet trodde sig veta att, här var det, så var det i slutändan inte så i alla fall. Ingen av sköterskorna på vägen verkade ha en aning om vad de pratade om då de nämnde den lille glade gubben med ganska lite hår. Ingen hade sett honom, ingen visste vem han var och där de befann sig, där var han i alla fall inte, så mycket var säkert. Åtminstone visste ingen av de som jobbade där någonting om någon gubbe, inte på det viset som Orvar och Bengtsson beskrev honom i alla fall och där osäkerheten ökar kan också misstron bli stor, i alla fall hos Orvar. I takt med att de inte kom något närmare målet började den lite sämre sidan av Orvar som vi känner igen, allt mer att uppenbara sig för alla som jobbade eller var inlagda på just det sjukhuset.

I sin vanliga lite omåttliga iver och samtidigt den frustration som kan uppkomma då en person inte når det mål han så tydligt såg framför sig då han kom, började Orvar att systematiskt gå igenom alla korridorer, hissar, salar och väntrum som eventuellt kom att ligga i den väg de tog genom sjukhuset. Tätt följd av Bengtsson som hela tiden lite mässande upprepade att här var han i alla fall inte, vartefter de finkammade de olika patientsalarna. De lyfte på olika saker, som skulle kunna ge ledtrådar om personen ifråga och de öppnade dörrar de inte fick öppna tills någon till slut fick nog och tillkallade förstärkning bland de som av någon anledning var lediga, vilket i det här fallet råkade vara två resliga ambulansförare med uppkavlade ärmar, som av allt att döma var förberedda på en riktig omgång.

– Jahaja, är det ni igen, Tom Sawyer och Huckleberry Finn, sa den ena av ambulansgorillorna som tagit sig uppgiften att städa upp bland obehöriga besökande samtidigt som han skrattade lite lätt åt sitt eget skämt. Har ni gått vilse?

– Vi letar efter Millans pappa, sa Orvar kort i tonen som om han inte ville ställa till en scen samtidigt som han faktiskt tog lite illa upp över ambulanspersonens ganska banala skämt. Var är han någonstans?

– Vem då?

– En kort liten gubbe, tillade Bengtsson, inte mycket hår på den och så brukar han skratta fast det gjorde han nog inte nu.

– Skulle han ha kommit hit med ambulansen menar ni?

– Ja, sa Orvar, alldeles nyss, tillsammans med Millan.

– Då är han i alla fall inte här. Han är nog säkert kvar på akutavdelningen. Längst ner där ambulanserna kommer in.

Orvar och Bengtsson hade i sin iver att hitta mannen med det brustna hjärtat förirrat sig in i sjukhusets allra innersta skrymslen och vrår. Helt felaktigt hade de befunnit sig på sjukhusets ortopedmottagning istället för där mannen sannolikt borde befinna sig. Ja, om de bara hade vetat lite mer om hur sjukhus brukar fungera så hade de nog också förstått att den lille mannens åkomma inte så lätt kunde botas bara genom att man gipsade honom. Hans tillstånd var ju av ett helt annat slag, för vilket det sannolikt fanns helt andra platser att få vård, och när nu Orvar och Bengtsson hade det klart för sig så var det inga stora problem att med ambulanspersonalens hjälp hitta dit heller. Helt utan våldsamt motstånd eller krumbukter ledsagades så de båda männen av ett par resliga livvakter ur ambulansens personalkår genom sjukhusets vindlande korridorer, hissar som talade till dem och berättade var de befann sig och enstaka trappor till mera slutna rum för undersökning av alla möjliga akuta sjukdomsfall.

Då de slutligen kom fram till akutmottagningen, dit de från början borde ha begett sig då det rimligen är just dit akuta fall tas in, möttes de av en sköterska som genast förstod av deras beskrivning vem den lille mannen utan så mycket hår kunde vara. Det var heller inte med så stora svårigheter eller övertalningar de också fick komma in i det lilla gråvita rum med dunkel belysning där de hade lagt honom. På en smal undersökningsbrits, inte riktigt som en vanlig sjukhussäng, men med tillräckligt med utrustning runt om för att hålla honom vid liv om det skulle komma att bli nödvändigt, under ett papplakan, vid liv och vid medvetande, låg den gamle lille mannen och plirade med sina lite trötta ögon på de båda männen som precis gjort entré. Bredvid honom på en stålpall satt Milla, som ett tröstefullt sällskap i ett barns första besök hos doktorn. De hade tryckt i honom en kanyl med näringsvätska efter att ha undersökt hans allmäntillstånd. På hjärtat kunde de inte hitta några större fel, inte på kroppen i övrigt heller utan de hade slutit sig till att mannen led av trötthetssyndrom och utmattning efter kraftig stress. Frisk luft och vila ordinerades på stående fot jämte den näringsvätska han fick mot uttorkning, som man ju kan drabbas av när man varken äter eller dricker som man borde.

Nu var det så att de inte hade för avsikt att hålla honom kvar på sjukhuset då han inte uppvisade några allvarligare brister, utan han skulle få lämna sjukhuset och komma hem samma dag. Men för de båda männen var det ändå lika nedslående att komma till ett sjukhus och i synnerhet då någon som de var nära bekant med var föremålet för deras besök. Det var också först i sjukhusets lilla rum bredvid den uttröttade mannens brits som Orvar och Bengtsson fick klart för sig vad det var som verkligen hade hänt.

Med Orvars händer i sina berättade Milla med tårfyllda ögon om det som hänt. Om bombräden mot deras hemstad, om huset där hennes farbror bott med sina barn, om hur hundratals döda hade skrapats upp ur rasmassorna inför ögonen på alla som följde nyhetssändningarna och att inget hade hörts av deras släktingar som antydde att de fortfarande skulle vara i livet.

Plötsligt förstod de båda männen också hur livslusten hade runnit ur den gamle mannen, hur sorgen hade tagit över och hur den fullständigt kan krossa en människa. Att till och med en så sorglös person som Millas pappa kunde tappa modet och tron på livet var sorgligt i sig, men de förstod också att det inte kunde botas med mediciner. För så är det med livet, att ibland är det roligt och inspirerande men ibland är det inte det och att känna sorg och förtvivlan kan vara en del av livet det med. Men mot sorgen hjälper inget sjukhus, den botar bara livet själv och med tiden går det över, även om saknaden kan bli kvar.

Även om sjukhus nu kunde ha en ganska nedslående inverkan på de som besöker ett, så kunde det också ge en viss eftertanke hos envar som av olika anledningar befann sig där. Så var det för Bengtsson. När han nu satt i det lilla rummet bredvid britsen och såg den sjuke gamle mannen som stumt såg på dem bakom en frånvarons tunna slöja, drog han sig plötsligt till minnes hur han själv hade varit där för inte så länge sedan. Inte som barn utan den gången då hans hjärta hade börjat svikta. Det var något han inte hade funderat så mycket på, något som hade varit viktigt då men som en gång lagts åt sidan och sedan lyckats irra sig så långt in i glömskans labyrint att det inte tycktes ha funnits där överhuvudtaget. Då han nu ännu en gång befann sig på sjukhus var det också som om minnet plötsligt och oväntat kom tillbaka och det på nytt slog honom varför han kommit dit från första början. Manuskriptet! Bengtsson hade på nytt fått en ingivelse om något olöst mysterium som bara måste lösas innan han kunde få ro

och livet kunde få återgå till sin vanliga stillsamma lunk
igen.

– Kommer du ihåg när jag var på sjukhuset Orvar, sa
han tyst men som om han ändå ville bryta tystnaden.

– Javisst, svarade Orvar.

– Kommer du ihåg varför jag kom till sjukhuset då?

– Du hade väl fått något fel på hjärtat.

– Ja men innan det. Jag hade hittat något. Ett manu-
skript. Har du kvar det någonstans bland alla dina sa-
ker?

Nu var det som om Orvar trodde att Bengtsson mist
förståndet. Varför i hela världen skulle han vilja prata
om det nu, något gammalt manuskript som det inte
gick att hitta någon ägare till. Det kunde väl inte ha nå-
got med den här saken att göra, i alla fall inte mitt un-
der besöket av den sjuke mannen. Men då varken Milla
eller pappan tycktes ha något att säga om den saken
och eftersom Bengtsson inte riktigt kunde släppa tan-
ken på manuskriptet och vem som eventuellt kunde äga
eller ha skrivit det så bara fortsatte han.

– Vi får ta och rota fram det igen, ta reda på vem som
ligger bakom. Det måste ju finnas en författare till ver-
ket, någon som saknar sitt manuskript, eller i alla fall
väskan som det låg i.

– Herregud Bengtsson! utbrast Orvar, vi är på sjukhus!
Det gick inte att lösa, det var vi ju överens om. Har vi
förresten inte lagt ner detektivarbetet nu? Du har ju

gått i pension säger du. Först säger du en sak och sedan...

– Ja ja, sa Bengtsson och hängde lite mer med huvudet än han brukade. Men jag blir liksom inte klok på vem eller ens varför någon har skrivit det. Det liksom gnager i mig om du fattar och nu när jag är pensionär har jag ju jättemycket tid att lösa den gåtan också.

Det blev först och med ens obegripligt för Orvar hur Bengtsson, som så hårdnackat hade bestämt sig för att detektivbyrån skulle vara ett avslutat kapitel, plötsligt hade vänt på en femöring och nu ville riva upp ett gammalt mysterium som de dessutom helt hade glömt, ända tills de på nytt kom innanför sjukhusets väggar. Men Orvar, som just inte förstod vitsen med att det överhuvudtaget skulle göras längre, kunde ändå inte neka sin gamle vän och vapendragare den möjligheten. Klart att han skulle kunna leta efter någon som brukade förlägga sina manuskript i parker eller så om det bara var det Bengtsson ville. Och om det nu ändå skulle vara slutet för detektivbyrån så kunde det bli ett riktigt och ordentligt slut ändå, inga lösa trådar och inga oavslutade kapitel. Kanske kunde de också få möjlighet att säga den där författaren ett och annat om hur ett manuskript borde skrivas, åtminstone om det, som det verkade, skulle handla om dem och en oansenlig men strävsam detektivbyrå för olösta fall och mysterier.

Genom en smula tur och en hel del övertalning lyckades sedan de båda männen, efter att pappan fått sin dos av upplivande vätskor och kommit att återhämta sig något, få den för tillfället oanvända ambulansen att ta hela gruppen; Orvar, Bengtsson, Milla, hennes numera mera tystlåtne pappa och en röd cykel, tillbaka till staden och den del av världen där de alla för närvarande bodde och arbetade. Butiken fick vara stängd resten av dagen, det var ändå inga planerade leveranser på gång och så kunde Milla också få lite extra tid att rå om sin pappa istället medan Bengtsson och Orvar på nytt kunde ägna sig åt sitt lite tveksamt oavlönade levebröd.

*

Det mystiska manuskriptet låg kvar där de hade lämnat det den förra sommaren, förlagt i en låda i en oanvänd hoptejpad papperskasse märkt med texten "olösta fall" (fast det kanske egentligen borde ha stått olösliga fall). Bengtsson blev i alla fall barnsligt upprymd då han återigen såg manuskriptet ligga framför sig på Orvars av saker och ting fullständigt överbelamrade bord. Precis som om det hade varit ett värdefullt antikt föremål eller en synnerligen betydelsefull artefakt från en historisk arkeologisk utgrävning såg han på den med en alldeles särskild sorts förväntansfull glädje. *Högt och lågt med Bengt och Orvarsson.* En sinnrik omskrivning av deras egna namn, men ett manuskript som av allt att döma ändå borde ha varit skrivet av en person som kan ha vetat väldigt mycket om dem som personer och vad de haft för sig under en enda varm sommar i en liten svensk småstad. Så länge hade det legat undanstoppat och bortglömt att det nu var som en ny upptäckt för Bengtsson där han satt och såg det ofärdiga och ännu olästa manuskriptet ligga blottlagt framför sig. Och precis som med Orvars ring hade det nu kommit fram i ljuset igen, kanske för att göra någon nytta för någon eller möjligen förändra en historia på ett för dem oväntat sätt.

Ingen av dem visste riktigt vad de skulle göra med det annat än att tanken var att få reda på mer om vem som hade skrivit det så att historien för dem kunde få ett riktigt slut. Det svåra var väl som oftast hur man skulle börja. Fanns det några ledtrådar? Om det funnits ett namn på personen så skulle väl allt ha varit klart för länge sedan men det gjorde det inte och väskan som det hade legat i hade de ju gett bort redan förra sommaren, om det nu hade kunnat ge någon ledtråd om personen ifråga. De skulle ju kunna fråga på biblioteket, om det fanns någon bok där med samma titel så var ju saken klar, fast risken fanns ju förstås att personalen skulle kasta sig ned på golvet bakom möblemanget och tillkalla bombpolisen så fort de kom in där igen. Bibliotek var till för folk med läshuvud, som Bengtsson, det var Orvars uppfattning om den saken. Inte för sådana överenergiska personer som han själv som ju så lätt kunde få folk i allmänhet att missförstå allt de gjorde som något mycket farligare och mer negativt än det i själva verket var. Det gjorde att åtminstone Orvar avhöll sig från att gå dit i onödan. Ett besök på bibliotek kunde förstås göras av någon annan, mindre hotfull person, som Lisa om hon nu hade bibliotekskort. Då skulle den detaljen med lätthet kunna antingen avskrivas eller bekräftas i Bengtssons lilla anteckningsbok för viktiga iakttagelser, om han nu hade den kvar vill säga och inte hade förlagt den i något hål i marken eller så som han gjort med mobiltelefonen han hade fått av pannkaksmamman i början av sommaren.

Den första tanken var också den enkla. Efter att ha gjort gemensam sak med pannkaksmamman och den lilla tuggummiflickan Lisa i deras nya lilla äventyr var allt klart utan några större övertalningar. Efter att de hade blivit bjudna på kaffe och hembakt äppelkaka i pannkaksmammans kök, de hade berättat hela historien om Millans pappa och deras besök på sjukhuset och slutligen invigt dem i mysteriet kring det märkliga manuskriptet, begav de sig alla till biblioteket för att ta reda på hur det var med den saken. Om det nu skulle finnas något där så var många svårigheter övervunna för Orvar och Bengtsson och kanske kunde Lisa också låna något att läsa då hon ändå var där.

– Vi kanske kan hitta något roligt att läsa där, sa Lisa förväntansfullt leende.

– Det kan vi säkert, sa mamman.

– Ja, kanske något om en detektivbyrå då, tillade Orvar till viss munterhet för dem alla.

Det var heller inga större svårigheter för Lisa och hennes mamma att komma in på biblioteket, trots att de tidigare lite tveksamma, biblioteksbesökande männen förväntansfullt stod kvar utanför. Deras förhoppningar grusades dock ganska snart då det visade sig att ingen hade hört talas om någonting som ens liknande deras lite märkliga titel i bokväg. De båda männen var tillbaka på ruta ett och måste nu börja i en helt annan ände. Ingen hade ännu gjort en riktig bok av manuskriptet och det verkade som att det exemplaret de nu hade var det enda som fanns. Ett helt unikt exemplar av en bok som mycket väl skulle kunna vara berättelsen om deras liv som detektiver, även om inte namnen stämde helt.

– Det vore ju roligt om det blev en riktig bok av det där, sa mamman medan de gick från biblioteket, så att man kunde få läsa om er i boken.

– Det står om dig i den också, svarade Orvar, och Lisa med.

– Gör det! utbrast Lisa, vad står det då?

– Allt möjligt, att du tappar portmonnän och hittar en hund och så.

– Oj! Vad synd att den inte fanns att låna på biblioteket.

Med det kunde de leende skiljas från Lisa och pannkaksmamman och fortsätta hemåt med sitt manuskript, utan att egentligen ha fått veta så särskilt mycket mer men fortfarande grubblande över vad nästa steg skulle kunna vara.

– Vad kommer du ihåg från då du hittade väskan med manuskriptet? frågade Orvar plötsligt som om han var en annan lösning på spåren och inledde ett förhör med Bengtsson.

– Inte speciellt mycket, svarade Bengtsson, jag var ute bara och så låg den där på en bänk i parken, sedan hände ju det där med hjärtat och allt blir liksom grumligt.

– Såg du någon annan där då, i parken? Hur skulle den ha kunnat hamna på bänken utan att någon lagt den där?

– Jag har ingen aning, fortsatte Bengtsson. Saker hamnar väl lite varstans utan att folk vet var de har gjort av dem, den kanske flög dit när vi körde genom parken på sidovagnsmotorcykeln.

Nu var det som om Orvar plötsligt och lustigt kom på något, det var klart att det kunde hänga ihop med deras lite vådliga färd genom parken på en motorcykel, efter det var ju inget sig riktigt likt där. Folk hade rusat huller om buller för att undkomma deras oplanerade framfart och även om de inte direkt träffade något eller någon så hade möbler och saker vält och hamnat på helt andra platser i tumultet. Att motorcykeln hade hamnat i det blöta med både Orvar och Bengtsson var redan välkänt, men andra saker, som ett manuskript, hade lika väl kunnat råka hamna någonstans där ingen tänkte på att leta.

– Vi får gå tillbaka till parken och rekonstruera händelsen, fast utan motorcykel den här gången, så kanske vi minns vilken väg vi tog.

– Då har du ingen större hjälp av mig då, sa Bengtsson lite buttert, jag hade ju hela huvudet nere i sidovagnen, så jag såg inte särskilt mycket av någonting förrän vi hade landat i dammen.

– Det gör inget, du kommer nog på något smart efter vägen, eller minns något du har glömt att du skulle komma ihåg.

Och så gick Orvar och Bengtsson och manuskriptet mot sitt kanske sista mysterium i den här detektivvärlden. På nytt på väg mot den lilla stadens park där så mycket hade utspelat sig för dem. Båda var ganska upprymda och glada, för även om de nu inte skulle lösa något fall eller mysterium mer så fick de gå där tillsammans och prata om gamla tider. De fick träffa personer de kände igen, som pannkaksmamman och Lisa, eller den våldsamme cykelmannen som instinktivt tog sig en extra titt på och kring sitt framhjul då han såg dem. De visste att Milla väntade på dem hemma i butiken och de var lyckligt förvissade om att inget kroppsligt allvarligt, som inte skulle gå över med tiden, hade drabbat deras nya vän, Millas pappa. Precis som för Bengtsson skulle pappan bli sitt vanliga jag igen, även om det kanske skulle ta längre tid, men med god omvårdnad från vänner som Bengtsson och Orvar och inte minst hans väl så omhändertagande dotter så fick han den bästa medicinen en sorgsen person kunde få och ingen kan väl egentligen underskatta goda vänners stöd i svåra stunder som den här.

Som genom en slump stötte de också på parkpredikanten igen. Ungefär där Bengtsson föreställde sig att det var som han först hade hittat väskan. Det var inget de hade tänkt på då de lite planlöst vandrade fram genom parken i sökandet efter den väg de hade tagit med motorcykeln och parkbänken där Bengtsson först hade gjort sitt stora fynd. Ingen av dem hade tänkt tanken att söka upp den lite lustigt utstyrda, predikande mannen i parken, inte för att de misstrodde honom eller trodde att han inte skulle veta något om det de sökte efter utan för att de helt enkelt inte tänkt tanken att han kunde ha några svar i frågan. När han så plötsligt kommit ut ur buskarna och stod mitt framför de båda detektiverna igen var han som en osannolik uppenbarelse av hans egna inre tankar. Som en explosion av färger och mönster stod han ut från allt som omgav honom. Som tagen ur en annan värld, full av fantasier, med sin grälla rock och en hatt som nog kunde rymma all världens visdom under samma brätte.

När han nu stod där livs levande framför dem igen var det som om alla bitar föll på plats. Det var klart att han som tillbringade så mycket tid i parken och runt omkring borde ha sett åtminstone något som kunde ha med deras sak att göra. Han kanske till och med var där då det hände. Då motorcykeln åkte ner i vattnet och drog med sig både möbler och manuskript i sin väg. Kanske hade han sett någon som letade efter något borttappat, något som en portföljväska med en hel bunt med fullskrivna blad till en blivande bok. Här skulle det vara lätt att föreställa sig att parkpredikanten i hög grad hade något med boken att göra. Att det rent av var han som hade skrivit den, för vem skulle annars kunna veta så mycket om vad Orvar och Bengtsson hade haft för sig där i parken till att börja med. Biblioteket skulle han nog inte komma in på, inte utan att det automatiska bomblarmet skulle gå igång och alla skulle få lov att utrymma byggnaden för den märkliga figuren som kommit in. Ingen skulle väl tro att en sådan uppseendeväckande person kunde ha några andra avsikter, som att låna böcker till exempel. Men i parken, där han mestadels verkade hålla till, fick man vara lite som man ville utan att man väckte någon större uppmärksamhet. Ingen reagerade väl nämnvärt på människor som var utstyrda i joggingkläder eller annat som hörde till fritiden heller. Möjligen gjorde man en större sak av halvgalna detektiver på motorcykel, men för övrigt fick människor i regel vara som de var och då var det förstås svårt att veta om något verkligen stack ut ifrån mängden eller så. Lite som en troligen helt vanlig person med ett manuskript i en väska, som just ingen då kunde veta vad den innehöll. Men nu när de hade honom där igen, parkpredikanten, så hade de alla möjligheter att också fråga honom om vad han sett, som varit både vanligt och ovanligt. Som om han var ett orakel kring de mest banala frågor om ditten och datten och portföljmän med osedvanligt unika bokmanuskript.

– Har du sett någon med en portfölj sitta här omkring någon gång, frågade Orvar med andan i halsen som om han var för ivrig för att riktigt tydligt uttrycka vad han egentligen menade.

– Vadå! Sitta?

Parkpredikanten stod först helt oförstående och såg på de båda männen som om han inte riktigt kunde utröna var eller i vilket sammanhang han sett dem förut. När han sedan plötsligt insåg varför han borde känna igen dem sken han med ens upp som en sol och hela hans ansikte utstrålade den nya insikten.

– Det är ju ni med cyklarna! utbrast han sedan.

– Ja, alltså förra året, tillade Bengtsson lite trevande. En portföljgubbe, fast det kunde förstås vara en kvinna också, en författartyp med ett kvarglömt manuskript helt enkelt.

Det var inte helt lätt varken för Orvar eller Bengtsson att uttrycka sig så att man förstod vad de menade, i synnerhet som de skulle tala till en sådan uppenbarelse som tycktes vara kommen direkt från himlen eller någon annan konstig plats.

– Så nu är det inte cyklar längre. Letar ni efter en författare?

– Ja, sa Bengtsson, till det här manuskriptet.

Han visade den lite underliga mannen den unika bunten med berättelsen som kunde handla om dem och parkpredikanten tog en snabb titt, lämnade tillbaka hela pappersbunten och vände sig sedan om som om det inte intresserade honom tillräckligt.

– Jaha ja, ni söker en författare, sa han med ett visst eftertryck och tog sedan en kort paus som för att hitta de rätta orden. Jag kan bara säga så mycket som att det är som med Gud, den som en gång sett Guds ansikte blir aldrig mer densamma.

Sedan stövlade han iväg, in bland buskarna han kommit från och lämnade både Orvar och Bengtsson stumma av förvåning, kvar med sitt en gång borttappade, sedan funna, glömda och återfunna manuskript och utan att veta vad de skulle göra härnäst. Ingen tycktes vilja veta av den underliga boken, som om deras liv inte var det minsta viktigt för någon annan än möjligen dem själva och i någon mån pannkaksmamman och Lisa. Ingen hade svarat på den efterlysning de gjorde redan förra sommaren, ingen i parken hade visat något större intresse för var det borttappade verket hade kunnat hamna och på biblioteket tycktes de inte ha en aning om något sådant, som om inte bibliotek var till för att hålla reda på alla böcker som fanns.

– Han kanske har rätt, sa Bengtsson sedan, den här författaren vill nog inte bli funnen. Så är det, den vill nog inte att vi vet vem det är.

– Vad ska vi göra då? frågade Orvar.

– Jag vet inte riktigt, vi kanske ska lämna manuskriptet här, på bänken, precis där jag hittade det. Om någon finner det lustigt eller intressant så gör de något av det. Om inte, så är det så.

Så gjorde de båda männen som Bengtsson sagt, lämnade varsamt manuskriptet ifrån sig, vördnadsfullt som om det varit en levande varelse. Såg en stund på bänken och pappershögen innan de till slut vände om och tankfullt började gå hemåt igen, Bengtsson hem till sig och Orvar tillbaka till affären. Båda såg nu för sitt inre att historien var slut, äventyret med detektivbyrån var över och mycket annat skulle ta vid som skulle ta så mycket tid från dem båda att ingen av dem skulle hinna tänka på detektivhistorier eller fall och mysterier mer. Ingenting skulle längre bli som det en gång var och det var väl precis som det skulle vara. Men alla tokigheter och spännande upptåg hade ändå gjort deras liv rikare och mycket roligare än om de aldrig hade mötts. Och även om ingenting kommer att vara detsamma så kommer deras vänskap att bestå, för vad vore lång-utan lerhalm, Helan utan Halvan, Simon utan Garfun-kel, Don Quijote utan Sancho Panza, Tom Sawyer utan Huckleberry Finn eller för all del Orvar korvar utan uppochnedvända Bengtsson.

*

Någon dag efter händelsen med manuskriptet kom pannkaksmamman och Lisa till butiken. De hade för sakens skull gjort ännu ett besök vid det stora köpcent-ret utanför den lilla staden och där köpt en väl genom-tänkt present som nog säkert skulle passa männen i butiken och i synnerhet Bengtsson. Då de hört histo-rien om Millas pappa och allt som hänt i deras hemstad kunde de helt enkelt inte tänka på annat och då de nog visste vad de mest av allt tyckte om att göra var valet inte särskilt svårt, åtminstone inte om tuggummiflickan Lisa fick välja. De hade kokat kaffe i en termos och bakat en jättestor paj på både äpplen och päron för att lätta sorgen för pappan så att han snabbare kunde få glädjen tillbaka. Till Orvar hade de med sig korv (från Kungens Korvar), vad annars, men det enkla var mer än nog för honom, det visste de båda. Slutligen ett långsmalt, inte särskilt tungt paket till Bengtsson och Millas pappa som Bengtsson genast öppnade, men fint och värdigt, för det var inte var dag man fick presenter, åtminstone inte om man hette Bengtsson, och det var nästan så att den gamle mannen fällde en tår då han såg vad det var i paketet. Det var två kastspön för fiske på både djupt och grunt vatten så att Bengtsson kunde fiska med Millas pappa precis som han alltid pratat om. När han öppnat det första paketet räckte Lisa honom ännu ett. Ett lite mindre, som en liten ask. Någonting hon köpt till honom för alldeles egna pengar. Men det var inte någon ring eller sånt utan något mycket bättre. Hur Lisa nu hade kommit på det kunde han inte ens föreställa sig. Det var en ask med två fiskedrag. Bara så att Bengtsson inte skulle behöva låtsasfiska mer utan kunde fiska på riktigt, med riktiga fiskar precis som det borde vara för en pensionär som inget hellre vill än att fiska. Nu kunde han och pappan hitta tillbaka till livet och lusten på alldeles egen hand och med något, som de båda åtminstone hade varit överens om var bland det roligaste man kunde göra tillsammans med någon man tycker om. Lisa, var de alla överens om, var ett alldeles enastående barn och alla tyckte väldigt mycket om henne, precis som hon var och utan att någon behövde göra sig till. Orvar och Milla hade ju bara börjat sin resa genom sin nya fas i livet, men om det behöver man inte säga mer än att de var lyckligt ovetande om alla vedermödor ett sådant förhållande på sikt kunde innebära och så måste det ju få vara för att man inte helt skulle avstå från kärleken.

Och så slutar till slut historien om de båda amatördetektiverna. Ja, någonstans måste det ju sluta annars får vi hålla på i evigheter. Men alla som någon gång befunnit sig i en småstad som den Orvar korvar och uppochnedvända Bengtsson lever i vet ju att det överallt finns människor som i någon mening inte är som andra, eller så är det precis det de är, bara att andra väljer att se dem som annorlunda. Någonstans där ute finns de och historien lever kvar i verkligheten om vi bara vill se den. Städer kommer att förändras och människor kommer att fortsätta påverkas av det, brott och tokigheter kommer att fortsätta begås vare sig vi vill det eller ej och vart helst vi tittar kommer vi någonstans att se historien fortsätta om vi är uppmärksamma nog, för någonstans därute finns Orvar och Bengtsson och kanske, bara kanske kommer det någon gång att dyka upp ett fall som är för oemotståndligt för dem båda att tacka nej till. I bästa fall så är ju varje människa begåvad med en stor portion fantasi och där lever ju allt i obegränsad omfattning. Eller så är det så att vi alla egentligen har lite av både Orvar och Bengtsson i oss. Så om bara viljan och lusten finns så kommer det överallt att kunna finnas både en och annan Orvar och Bengtsson, redo att ta itu med alla möjliga tokigheter i samhällets tjänst. Ja, i fantasin kan ju alla möjliga och otroliga saker hända men även i verkligheten är ju allt möjligt hur omöjligt det från början än kan verka.

Till sist...

Vill jag ännu en gång ta tillfället att tacka alla de både nära och kära som haft tålamod med att jag då och då flytt in i historier om en del lite udda karaktärer, istället för att ägna mina tankar åt viktigare saker. Fantasin är nämligen något så viktigt och allvarligt att inget som rör trasiga bilar eller gräsklippning kan verka lika viktigt i den stund man drabbas av lusten att skriva. Jag vill alldeles särskilt tacka Mia som har bidragit till fantasin med sina teckningar och illustrationer, Eva Söderberg utan vars hjälp med genomläsning och kommentarer det här sannolikt inte hade blivit vad det blev, och inte minst alla ni som läst och kommenterat berättelserna om mina lite udda detektiver i en helt vanlig småstad.

Slutligen går mina tankar också till min gamla vän, moster och den som först av alla läste berättelserna om Orvar och Bengtsson, Helena som tragiskt och oväntat gick bort alldeles för tidigt och alldeles innan den här boken, som hon så såg fram emot, till sist ändå kom ut.

Tack!